中外民间故事

中国民间故事

竹马书坊 / 编著

古吴轩出版社

图书在版编目（CIP）数据

中外民间故事. 中国民间故事 / 竹马书坊编著. -- 苏州 ：古吴轩出版社，2021.3
ISBN 978-7-5546-1662-8

Ⅰ. ①中… Ⅱ. ①竹… Ⅲ. ①民间故事—作品集—中国 Ⅳ. ①I17

中国版本图书馆CIP数据核字（2020）第239320号

责任编辑：蒋丽华
见习编辑：张雨蕊
策　　划：村　上　张卫忠
内文插画：柳玲玲
封面插画：画儿晴天
封面设计：侯茗轩

书　　名：中外民间故事（中国民间故事）
编 著 者：竹马书坊
出版发行：古吴轩出版社
地址：苏州市八达街118号苏州新闻大厦30F　　邮编：215123
电话：0512-65233679　　传真：0512-65220750
出 版 人：尹剑峰
印　　刷：唐山市铭诚印刷有限公司
开　　本：880×1230　1/32
印　　张：18.5
字　　数：301千字
版　　次：2021年3月第1版　第1次印刷
书　　号：ISBN 978-7-5546-1662-8
定　　价：98.00元（全3册）

目录

帝尧传舜

传说，舜在成为帝之前，喜欢农事，经常下地干农活，总结出了一套农事经验，教给了部落里的人，大家学会以后，连年五谷丰登，舜因此也出了名。

这时的帝尧，在位已经七十年了。他觉得自己年龄大了，时日不多，就命大臣们推荐人才，继承自己的职位。

大臣放齐推荐帝尧的儿子丹朱，说："丹朱很开明，能够胜任。"

帝尧说："不行，他修养不够，易动怒，爱争吵。"

大臣讙（huān）兜说："共工擅长水利，颇得人心。"

帝尧说："他有才能，但为人表里不一，我不放心呀。"

四岳向帝尧推荐了舜。帝尧点点头，说："我也听说此人不错，既有才能，品德也好，能够以德报怨。"但是，他并没有直接任命舜为接班人，决定先考验一下舜的才能，看他是否名副其实。于是，他派大臣罕前去请舜。

罕带着一队人马，浩浩荡荡地来到了梨山脚下。此时，舜正在栽秧。罕十分傲气地问：“你就是舜吗？”

舜头也不抬，依旧忙着手中的活儿，回道：“我就一个种地的，你找我干什么？”

罕神气地说道：“天大的好事等着你呢。王决定重用你，让你去做官。快点跟我走吧！”

舜却说：“庄稼人只求有收成，其他的事不考虑。”

罕有点下不来台，呵斥道：“大胆！王的旨意你也要违背吗？”

舜说：“王的旨意不能违背，但现在是你叫我而不是王叫我，我不去！”

罕气急败坏地说道：“不识抬举！你等着，我这就回去禀告王。”说完，带着队伍扬长而去。

乡亲们有点担心，纷纷劝舜：“躲一躲吧！这可是帝尧的宠臣呀！”舜并不在意，依旧忙着手里的活儿。

过了没几天，舜正套着两头牛在地里耕田时，来了一位老者，一直看着他在地里耕作。等到日头偏西，舜收工了，在地头上薅了一些青草，放到牛的嘴边，看着它们慢慢地嚼着吃。老者这才走过去，客气地问道："这些地都是你耕出来的吗？"

舜点了点头，说："是。"

"真是不错呀，又细又匀，一把好手呀！"

"马虎不得，一马虎就要歉收啦！"

老者点点头，又打量着牛，摸摸这头，摸摸那头，又说道："这两头牛，你觉得哪头更好呢？"

舜觉得这问题很奇怪，说："这两头牛不分好坏，其

中一头力气大，但是走得慢；另外一头力气小，但是走得快。它俩合在一起用，最合适不过了。”

老者听了这话，频频点头，上前拉住舜，亲热地说道：“你果然有见识呀！我是尧，特意来请你的。上次罕做得太过分了，我替他赔个不是。来为天下的百姓做事，好吗？”

舜听了十分感动，心想：尧是天下黎民的王，竟然能亲自登门找我，还能替臣子向小民赔礼，真是太重贤了。想到这里，舜一下子便跪了下来。

尧连忙拉起他，说：“只要你答应我的请求，把你的那些本领教给天下人，让他们有吃有穿，过上好日子，那就成啦。”舜十分感动地答应了。

后来，尧又设了许多考验，而舜都完成得十分不错。于是，尧把自己的两个女儿娥皇、女英都嫁给了舜，以观察他的品德；又安排了九个人去辅助他，以观察他的言行。这些都通过后，尧便让舜代替他管理天下事务了。

舜代行天子职务二十八年后，帝尧死了。百姓们都为失去了一位好王而哀恸（tòng），人人都为他服丧三年。三年之后，舜为了让丹朱继承天子之位，躲到了南河以南。谁知，大臣和百姓们都不认可丹朱的能力，他们到处歌颂着舜的功德，到处寻访着舜的踪迹。舜没有办法，认为这是上苍之意，只好继承了天子之位，成了帝舜。

苏武牧羊

公元前 100 年，汉武帝想出兵匈奴。匈奴自从被大将军卫青、霍去病打败以后，消停了许久。他们口头上表示要跟汉朝和好，实际上一直小动作不断，想进犯中原。

他们得知汉武帝准备出兵的消息后，赶忙派来了使者求和，并把之前扣押的使者都放了回来。汉武帝为了表示善意，便派中郎将苏武带领使团，拿着旌节，出使匈奴。

谁知，苏武到了匈奴的地盘，送上礼物，等匈奴的单于回信时，匈奴部族发生了内乱，苏武的使团全被扣下了。内乱平定后，单于不仅没有释放使团的意思，还多次威逼利诱苏武，让他背叛汉朝，却遭到了苏武的拒绝。

当时正值严冬，大雪纷纷扬扬。单于让人挖了一个大深坑，把苏武丢了进去，并断了口粮，以此来动摇他的信念。时间一天天过去，苏武一点屈服的意思也没有。渴了

饿了，就吃一把雪；冷了，就缩在角落里，裹紧羊皮袄。苏武受尽了折磨，却拒不投降。单于敬佩他的气节，又气他不归顺自己，便不想让他回国，决定把他流放到寒冷的北海牧羊。临行前，单于对苏武说："什么时候公羊生了羊羔，我就放你回大汉。"

很多年里，苏武拿着旌节与羊群为伴，渴了吃雪，饿了采野果，冷了就和羊群偎在一起取暖。这也多亏了一位善良的牧羊女送给了苏武一头母羊，确保羊的数量不至于减少。日子一天天过去，苏武的头发和胡须都白了，旌节上挂着的牦牛尾毛都掉光了。

十九年后，汉朝和匈奴都发生了变化。汉武帝和老单于都去世了。汉武帝的儿子汉昭帝继位，匈奴这边再次发生了内乱，新单于继任了。汉昭帝派出使者出使匈奴，要求放回苏武等人。但是，新单于说苏武已经死了。

汉昭帝第二次派使者常惠出使匈奴。常惠悄悄地买通了单于的手下，得知了苏武的消息。面见单于时，常惠说："我们陛下打下一只南归的大雁，从它的脚上得到了一条绸子，还有一封苏武的亲笔信，说他在牧羊，有这么回事吗？"单于大吃一惊，认为是苏武的忠义感动了飞鸟，就答应送苏武回汉。

苏武终于回到了阔别已久的长安。那天，整个长安城的百姓都出来迎接他，盛赞他是一位有气节的大丈夫。

曹植与八斗岭

安徽省肥东县八斗镇有个八斗岭，据说，曹植的墓就在那里。

曹植是曹操的第三子，从小就比别人的孩子聪明，十分受曹操的喜爱，一直跟着曹操四处征战。

这一年，曹操带兵驻扎在合肥，准备攻打吴国。一天，曹植带着随从骑马出游，来到了一处荒岭坡地上。此时正值春末夏初时节，遍地郁郁葱葱，庄稼长势旺盛，到处都展露着蓬勃的生命力。

曹植觉得这里很不错，靠在一棵树下休息，让随从拴好马。哪知有几匹马没拴好，趁他们没注意，跑进了庄稼地，践踏了一大片庄稼。曹植吓坏了，因为曹操的军纪严明——“凡是糟蹋百姓庄稼者都要杀头”。记得有一次在行军途中，曹操的马匹受惊，下了麦地。曹操再次强调军纪后，拔剑就要自刎。众将连忙请免，提出了“割发代首”的方式。如今，这样的事情再次发生了。曹植不忍心怪罪随从，说：“请诸位回复丞相，就说植已伏法。”说完，他举起宝剑，也要自刎。

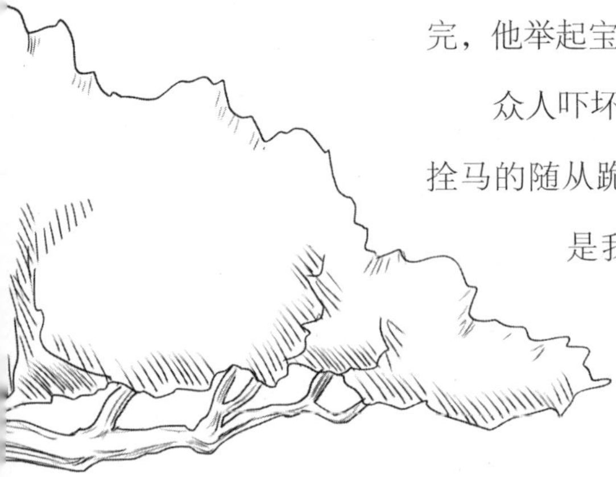

众人吓坏了，连忙去抢夺宝剑。负责拴马的随从跪在地上哭着说：“公子，这是我的罪责。请您照顾好卑职的家小，卑职死而无怨。”

正当他们争论不止时，来了几位老农。其

中一位说："公子，你们不必如此。曹丞相军纪严明值得称赞，但是对于我们来说没有实际意义。"

曹植不解地问："为什么？"

"公子有所不知，这里种庄稼全看老天爷，要是不下雨，再好的庄稼也会颗粒无收。不如这样，请公子向丞相讨个封，在这里修一条河吧！这样既不用杀了他，也拯救了这一片土地上的百姓。"

曹植答应了，回来后把这事原原本本地向曹操说了。曹操果然赦免了那个随从。但对于开渠修河，曹操却认为时机不对，他说："等战事结束，我一定办。"

曹植是个热心善良的孩子，连忙通知了那里的百姓。大家非常高兴，认为曹操肯定能说到做到。

然而，不等大业完成，曹操就死了。曹植的哥哥曹丕接替了曹操的位置，没过多久便即位称帝了。他十分嫉妒曹植的才华，也忌恨曹操对他的宠爱。有一天，曹丕在朝堂之上对曹植说："都说你才华灼灼，不如当堂检验一番。若你十步之内能成诗，不算欺君；否则便算你欺世盗名。"曹植当即迈步作诗："煮豆持作羹，漉（lù）豉（chǐ）以为汁。其在釜（fǔ）下燃，豆在釜中泣。本是同根生，相煎何太急。”诗成，他才走了七步。满朝的大臣都惊叹万分，赞扬不已。曹丕悻悻然，只能拂袖而去。不过，这并没有让他死心，他依旧找了个机会把曹植贬到了陈留。

曹植从一个备受宠爱的贵族公子，变成了处处受打压的对象。有一天，他想起了当年那段旧事。当他再次来到那里时，几位老农的胡须、头发都白了。他们流着眼泪对曹植说：“公子，你都遭难了，还没有忘记我们啊！只是这……这开河的事是无指望啦！”

曹植说：“你们不要担心。我就是为开河这事来的。合肥守将张辽老将军是父王的爱将，他很支持我，我马上写信请他帮忙。”

老人们十分感激，认为这事又有着落了！曹植写了封信，派人送给了张辽，自己也赶回陈留，准备把仅有的一点积蓄也用到开河上去。

可曹植再回来时，连一个兵丁都没看到。原来，张辽虽然有心相助，但是害怕曹丕的报复，只好一直拖着。尽管曹植连番写信催促，他却依旧没有回复。

那时正是六月暑天，又逢干旱。这一带干得土地龟裂，庄稼打着蔫儿，村民喝的都是泥浆水。一连等了几天，迟迟不见音信。那位“以河换命”的老随从劝曹植离开，那几个老汉也跑来劝说：“公子，快回去吧，我们也准备去逃荒了！”

曹植抬头望了望天，万里无云。他坚定地说：“我相信张将军会派人来！我等着！”

老汉们苦苦哀求良久，始终不见曹植放弃，只好流着泪离开了。

第二天一早，村民们三三两两地离开了。一位老人又来劝曹植一起离开。曹植没说话，依旧坚持等着张将军的消息。就这样等啊等，他和老随从最后都渴死在了岭上。

后来，人们为了纪念曹植，就在这里为他修建了墓地，还根据谢灵运“天下才共一石，曹子建独得八斗”的赞叹，把曹植渴死的地方起名叫“八斗岭”。这就是八斗岭的来历。

唐伯虎画雀

唐伯虎，名寅，明代著名的画家、书法家、诗人，画作有《秋风纨扇图》《山路松声图》等，诗词作品有《桃花庵歌》《一剪梅》等。他是明代出名的风流才子，人们喜欢他的字画，更喜欢关于他的传奇故事。

据说有年盛夏，天气炎热，唐伯虎闲来无事，来到江边，登上一只小船。当船儿行到江中时，他吩咐船夫停下手中的橹，让那小船顺水漂流，他坐在船头静赏美景。

船夫正热得受不了，想着休息一下。唐伯虎这么一说，他立刻放下橹，从怀里掏出一把折扇，坐下来扇风歇息。

船夫的那把扇子是个空白扇面，他摇呀摇的，就引起了唐伯虎的注意。这让唐伯虎越看越觉得遗憾，忍不住手痒起来。他对船夫说："你这把扇子扇风倒不错，只可惜扇面白纸一张，看起来甚是没趣。"

船夫心领神会，一下子明白了唐伯虎的意思，顺水推舟地笑道："这位公子有所不知，扇为空白，是在等有缘之人呢！我看公子不俗，吟诗作画肯定不在话下，这扇面就等着公子添彩呢。"

唐伯虎立刻解开行囊，取出笔墨砚台，就着江水磨起了墨，然后接过了船夫的扇子。正思量画什么呢，江边树上突然飞起来几只麻雀，唐伯虎一笑，拿起笔边画边说："雀子飞来自在，雀羽扇风清凉，这倒应景，就画它吧。"

船夫好奇地伸着脖子看起来。只见唐伯虎手拿毛笔，饱吸墨汁，在洁白的扇面上涂了一个墨团儿，又涂了一个墨团儿，一连涂了七个黑乎乎的墨团儿。

船夫一瞧，顿时就气坏了，指着扇子埋怨道："公子，这让你画画儿，谁让你拿来涂墨团儿玩呢？就这水平，三岁小娃娃都能画得来，你说你这么大的人了，干吗硬生生糟蹋了我这白净净的好扇子？"

唐伯虎本来一脸得意，对这幅扇面十分喜欢，可听了船夫的话，顿觉尴尬，问道："你再仔细看看，真的不合心意吗？"

船夫哪里有心情细看，早被怒火遮住了眼睛，怒道："不合意不合意，好好的扇子被你糟蹋了，怎么会合意？

赶紧赔我一把吧！”

“好吧！”唐伯虎摇摇头，无可奈何地说道，“既然你不喜欢，那我把它们拿掉算了！”

“哼！”船夫哪里相信，嘟囔着说，“好好的扇面弄得一团糟，能拿掉才怪呢。”

唐伯虎也不吭声，搁下笔，伸出食指点住一个墨团儿，慢慢地朝着扇边上推，推到扇边上时，用力一掸，只听“呼——扑”一响，一只小麻雀从扇面里滚了出来，沾了一下水面，扑棱着翅膀飞走了。

原来，唐伯虎画在扇面上的七个墨团儿，是七只小麻雀，形态各异，栩栩如生，竟如真的一样。

船夫哪见过这种情况，都看傻眼了。他睁着眼，张着大嘴，仿佛变成了一尊石雕，一句话也说不出来了。

唐伯虎掸走一只，又掸一只，不大一会儿，画在扇面上的七只麻雀便全都掸落而出，沾了沾水，拍着翅膀飞进了江边的绿树丛中，混在了雀群之中，认不出来了。

船夫这才晓得刚才的画是千金难得的宝贝，顿时懊恼起来，又是捶胸又是跺脚地求道：“唉！唉！唉！都怪我没留心细看，这下七个全飞了——好公子，好公子，你再

给画几只吧！”

“哈哈，好风景都在造化之中，错过了就再也没有啦，赏景吧。”唐伯虎把白纸扇还给船夫，收起毛笔和砚台，不再吭声，继续赏起风景来。

船夫接过白纸扇，苦笑起来，当他再扇风时，仿佛听到凉风中传来麻雀的“啾啾”声，心中更觉遗憾了。

米芾画月

米芾是北宋大书法家、画家，与蔡襄、苏轼、黄庭坚合称“宋四家”。他手中那根笔称得上一支神笔，画什么像什么，并自成一派，创立了“米点山水”，在镇江一带十分有名。但是米芾脾气古怪，不喜欢巴结人，尤其是对于有权有势的人，大到皇帝，小到县令，他半句恭维话都不说，虽有一肚子的才学，却没做过大官，久而久之，人们都叫他“米颠”。

说起米芾的“颠”，其实不是癫狂，而是有骨气。有这么一个人，是米芾的父亲米佐的同僚，同米芾也是相识多年。他一直闲居在镇江，却不肯踏踏实实的，一心想着巴结一位当朝大官，再重新做官。听说米芾在镇江，就借着他们之间的交情，前去求一幅字画。米芾根本就看不起他，认为他的骨头太软了。

这人怎么肯放弃用米芾的字画巴结大官的好时机，接连登门乞求。这人说一次，米芾就答应一次；说两次，他就答应两次。可是一连好几年，他都不曾动过一笔。那大官等得实在不耐烦了，认为这人在敷衍自己，便三番五次地派人前来催促：“怎么回事？米芾到底画没画好？这都几年过去了，连个影也没见到。”

这人急坏了，犹如热锅上的蚂蚁，生怕这事成不了，一大早就赶到了米芾家，追着米芾要画。他从早上坐到中午，又从中午待到晚上，只要开口催，米芾就应下来。可是一天下来，米芾根本不曾动手。

眼见着月亮升上柳梢，米芾这才慢吞吞地踱着步子，走进了书房，磨起了墨。这人乐坏了，咧着嘴大笑着，也跟着进了书房。哪知，他才跨进书房，就发现米芾已经把纸张卷了起来，连忙赞道：“果然是神笔呀，画得如此之快！”

米芾不急不缓，把纸卷交给了这人，并嘱咐道：“念在家父面上，这幅画你拿去吧！只不过，你半路上可不能看，到了家才能看，不然我可不会画第二张！”

“多谢！多谢！”这人眉开眼笑，满口应着，抱着画开心地跑走了。

这人跑着跑着，突然觉得有些不对劲儿，心里一琢磨，顿时觉得不对：米芾这家伙之前推三阻四的，今天怎么答应得快，画得也这么快呢？这个人疯疯癫癫的，不会随便画点什么耍我吧？他叫我路上不能看，我偏要看，路上看跟到家看会有什么区别呢？

他一边琢磨着，一边就走到了千秋桥上。他刚把画展开，只听见“扑通”一声响，一个东西跳到河里头去了。他低头一看，只见一个月亮悠悠地往下沉，水影子里出现了两个月亮。他再看向纸上，发现上面什么也没有了。他一下子明白了：原来米芾画的是一轮月亮。可现在掉到水里头去了，这可怎么办？他急忙转过身，风一般地朝着米芾家跑去。他砸开了米芾家的门，请求米芾再画一张。

米芾哪里肯动笔，责怪道：“哪个叫你在路上打开的？这只能怪你自己了，你走之前我可是明说了，再不会画第二张了！”

这人苦苦哀求。米芾理也不理了。这人没有办法，只好灰溜溜地走了。可是，他不甘心，想了个办法，拿着一个竹篮子到河边去捞月亮。结果，他捞了三天三夜，啥也没有捞上来。

后来，这事传开了，米芾更有名望了。有人说：“我觉得米颠纸上什么都没画，裹了个泥砚台而已。”有人说：“米芾肯定画了个真月亮，又料定那个人上了千秋桥后会打开，导致月亮掉到水里头。这才叫‘水底捞月——一场空’呢。”

柳毅传书

唐朝年间，有一位书生名叫柳毅，到京城长安参加考试落榜了。回乡时，柳毅决定去泾阳看望一下老朋友，顺便散散心。

走着走着，天突然下起了大雪。不知道怎么回事，柳毅骑的马受到了鸟儿的惊吓，一路狂奔而去。等马儿停下来时，已经不知道走到哪里了。他举目四望，竟然在茫茫大雪中瞧见一位牧羊人。

柳毅牵着马走了过去，发现是个非常美丽的女子。只不过她穿戴破旧，面带愁容，出神地遥望着远方，好像在等待什么。柳毅走上前，施了一礼，问道："请问你是谁？为什么独自在雪中牧羊？发生了什么事情，让你这么忧伤？"女子向柳毅施了一礼，边哭边说："我是个不幸的人，今天蒙您关怀下问，很不敢当。但是我的怨恨刻骨铭心，即使觉得惭愧，也希望您听一听。我本是洞庭龙王的小女儿，嫁给泾川龙王的二儿子为妻。哪知，丈夫放荡取乐，又受到奴仆蒙蔽，渐渐地厌弃了我，不断地虐待我。而公婆一味地宠溺儿子，根本不管。我说了几次后，又得罪了公婆。他们合起伙来折磨我，把我赶到了外面，沦落成如今这个样子。”说完，她又难受地哭出声来。

缓了好一会儿，龙女接着又说：“洞庭离这里真的太远了，我没法传达音信。家里的人哪里会知道我的悲苦，我心中的希望都要断了。上苍有眼，得知您正要回家乡，而您的家乡距离洞庭不远，我想拜托您捎一封信，不知道您能答应吗？”柳毅对龙女的遭遇十分同情，毫不犹豫地说：“听了你的遭遇，我真恨不得身上长出翅膀，立刻飞到洞庭去，还说什么答应不答应呢？只不过，我怕有负重托。你想呀，那洞庭湖又广又深，我区区凡胎肉体，怎能到龙宫里去送信？”

龙女一边哭泣，一边道谢，说：“既然您答应了我的请求，我自会告诉您去龙宫的方法。其实，那里和人世间的城镇没有什么区别。”柳毅连忙请教。龙女说：“在洞庭湖的南岸，有一棵大橘树，当地人叫它‘社橘’。您只要在树上缚上一点东西，敲三下树干，就会有人出来迎接您了。希望您除了捎信之外，把我的事情全都讲给我的家人听，千万不要忘了！”柳毅说：“我一定做到。”

龙女从衣襟里拿出信来，郑重地交给柳毅，又向他拜了几拜，面望东方，又掉下泪来。柳毅也忍不住为她伤心。他把信放在行囊里，又问龙女：“你怎么会在这儿放羊呢？难道神灵也要吃肉？”龙女说：“这些可不是羊，是‘雨工’。”柳毅问：“什么叫‘雨工’？”龙女说：“就跟雷神、电神一样，掌管下雨的。”柳毅再去细看，只见它们都昂首阔步，喝水吃草的样子十分特别，只不过身体的大小和身上的毛、头上的角跟羊并没有不同。随后，柳毅又对龙女说：“如今我做了信使，将来你脱离苦难，可别避我而不见啊。”龙女说：“怎么会避开呢？必须像亲人一样招待您呀。”

随后，柳毅跟龙女告别，继续向东走。走了不到几十步，回头一望，龙女和羊都不见了。他带着一腔心事，匆匆地与泾阳的朋友会了面，就告辞回乡了。经过一个多月的奔波，柳毅终于回到了家乡，连忙前往洞庭。在洞庭湖的南岸，他果然找到了那棵社橘。他解下腰带系在树上，在树干上敲打了三下，等待动静。一会儿，有个兵士从波浪中跳出来，向柳毅行了个礼，问道：“贵客是从何处来的？”柳毅故作深沉，说：“我特地来拜见大王。”兵士不再询问，伸手一指，洞庭湖水向两侧涌去，竟分开一条路来。他带着柳毅走上前，吩咐说：“请您闭上眼睛，很快就可以到了。”柳毅照着他的话闭上眼睛，果然没过多久便到了龙宫。

只见高楼大殿一座接着一座，一道道门户数不胜数，到处都栽着奇花异木，世间少见。兵士叫柳毅在灵虚殿殿角里等候洞庭龙王到来。可是柳毅把大殿都看了一遍，也没见龙王出来。柳毅问那个兵士：“洞庭君在哪里？”兵士说：“我们的大王在玄珠阁，跟太阳道士谈论《火经》，再过片刻工夫就结束了。”柳毅头一次听说《火经》，心中十分好奇，连忙向兵士请教。二人又聊了半晌，方才听到门外传来响声。

只见内宫门大开，黑压压一大群侍从簇拥着一位身穿紫袍、手执青玉的人出来了。兵士恭敬地说：“这就是我们的大王！”说着，立刻上前报告。洞庭君说：“水底的宫殿隔绝人世，不知先生来此有什么要事？”柳毅说：

“我柳毅原是大王的同乡，前些日子到长安求取功名，却没有考上，偶然经过泾水岸边时，看见大王的爱女在郊野牧羊，憔悴不堪。她告诉我，她的丈夫寻花问柳，还虐待她，公婆又不体谅，托我捎封家信。这便是我此行的目的。”说着，拿出信来，交给了洞庭君。

洞庭君把信看完，禁不住用袖子遮着脸哭泣起来，说：“唉！这是我作为父亲的过错啊。我只知道修炼讲道，连女儿在远方受人欺负也不知道，还要先生仗义救急。这种大恩大德，令人不敢忘记呀！”说完，他把信交给侍者送进宫去。过了一会儿，宫里发出一片哭声。洞庭君慌忙吩咐道：“快去告诉宫里，别哭出声来，免得让钱塘君知道了。”柳毅觉得奇怪，连忙问：“钱塘君是谁啊？为什么怕他知道？”洞庭君说：“那是我的弟弟，以前做过钱塘龙君，如今已经被罢官免职了。他勇猛过人，脾气暴躁，曾在唐尧时代因发怒引起大水。前些日又因与天将吵架，发大水包围了五座大山。天帝看在我的功德的分上才免了他的罪，现拘禁在我这里，他要是知道了，恐怕……”

才说到这里，忽听得天崩地裂一声巨响，连宫殿都给震得摇动起来，烟雾缭绕之中一条身长百丈的赤龙冲天而起。只见它目光如电，舌头血红，鳞片如朱砂般鲜红，脖子上拴着金链子，另一端系在锁龙玉柱之上，到处充满着霹雳和闪电。它怒吼一声，扭动着身躯破空而去，顿时雨雪冰雹同时纷纷落下，吓得柳毅一下子跌坐在了地上。洞庭君连忙上前把他扶起，说："不用害怕，不要紧的！"柳毅缓了好大一会儿才镇定下来，就告辞说："我得走了，可千万别遇上他回来。"洞庭君安慰道："放心好了。等他回来，情绪就会平复。我希望您能留下，让我可以略表谢意。"说着，就吩咐大摆宴席，款待柳毅。

过了不久，一阵儿暖风忽地吹起，朵朵祥云中弥漫着动听的乐曲，无数侍女有说有笑的，簇拥着一位容颜绝世的美人从天而降，步入龙宫。只见她身上佩戴着明珠串成的饰品，衣衫轻轻飘动，在香风袅绕之中，进到了后宫。柳毅见她似喜若忧，眼泪如串，正是托他捎信的那个女子。洞庭君笑着对柳毅说："在泾水受苦的人儿回来了。"说完，他向柳毅告罪而出，走进宫中，和女儿相聚去了。只听见里面传来抱怨和诉苦的声音，久久没有停止。

又过了很久，洞庭君才出来，旁边还有一个身着紫袍、手拿青玉，器宇轩昂的人。洞庭君介绍说："这位就

是钱塘君。”柳毅连忙起身上前行礼。钱塘君拜谢道：“侄女不幸，多亏公子相救，不然侄女怕是要葬身泾陵了。如此，我们全家都要感激您的恩德了。”钱塘君又对他的哥哥说：“我辰刻从灵虚殿出发，巳刻到达泾阳，午刻在那边战斗，未刻又回到这里。中间又去九重天上向天帝报告，天帝得知侄女的冤屈，原谅了我的过错，还赦免了我的罪行。我离去时过于激愤，怕是冒犯了贵客，还请先生见谅！”说着，他退后一步，再拜请罪。洞庭君说：“那个坏小子该受惩罚，可是你一味如此鲁莽，早晚吃亏。以后要切记谨言慎行！”钱塘君连连说是。

柳毅接连被款待了好几天后，说得回家了。洞庭君拿出一只碧玉盒子，里面放有一支开水犀。钱塘君送了一串夜明珠。柳毅推辞不过，只好收下。宫里的人也陆续送来了各色宝物，放在柳毅身旁。柳毅连向宫里的方向作揖道谢。

第二天，洞庭君在清光阁设宴为柳毅饯行。钱塘君借着酒意，红着脸，向柳毅提亲，想要把自己受苦的侄女许配给他。柳毅听了，严肃地站起身来，忽然笑了一笑说：“钱塘君这是不准备讲道理，用威势来强迫我吗？虽然我比不上您的一鳞半爪，可我却有着坚强的意志，即使死也不会屈服。”钱塘君听完此话，顿觉惭愧，连忙起身告罪说：“我身居深海，不曾听过这些言论，多有冒犯，还望先生不要介意才好！”二人经此事后，也成了知心朋友。

宴会结束，柳毅辞别。他从原路回到湖边，身后跟着十多个人，他们挑着行李送到柳家才离开。

柳毅把龙宫里的珍宝卖掉了一些，即便还没卖掉百分之一，也已有上百万钱。他买宅置地，准备成家。不想，他连娶几个妻子，却都不幸早早去世，留他一人，孤苦伶仃。柳毅便搬到了金陵去住，又有媒人登门而来，为他说了一个卢姓女子。柳毅便拣定好日子，与其举行了颇为壮观的婚礼。金陵的人看了，没有不羡慕的。

婚后一个多月的一天傍晚，柳毅走进房里，仔细瞧着妻子，竟觉得很像那个龙女，可是又比龙女长得秀丽，就跟她谈起以前的事。妻子说道：“真没想到，人世间竟会有这样的事呢。可是不瞒您说，如今我已经怀孕了。”柳毅高兴极了，全心全意地照顾她。后来，妻子生下孩子，到满月那天，她换了衣装，打扮得特别漂亮，邀请亲戚来欢宴。在宴会之间，她才含笑向柳毅说了真相。妻子说：

“我就是洞庭君的女儿。先前多亏您的解救，我一心要报答，所以才让钱塘叔父向您提亲，您却没答应。从此你我各奔东西，没有一点消息。后来，父母想要把我嫁给濯锦江龙君的儿子，可我的心意难以改变，父母之命又难以违背，再想到您已经拒绝亲事，料想没有再见的日子了。不过，父母终是心疼我，让我化名卢家女嫁给了你。如今我们能在一起，再也没有遗憾了！”说到这里，她又哭了起来，对柳毅说：“记得您给我捎信那天，曾经笑着对我说：‘将来你脱离苦难，可别避我而不见啊。’叔父向您提亲，您又坚决不答应。这让我实在捉摸不透，您倒说说看。”

柳毅说：“命运真是天注定啊！当初我心中确实不平，当钱塘君强迫我允婚时，实在无礼，不合道义，我岂能屈服？可分别那天，我见你的样子，心里便后悔了。只是阴差阳错，没法答谢你的一片情谊。如今，我们在一起了，便永远相爱相亲。”龙女很受感动，开心地哭了好一会儿，又对柳毅说：“万物有情，当知报恩。我们龙能长寿万年，如今您也可以跟我一样，水里、岸上都可以住。”柳毅感叹地说：“不料我做了龙宫的驸马，又踏上了神仙的阶梯。”

就这样，夫妻俩同去拜见了洞庭君。之后，他们便住在了南海，柳毅的亲族也都跟着沾了光。怪的是，柳毅的年龄一年年增加，容貌却不见衰老，人们都觉得惊奇。恰逢开元年间，皇帝一心想做神仙，到处访求有道术的人。柳毅不能安居，就和妻子一起回了洞庭。此后，十多年里，谁也没见过他的踪影。

到了开元末年，柳毅的表弟薛嘏被贬职到东南地区。他坐船经过洞庭湖时碰上了柳毅。一番交谈之后，柳毅拿出五十颗药丸给薛嘏，说："每吃一颗药丸，便可添寿一年。五十年后，你再到这里来吧，别在人间自寻苦恼啦。"二人叙别后，薛嘏告辞回去。从此，再也没有柳毅的消息了。又过了四五十年，薛嘏也不知去向了。

后来，陇西李朝威认为洞庭君气度宏大，钱塘君坦率勇敢，柳毅重道义、讲情义，因此写了这一篇传记。

梁山伯与祝英台

有一个聪明美丽的女孩叫祝英台，她读书识字、挑花刺绣，无所不精。长大后，她想去外面求学，但女子外出不便，她就乔装打扮化为男子后踏上了行程。

她到了学堂之后，拜过“圣人”和老先生，没过多久便和同学们混熟了。其中，有一个人叫梁山伯，样貌清秀，性情温和，读书十分用功。天天同案读书，二人的交情越来越深厚，而祝英台对梁山伯的感情也日益深厚！她虽然心存爱意，却防范严密，常常把她的书箱安置在床的中间，上面放着一盆水，并叮嘱梁山伯道：“你睡觉的时候，可要安静一点，如果在床上乱翻乱滚，把盆里的水弄泼了，我可要报告给老先生，小心他责罚你！”

梁山伯果然遵守，规规矩矩地不曾越雷池半步。而祝英台在梁山伯面前始终没有露半点女儿痕迹！梁山伯一心

读书，虽然与祝英台要好，却从未怀疑她是一个女人。其他同学更无从知道她的底细了。但这一切都没有瞒过师娘。这天，师娘对老先生道：“祝英台是女扮男装的！”

“你怎么会知道？”

“因为男人磕头，左膝先跪；女人磕头，右膝先跪！祝英台初来之时，拜圣人就是右膝先跪的，你没有看到？何况日常的举动也比较奇怪，完全不像男子的做派。”

“那也不见得就是女人！”虽然师娘这样凿凿有据，老先生却还是有点怀疑。

这天，师娘借故请祝英台帮忙，然后留她在家里吃饭，故意劝酒，把她灌醉了，发现果真是个女子。祝英台酒醒了以后，知道自己的秘密被师娘窥破了，明白无法在书院继续读书了，就向老先生和师娘告别，准备离开这里回家乡去。梁山伯不知究竟，心里不舍，千方百计地留她，但任凭怎么说，都不管用。

她走的那天，梁山伯恋恋不舍地送她，走了一程又一程。此时，祝英台很想把自己的身世告诉梁山伯，也想把自己的心事告诉他，可是话到嘴边却难以开口，就讲了许多哑谜。可惜梁山伯榆木脑袋，只懂得读书，其他方面不开窍。

他们来到河边，看见前面有两只鹅，祝英台指着其中一只，对梁山伯道："山伯兄，你看前面这两只鹅，母鹅在前面走，公鹅却在后面嘎嘎叫。"梁山伯听了，疑惑她怎么能看得出哪只是公鹅，哪只是母鹅。

走了一段路，他们看见有两只鸡，祝英台又道："山伯兄，你看前面有两只鸡，母鸡在前面走，公鸡在后面咯咯叫。"梁山伯心里正因离别发愁，更听不懂了。

又走了一段路，瞧见空中飞着两只雁，祝英台指着道："山伯兄，你看两只飞雁各飞东西，雁儿雁儿，希望你们不分离！"梁山伯听了，不明白她到底要说什么。

“贤弟，咱们就要分别了，我心里难过得不得了，你这又是鹅啊鸡啊雁啊，净说这些不紧要的话！我真不明白你的意思！”梁山伯伤心地说。

“好吧！我不多说了！山伯兄送了我这么远，也应该回去了。”

“贤弟，我真舍不得和你分别，还想再送你一程！”

“山伯兄，现在快分别了，我有几句要紧的话要对你说！不知山伯兄可曾婚配？我有个同胞妹妹，样貌和我一般无二，又聪明伶俐。这次回去，我想和母亲商量，把她许配给你，不知山伯兄可有意？若是有意，你可要早点去我家里提亲才好。”

“真的吗？”梁山伯大喜，拜托道，“贤弟，我尚未婚配，此事还要拜托贤弟玉成，我定会早日前往贵府提亲的。”

走着走着，一道小河拦住了他们的去路。祝英台说：“山伯兄，你看这河水流得挺急却看不出深浅，不如你去旁边的庄子里借根竹篙来探一探。”

梁山伯答应着，连忙朝着附近村庄跑去。祝英台趁着这时，脱下外衣，挽着裤腿独自渡过河去。等梁山伯气喘吁吁地拿着竹篙回来，她已经站在对面的河岸整理衣裳了。梁山伯失望地说道：“你怎么不等我来，独自过去了呢？”

“山伯兄，对不起，我已经过来了，你回去吧，不必再相送了——只是千万要记住我说过的话呀！”祝英台说着，头也不回地走了。梁山伯傻了眼一般，怅惘地目送着她越走越远，良久才呆呆地往书院走去。从这之后，梁山伯为了麻痹自己，一头扎进了书堆里，把祝英台临别时的话也忘记了。

日子一天天过去，祝英台回家已经很久了。这天，梁山伯忽然想起了祝英台，一下子记起临别时关于婚约的话，就赶忙动身，朝着祝英台家赶去。等到了祝英台家，梁山伯向她家里的人说明了来意，但坐在大厅上等了多时，也不见祝英台出来见他。原来，祝英台的家人早已把她许配给了马家！因此知道梁山伯来了，祝英台却无法出来和他相见。可怜梁山伯扑了个空，一时不忿，竟然在厅前大闹起来，把厅前陈设的器具都打坏了。祝英台趁看守不注意，从绣楼上跑了下来。梁山伯一下子傻眼了，眼前这位天仙似的美丽姑娘竟然是多年的同窗！直到这时，他才明白英台临行前所说的胞妹就是她自己，忍不住问道：“英台，你我之前相约的话，总不会忘了吧？”

“唉！我临别之时，不是叫你早点来吗？如今你来迟了！家人早已做主，把我许给了马家！你现在见我有什么用呢？”

“唉……”梁山伯顿时失魂落魄，落寞地走了。梁山伯回到家后，就害了相思病，一病不起，眼看就要不行了。他的母亲眼看着他医治无效，哭着求到了祝英台家里，问她有没有什么挽救的方法。

“唯有老龙头上的角、蜢虫颈上的浆，才能够治好他的病！”祝英台心中难过万分，只得这样答复她。

梁山伯的母亲回来后，把祝英台的话告诉了他，他知道这两样东西根本不可能找到，顿觉此生无望了。果真没过多久，梁山伯就离开人世了！他临死时，嘱咐他的母亲道：“待我死后，还望母亲将我的尸骸埋葬在马家前往祝家的大路旁！”他的母亲流着泪答应了。

到了祝英台出嫁那天，马家人兴高采烈地前来迎娶。当祝英台的喜轿经过梁山伯的墓地时，祝英台喊道：“停轿！”众人不知道怎么回事，连忙询问，得知祝英台要下轿，纷纷阻拦，都说这不吉利。祝英台不听，说道：“不让祭拜，那我就不嫁了。”马家人无奈，只得同意。祝英台立刻跳下轿来，眼中噙着泪，向着墓前拜了几拜。就在这时，忽听得“轰隆隆”一阵儿响，那坟墓居然从中裂开，一分两半！祝英台一见，趁势就跳了进去。众人急忙伸手去拉，但已经来不及了，只拽下一块裙角。紧接着就从坟墓里飞出两只漂亮的大蝴蝶，忽闪着翅膀飞远了，而那裂开的坟墓又合在了一起。众人都傻了眼，只得回去报告马家。马家人一听气坏了，叫嚷着“她祝英台活是马家的人，死是马家的鬼”，派了许多人前来挖墓！

谁知，当他们挖开坟墓，打开棺材一看，发现里面根本没有尸体，却飞出来两只鸳鸯，落在了高高的树上。一只鸳鸯叫道：“马大郎，马大郎，为何只娶亲，你却不拜堂？”另一只鸳鸯也叫道：“马大郎，马大郎，为何只娶亲，你却不请酒？”

马家的公子听了，顿时就气坏了，疯一般地跑出去，跳到水中淹死了。传说江河之中有一种名叫“水广皮”的鱼，就是马大郎的化身呢。

秃尾巴老李

从前，有个李家村，村里有个叫李福的后生，娶了一位漂亮的女子为妻。

一天，女人端着衣服去河边洗。猛然发现河边的树上长着一颗大李子。只见那颗李子有鸡蛋大小，长得圆润饱满，红得很是漂亮。她觉得十分奇怪，此时正是初春时节，怎么会有成熟的李子呢？但果香诱人，她忍不住把李子摘下来吃了。

洗完衣裳，女人突然觉得肚子里面隐约传出风雷的声音，仿佛一个胎儿在她腹中轻轻颤动。不久，她就怀孕了。没想到，女人直到怀了十四个月才生产。临产的那天正是二月初二，窗外电闪雷鸣，女人痛得昏死过去。等她醒来，发现自己生的孩子全身上下黑溜溜的，大约有两尺长，竟然长着四只爪子、一条尾巴，正嗷嗷叫唤。

李福见媳妇醒了，十分懊恼地说："你说，这是怎么回事？我们是正经人家，怎么会生出这么个怪物？这东西我不要，这就抱出去扔到河里！"

"不行，他再丑再怪也是我的孩子，就让我养着吧。"女人哭着抱起孩子，心疼地喂起奶来。谁知，那怪物张开小口就用力地吮吸起乳汁，吃着吃着，它的身体发生了变化，小爪子渐渐地变成了寻常婴儿的手脚，尾巴缩进身体去了，竟然变成个大胖小子。

女人越看越高兴，兴奋地说："你瞧，你肯定看花眼了，这哪里是什么怪物，分明是个胖小子呢！瞧这小家伙黑不溜秋的，不如就叫李黑吧，好不好？"

李福揉揉眼睛，再凑过去一看，发现妻子怀里抱着的，真真切切是个男孩儿，手脚齐全，五官端正，就是黑了些。李福心中一喜，也就不再吭声了。

小李黑长到六岁时，身强力壮，力大无穷，特别喜欢水，每天都要下河玩耍。一天傍晚，刮起了风，下起了雨，小李黑还光着身子在河水里追鱼逐蟹呢。李福拿了根棍子来到河边，想要赶他上岸。没想到，这一棍子抽下去，李黑突然跳了起来，周边忽地起了一片云雾，他变成了一条墨黑粗壮的龙，口中喷出一道火，又朝着他父亲吼了一声，一头钻进河底不见了。

“我原先就说那家伙是个怪物，这下真变成怪物了，跑了更好，再不要他回来了。”李福心里恨恨的，对老婆喊道，“以后一定要关好门窗，不能让他再进这个家。”

李黑的母亲哪里听得进去，十分担心儿子的安全，流了一夜眼泪。

一连好几天，李黑都没有回家，也不知哪里去了。这天黎明时分，一条黑龙突然撞开窗户，飞入李福家中，他来到母亲床前，嗷嗷叫着要吃母乳。母亲虽然心中害怕，但还认得这是自己孩儿，便让他吃奶：“黑儿，你小声点，别吵醒你爹。”

可是，李黑现在是龙身，身形庞大，力气又猛，刚吸上几口，母亲就吃痛不住，惨叫一声，晕过去了。李福听得有动静，一下子惊醒了，只看见一条黑龙在自家屋子里头，龙头探入自己老婆怀里，正缠着吃奶。

李福又惊又怒，抢起一把铁锹，朝黑龙劈去：“我打死你这孽子，免得以后成了祸害！”

黑龙十分警觉，听见声音，即刻掉转龙头，想要飞出窗外。但屋子狭窄，转身时龙尾巴拖到地下，只听“卡嚓”一声，李福的铁锹就铲在了龙尾上，龙尾顿时就断了。等到黑龙飞出窗外时，已经成了一条秃尾巴龙。

黑龙失了尾巴，又疼又悲，躲在河底养伤，他时常挂念母亲，每到晨曦时分，他都要回家去看看。一日又一日，秃尾巴黑龙在屋顶盘旋悲吟，夹风带雨的。李福一听到龙吟声和冰雹声，马上举着铁锹站在门口，仰着头，对屋顶的秃尾巴龙痛骂不停。

没想到，李黑的母亲受了这场惊吓，得了一场大病，又因为缺医少药，没几天就病死了。去世那天，正是农历的六月初八，李福大哭一场，把她葬到了山上。下葬那天，秃尾巴黑龙在山顶久久盘旋着，不肯离去。从此之后，那座山终年雨雾迷蒙，草木葱茏。每到雨天，当地人都说：“这是秃尾巴黑龙在哭他的母亲哩。”

黑龙为母亲守丧三年，之后便离开了。人们感念黑龙对母亲的情谊，便在他母亲的墓地处建了一座龙母庙。有时天旱不雨，人们只要到龙母庙烧香求雨，一求就会灵验。人们都说，这是因为黑龙孝顺——他虽然远在异乡，但只要一听到母亲呼唤，他准会回来为乡亲们布云施雨。

再说那秃尾巴黑龙，离开家乡后，游历着三山五岳，一晃就是好几年。有一天，天朗气清，黑龙心情大好，朝着东北方向飞行了几千里，瞧见一条弯弯曲曲的大江，只见江水清澈见底，两岸树木长得郁郁葱葱，不由得心中喜道："这真是个好地方！"秃尾巴黑龙降落云端，一头扎进江里。那江水清凉惬意，黑龙满心欢喜，便顺着江流游戏玩耍，翻腾畅游，十分快活。

原来，这条江叫作白龙江，江中有一条白龙驻守。这会儿，那白龙正在水府中养神，突然听到江中动静，连忙出府查看。一眼瞧见一条秃尾巴黑龙在江中玩耍，顿时怒火中烧，骂道："好你个秃尾巴野小子，竟敢闯进我的地盘！"说着，白龙张嘴就喷出一道白色电光，夹裹着风雷，张牙舞爪地朝着黑龙猛扑过去。

黑龙吓了一跳，连忙闪到一边，赔着笑脸道："白龙不要动怒，有话好好说，我见这条江清澈透底，沿岸风景优美，咱们一同游玩可好？"

"就你这个乡巴佬，残废一条，别玷污了我这白龙江。你怎么配与我一同游玩？赶紧滚！"

俗话说"打人不打脸，揭人不揭短"，黑龙一听这话

也心生怒火："你这话好没道理，定是仗势欺人惯了。"

白龙哪受过这样的气，怒吼着又扑了过来。顿时，一条白龙，一条黑龙，你来我往，在江底下打斗起来。白龙法力高深，而黑龙年幼力弱，断尾又不能维持身体平衡，再加上从来没有打斗经验，没斗上几个回合，黑龙已经累得气喘吁吁，身上被白龙抓出了斑驳的血痕，渐渐没有了招架之力。

眼看着就要不敌，黑龙暗想：好汉不吃眼前亏，走为上计。于是，他虚晃一爪，一抽身跃出水面，变成黑衫少年李黑，沿着江边小路跑进了深山老林。白龙也不追赶，大笑着回水府去了。

再说李黑，跑着跑着，突然脚下一绊，狠狠地摔了一跤。等他爬起来一看，发现是个采参的老人。那老人看上去五十来岁，满脸风霜，一只手紧紧拽着一把挖参的铲子，另一只手握着一个空空的褡袋。老人缓缓睁开眼，张嘴想要说话，却什么话也说不出来，慢慢地伸手指向了远处山沟的茅屋。

李黑明白了他的意思，马上背起老人，翻过山沟，走进那间茅屋，把老人放在床铺上。老人又指向一根小人参，示意李黑拿去煮汤。

李黑连忙忙活起来，煮了一碗人参汤，喂老人喝了。喝过参汤，老人才缓过气来。

李黑道："老伯是哪里人，怎么会昏倒呢？"

"一言难尽啊！我是山东人，在这里挖了十几年人参。"老人叹了口气，"前些日子，老天爷眷顾，让我挖到一棵千年人参。没想到，这宝贝还没捂热乎呢，又马上失去了。"

"怎么，这里有强盗？"

“要说强盗，也算是强盗了——那白龙江里有条白龙，自称龙神，却比强盗还不如呢！它喜怒无常，时常强抢民间女子，稍有不如意，就要发大水。我那棵千年人参一出土，它就嗅到了，驾着云团来抢，我躲闪不及，便被它一尾巴扫倒在地，抢走了千年人参。可怜我人老力衰，哪里是它的对手，若不是你仗义相救，只怕性命也没啦。倒是你，为什么来到这里？家在哪里呢？”

李黑说：“我也是山东人。母亲早逝，又被父亲嫌弃，这才流落到这里。刚刚在江水那边被恶人打伤了，如今我孤身一人，老伯能否让我住下，彼此也好有个照应呢？”

老人高兴地答应了。李黑住下后，每日清晨都会扛着锄头到山坡开荒种地。他把荒坡上的石头都扛到了潭边，筑起了一道高高的石堤。没过多久，李黑就开好了一块田地，还种上了麦子。之后，他又抓了一群野山羊，养了起来。到了秋天，麦子收成很好，小山羊也长成大山羊了。收了麦，磨成面后，李黑恭敬地向老人磕了三个头，说：“老伯，眼下我有一事求您，请老伯务必答应。”

老人连忙扶起他：“黑儿，这是怎么啦？你有什么话不妨直说，咱爷俩哪需要这么客气？快起来。”

“不瞒老伯，我虽是凡人所生，却是一条真龙。当年，我母亲吃了龙耳所化李子有感，怀孕生下我。之后，我便来到了这里，听闻那白龙作恶，有心铲除它，可惜我力气不足，打不过它。”

老人看着刚磨完的面粉，若有所思地问道：“你现在有把握吗？”

“如果老伯助我，便有八九分希望。”

“怎么帮？”

李黑说：“我明日入水与白龙打斗，江上泛黑水时，便是我浮上水面，你就扔一只山羊，再倒一笼馒头，这样我吃饱就有力气了。而那白龙浮上来时，江水会变白，你便撒生石灰，扔大石头，那白龙定会手脚忙乱，我便有机会胜它。”

“好，到时我叫上附近的村民一起到江边帮你。”

两人当即蒸好十二笼馒头，上山准备了大石头和生石灰，又通知了附近的村民，当晚好好睡了一觉。

第二天一大早，李黑来到江边，化身成一条粗壮矫健的秃尾巴黑龙，跃进了江中。

那白龙早察觉了动静，游出了水府，一见是之前那条秃尾巴黑龙，不由得哈哈大笑："原来是你这个秃尾巴小子，手下败将，你又来找打？"

黑龙正色道："我这次来，要和你一决输赢。如果你胜，我任你处置；如果我赢，你要离开这江中水府，迁到山里龙潭居住，从此修身养性，再不可为害人间。"

"秃尾巴小子，你好大口气，快过来受死！"

两条龙顿时各自喷出火焰，在江中翻腾打斗，只搅得江底泥沙泛起，江面恶浪滔天，天上乌云密布，地上雾气弥漫。老人和村民们在岸边焦急地等待着，过了足足一个多时辰，忽然看见水面翻起了黑浪，众人连忙朝水中扔下一只山羊，又倒入一笼馒头。过了一会儿，黑浪下沉，江面冒出白泡，他们连忙朝着那水中倒生石灰，扔大石头。

就这样，两条龙在江里大战了三天三夜，黑浪白浪交替了十二回，那十二只山羊、十二笼馒头全扔下了水，那些生石灰、大石头同样也下了水，江面渐渐恢复了平静。等到江岸云开雾散时，一条秃尾巴黑龙跃出了水面，人们看到它用一条大铁链锁着一条白龙，飞入丛林茂密的深山，把白龙锁在了一处深潭之中。

从那时起，白龙果真不再兴风作浪，在里面修身养性起来，水潭便叫作白龙潭了。再说黑龙，代替白龙管理起江水来，按照季节行云布雨，使得两岸年年风调雨顺，百姓们年年都有了好收成。人们知道黑龙姓李，又没有尾巴，都亲切地称呼他“秃尾巴老李”，那条江也改名“黑龙江”。而船夫们得知黑龙是山东人，每每开船渡江，都要问上一句：“船上可有山东人？”不管有没有，总有人答上一句：“有哩——”这时，就会有一条鲤鱼跃上船来。人们都说，这是秃尾巴老李给山东老乡送礼来了。船上的人往往也会把鲤鱼放生，再说一声：“情收了，鱼放回，多谢老李哩！”

那黑龙王，身在黑龙江却时时思念母亲，每逢母亲的忌日，也就是六月初八，他都会呼风唤雨地回到山东，到母亲坟前拜祭一番。这一来一去，无形中就给山东带来了云雨，缓解了旱情。

嫦娥奔月

传说远古时候，帝俊和羲和生了十个孩子，这些孩子都是太阳。他们住在遥远的东海中一棵叫作扶桑的大树上，每天会有一个太阳巡游天际，为大地送去温暖，为万物送去光辉。突然有一天，太阳们一起出巡了，直烤得大地冒烟，海水枯干，眼看着人们没办法生存了。这时，神箭手羿出现了。他背着神弓，登上了昆仑山顶，拉开神弓，神箭对准了天上的太阳。只听“嗖嗖嗖”九声，九个太阳应声而落，只剩下一个太阳了，天地又恢复了正常的秩序。羿立下了大功，深受百姓们的尊敬和爱戴，许多年轻人都慕名而来，向羿拜师学艺。

羿有个美丽善良的妻子，名叫“嫦娥”。他们是一对恩爱夫妻。有一回，羿前往昆仑山访仙求道，巧遇了西王母。西王母感念他射日有功，拯救了天下苍生，特意赐给他一服不死药。只要吃了，即刻能升天成仙。可羿哪里舍得撇下妻子呢，他就把不死药交给了嫦娥珍藏，嫦娥便把药藏在了梳妆台的百宝盒里。谁知，有一个叫逄（páng）蒙的弟子得知了关于不死药的秘密，一心想要把不死药弄到手。

八月十五这天，羿领着弟子们外出狩猎，逄蒙起了歪心思，假装生病留下。到了晚上，他手持宝剑闯入内宅，威逼嫦娥交出不死药。嫦娥心想：这不死药一定不能落在他的手中，到时候还不知道要生出多少事端呢。一想到这儿，她机智地与逄蒙周旋，拖延着时间。逄蒙见嫦娥迟迟不肯交出仙药，就翻箱倒柜，四处搜寻。嫦娥无计可施，除了祈祷羿快点回来外，真不知道该怎么办才好。

这时，逄蒙朝着梳妆台走了过去，嫦娥一下子慌了，危急之时她当机立断，一把打开百宝盒，拿出不死药一口吞了下去。逄蒙被嫦娥突然的举动惊呆了，再想着去抢不死药，已经晚了。嫦娥吞下药后，身子不由自主地飘离了地面，冲出了窗口，向天上飞去。嫦娥又惊又怕又喜，可是她心里依旧牵挂着丈夫，不忍离去，就朝着离人间最近的月亮上飞去，成了广寒仙子。

等羿回到家后，侍女们向他哭诉了发生的事。羿既惊

又怒，拔出剑要砍杀逄蒙，可是那坏小子早逃走了。羿急得捶胸顿足，悲痛不已，当他仰望着夜空呼唤妻子的名字时，他惊奇地发现，今夜的月亮格外皎洁，上面仿佛有个酷似嫦娥的身影。羿兴奋地让人在嫦娥喜爱的后花园里摆上香案，并准备了她最爱吃的蜜食鲜果，遥遥拜祭月宫里的嫦娥，以解相思之苦。

百姓们听说嫦娥奔月成仙的消息后，也纷纷在月下摆设香案，向嫦娥祈求吉祥平安，盼望着一家人团团圆圆，不要像嫦娥和羿那样受分别之苦。从那之后，中秋节拜月的风俗便在民间传开了。

八仙过海

传说，在终南山有八位神仙，他们分别是吕洞宾、铁拐李、汉钟离、张果老、韩湘子、曹国舅、蓝采和和何仙姑。

有一天，八位神仙应邀赴王母娘娘的蟠桃会，回来后酒兴正浓，铁拐李建议道："都说蓬莱、瀛洲、方丈三座神山景色秀丽，我们去游览一番，怎么样？"吕洞宾道："这主意好，听说东海有条八带鱼，卜卦非常灵验，正好也见识一下。"众仙也赞同，便朝着东海飞去。

到了海边，众仙都被波澜壮阔的东海震惊了，好半晌才缓过神来。蓝采和扬着手中的响板，指着波涛涌动的大海说："这海上没船，咱们怎么过去呀？"

吕洞宾笑着道："这有什么难的？我们是仙人，今天只凭各自道法，渡过这茫茫大海，怎么样？"

不等众仙回应，铁拐李瘸腿一颠，抢步蹦到海边，将酒葫芦朝海里一扔，爽快地说：“咱八仙过海，各显神通。先看我的！”说着，他“噌”地跳上了变大的酒葫芦，箭一般向前面驶去。

“好！”吕洞宾剑指一指，宝剑“唰”的一声出鞘了，迅速地变大变宽，落在了海面上。吕洞宾拔地而起，站在剑身上，疾驰而去。

其余六仙不甘落后，只见汉钟离一挥袖子，宝扇一晃便落在了海面上，踩上去后稳稳当当地漂流起来；张果老把沾水就活的纸驴往海面一抛，倒骑着，得意地向岸上的人招了招手，悠闲地朝前而去；曹国舅掏出玉笏，一片宝玉的光辉抚平了海浪，庄严地朝前而去；韩湘子一挥笛子，海面上出现了一个大花篮，他纵身跃上花篮，在漫天芬芳中优哉游哉地向深处漂去；何仙姑将手中的荷花往海里一放，顿时红光四射，花姿婀娜，一派吉祥，引得鱼儿欢快地直往荷叶里头蹦蹿；蓝采和也不甘示弱，擎起响板钩下一片霞云，轻抛水面，晃身而上，打着响板唱着渔歌跟了上去。

八仙遨游，海面上顿时一片欢腾，光芒映天耀地，直

射海底；悠扬的笛声、响板清脆的击节声，以及嘹亮的歌声直传龙宫，听得东海龙王及一众水族心动不已。尤其道道宝光射入龙宫，更诱得东海龙王心痒难耐，情不自禁地走出龙宫，悄悄地浮出海面，偷眼观望，发现远远落后的蓝采和正唱得忘我，手中响板玉音铿锵，灵气逼人，不由贪婪之心骤起，等蓝采和来到近前时，他一跃而起，抢下响板便逃回了龙宫。

蓝采和一时不防备，吓了一跳，歌声乍停，整个人傻了般盯着空空的右手，说不出话来。七仙听到后面没了声音，连忙返了回来。蓝采和说响板被抢走了。众仙怒不可遏，问是谁抢走了。蓝采和摇摇头，他也不知道，只气得两眼通红……大家你看我，我看你，连番掐算，却得不到丝毫头绪，急得不得了。

铁拐李性子最直，气得挥舞着铁拐直画圈。他这一画圈可不要紧，海水受不了了，只见浪头一蹿三丈高，惊得海中生灵抱头鼠窜，仓皇地逃向海底。不料，一团红光突然从浪中倏地蹿了出来，“啪”的一声落在了何仙姑翠绿的大荷叶上。何仙姑俯下身一瞧，只见红团缓缓展开，里面竟是一条灵性非凡的八带鱼！何仙姑把它捧了起来，关切地问："伤着了吗，小东西？"

那条八带鱼在何仙姑手上蠕动了几下，张着大眼睛，口吐人言："怎么，仙姑不记得我了吗？多年前，刘海哥和金蟾仙子私下婚配，惹得王母娘娘大怒，派雷公、电母下凡捉拿金蟾……那时我在南海嬉戏，误被雷击，生命垂危……恰好您和七仙赶到，制止了雷公、电母，并替金蟾仙子向王母求情，还给我服了八卦仙丹……"

"原来是你呀！没想到能在这儿见到你！"何仙姑一下子想起了往事。

八带鱼见何仙姑认出了自己，更高兴了，忙说："仙姑，我服了您的八卦仙丹后，不光活了命，还长了算卦的本事。我算准你们今儿个会来蓬莱，急忙从南海赶来，答谢您的救命大恩，不料，却看到另一幕……"

"另一幕？"何仙姑略有所思，忙问道。

八带鱼道："我亲眼瞧见了东海龙王抢了他的响板！"

"什么！"八仙回过神来，愤然道，"原来是这条老泥鳅！"

"哼！这条老泥鳅行雨无时，总嫌百姓香火不旺。早想收拾他了！如今犯在你我手里，定不能饶了他！"铁拐李抄起铁拐就要打先锋，余仙也摩拳擦掌，准备动手。

吕洞宾忙拦住大家，他先谢过八带鱼，然后对何仙姑道：“这一仗，咱们师出有名，绝不会放过他！不过，不能叫这位小兄弟受牵连。仙姑还是送他回南海吧。”何仙姑会意，不待八带鱼反应，便轻吹一口仙气，将他送到一团白云上，朝着南海疾飞而去。

吕洞宾这才开始排兵布阵。他让张果老、曹国舅陪同蓝采和下海向东海龙王讨要响板，并叮嘱道：“不管老龙王承认与否、交与不交响板，你们只管激怒他，然后边打边退，回来准备应敌。”待三仙走后，他又吩咐道：“只要他们出来，李道兄作法搅动海水。湘子、仙姑随时接应三仙，缠住那条老泥鳅，狠狠地打他！”

不等吕洞宾说完，一旁的汉钟离耐不住了，扳住吕洞宾肩头，大叫道：“我呢？你让我干啥？是不是嫌弃我老了，让我站在一旁看热闹呀？”

“哪能哟！老哥！”吕洞宾笑着道，“待会儿我一抛葫芦，您就可劲儿地扇风，咱们来一个火烤龙肉，哈哈哈……”

正说笑着，突然，海面浪花四涌，只见张果老、曹国

舅、蓝采和瞬间从海中冲了出来，各自立在浪头上，瞅着身后的东海龙王。狡猾的东海龙王率领虾兵蟹将在后面观望，并不急于追赶。铁拐李降落云头，丝毫不敢耽搁，铁拐一晃，顿时变得有五尺粗，百丈长，直插海底，双臂运力，只搅得海浪拍天，鱼仰鳖翻。吕洞宾也不耽搁，拔开葫芦嘴，立时一股真火呼啸喷出；汉钟离扇子一挥，顿时迎风变大，扇出一阵阵儿神风，卷着火焰朝着海中而去。海面上顿时火焰熊熊，不大一会儿海水就被烧得沸腾了……水族兵将难忍煎熬，轰然四散，哪里还管打不打架呢，逃命要紧……

东海龙王挣扎着逃出了火海，浑身焦黑，被五仙围在了空中。吕洞宾见差不多了，就和铁拐李、汉钟离收了宝贝，又施展法术熄灭了火焰、抚平了浪涛，升到空中。铁拐李一瞧见东海龙王，气不打一处来，抡起铁拐就朝着龙头砸去。

“别伤他性命！”吕洞宾连忙举剑架住了铁拐，“我们还是押着他去天庭，听候玉帝发落吧。”

就这样，蓝采和找回了响板，八仙过海的故事传遍了天下，他们的名头也更响亮了。

孟姜女的传说

秦始皇统一六国后，听信方士卢生“亡秦者，胡也”的谶语，征集了大量民夫修长城，以阻挡游牧民族的侵扰，闹得老百姓鸡犬不宁。有一对新婚夫妻，男的叫万喜良，女的叫孟姜女。小两口甜蜜的日子没过几天，万喜良就被官府征往北方去修长城。两人愁得抱头大哭。

万喜良一去好几个月，一点音讯也没有。孟姜女一人在家，白天吃不下饭，晚上睡不好觉，渐渐地整个人憔悴得不成样子。转眼到了十月，天渐渐凉了，早上的露水都变成了白霜。这时，家家户户都忙着拆洗缝补，赶着去给修边墙的亲人送寒衣。孟姜女也拆拆洗洗，为万喜良准备了御寒衣服，年老体弱的公婆打算托人带过去。孟姜女心中拿定了主意，一则怜惜父母，二则思念丈夫，决定亲自去给丈夫送寒衣。

孟姜女收拾妥当，带着干粮，背着寒衣，向公婆拜别，喊一声“爹”，叫一声“娘”，哭着说：“我一定把寒衣送到喜良手中，找不到他，我决不回来。爹娘多保重身体。”

孟姜女出门了。可她走了一天，才走了七八里，像自己这样的走法，几千里路程啥时才能到呢？她想着想着，难过得哭了起来，不想却睡着了，突然觉得自己站在了一块云彩上，朝着北方行去。原来，一个路过的神仙感念她的真情，就帮了她一把。

孟姜女坐在云彩上，只听见“呼呼”的风响，没过多久，就来到了长城脚下。只见那些民夫一个个破衣烂鞋，面黄肌瘦，挥舞着工具，抬扛着石头，缓缓地走着。那些秦兵动不动就对着民夫们挥上一鞭子，而那些死掉的人，堆在了长城边上，秦兵正拉着往城墙里埋。孟姜女吓得脸色煞白，心惊肉跳，强忍着心中的恐惧，沿途向民夫打听丈夫的消息，一连问了好几个人，都说不知道。

瞧着那些死去的人，孟姜女心里很不踏实，生怕有什么意外。她忐忑不安，继续挨个询问，一个抬石头的民夫低头想了想，哑着嗓子说：“早先确实有个叫万喜良的。

不过，几天之前，他累死了，尸体就埋在那边墙里了。不知道是不是你要找的人！”

孟姜女一听，一句话也说不出来了，两腿一软，眼前一黑，“扑通”一声瘫在地上，晕了过去。那民夫吓了一跳，赶紧擦了擦手，使劲掐了一下孟姜女的人中，把她救了过来。她一醒，顾不上感谢，拉起围裙把脸一蒙，号啕大哭起来。不料，孟姜女哭出第一声时，长城上的碎石纷纷直落；孟姜女哭出第二声时，长城的墙体开始摇晃；孟姜女哭出第三声时，只听“哗啦啦”一声，城墙塌了几十丈长。孟姜女哭啊哭啊，哭得越悲痛，城墙塌得就越快越多，顷刻之间，竟哭塌了几百里，露出了白森森的死人骨头。

孟姜女顾不得害怕了，她知道这里面就有丈夫的尸骨，便咬破中指，往骨头上挨个滴血，一边滴一边说：“要是喜良，血就渍洇；不是喜良，血不变样！”孟姜女滴着血，掉着泪，也不知道查了多少尸体，滴了多少鲜血。或许是上天怜悯她，最后她总算找到了自己的丈夫。她抱起尸骨再次大哭起来，一连哭了三天，直哭得天昏地暗，日月无光。

长城被哭倒了，这可是天大的事儿，早就有官兵把孟姜女围住了。消息一层一层就传到了皇宫里，秦始皇震怒，下令把她押过来，又下令再次征招民夫，把那些哭倒的长城重新垒起来。很快，孟姜女被带到了大殿上。

秦始皇一见，顿时被孟姜女的美貌迷住了，自己的妃子们都被比下去了。他整了整威仪，轻声对孟姜女说："小女子，你是哪州哪县的人氏，为何要哭倒边墙？"孟

姜女一见秦始皇这个首恶，就狠狠地说：“俺家住河南杞县城南十里许家庄。我是孟姜氏，丈夫万喜良被你逼来修边墙，累死了。”一边说着，一边又痛哭起来。

秦始皇说：“既然如此，我安排人将万喜良厚葬，从今儿起你就留下吧，保你有享不尽的荣华富贵！”

孟姜女心想：我恨不得杀了你，你竟还打这主意！可是，一想到自己是个弱女子，丈夫尸骨未寒不曾下葬，不能太莽撞，当即说道：“谁不愿意享受荣华富贵呢？不过让我这样做，必须依我三件事才行！”秦始皇一听，顿时心里美滋滋的，毫不在意地说：“说吧，别说三件，就是百件、千件我也答应你！”

孟姜女说：“第一件，用玉石棺材收殓我丈夫的尸骨，埋到你家风水宝地九龙口，不能葬在黄沙岗！”秦始皇哼了一声，同意了。

“第二件，让文武百官披麻戴孝，你也得跟着灵柩拄哀杖，为我夫送葬！”秦始皇听了，顿时脸色一变，心想，朕乃始皇帝，怎能给一个凡夫俗子扶棺呢？转头又一想：俗话说强扭的瓜不甜，要是这么做能得到佳人的心，也值了。权衡再三，他答应了：“行！”

“第三件，为我在江边架一副秋千，我要荡秋千解愁。”这是小事儿一桩，秦始皇想也没想就答应了。

就这样，秦始皇为万喜良安排了下葬的日子，完成了孟姜女的心愿。秋千也架了起来，上面飘着彩缎，随风飘舞着，十分漂亮。这天天气晴朗，秦始皇率领着百官来看孟姜女荡秋千。孟姜女遥望着天际，又静静地望了望江水，便登上了秋千，用尽所有力气荡了起来，那些彩带也随着飞扬，远远望去，仿佛九天仙女下凡。秦始皇和众百官都看呆了。

秋千荡到了最高处，孟姜女放眼望去，想看一看家乡的爹娘；第二次荡起来了，她又远远地望向了故乡，希望能记住那里的一草一木；等第三次荡起来时，她双手一松，纵身跳入了滚滚江水之中，霎时间就没了影子。

秦始皇急坏了，赶紧命人打捞。可是，江水悠悠，连一块布都没有捞上来。秦始皇不得不放弃了，带着满朝官员灰溜溜地回宫了。

白蛇传说

这年三月三，正是游湖踏春的好时光。八仙之一的吕洞宾也来凑热闹，变成个白胡子老头儿，挑着一副担子，在西湖边一株大柳树底下卖起了汤圆。

等锅里的汤圆浮起来时，他大声吆喝起来：“卖汤圆啰，卖汤圆啰！大汤圆一个铜钱买三个，小汤圆三个铜钱买一个！”

人们一听，都笑了起来，纷纷说道：“老头儿，你喊错了！小的应该便宜点，大的贵点。”吕洞宾也不答话，照样喊着。人们一瞧，还以为老头糊涂呢，都围了过来，纷纷买他的大汤圆吃，不大一会儿就卖光了。

这时，来了个五十来岁的老汉，抱着个小男娃，小家伙一见人们在吃汤圆，也吵着要吃。老汉没办法，只好掏了三枚铜钱，买了一个小汤圆。吕洞宾舀了一碗汤圆水，递给老汉，碗里面漂着个小汤圆。小男娃觉得好玩，朝着汤圆吹气，小汤圆就绕着碗转了起来，一圈又一圈的，非常有趣。等玩够了，小男娃舀起汤圆刚想吃，那汤圆就像活了似的，一下子钻进了他的小嘴巴，滑到肚皮里去了。

没想到，小男娃回到家后，三天三夜不吃东西。老汉急得要命，就抱着他来找卖汤圆的人。吕洞宾见了哈哈大笑，猛不防抓住他的双脚倒拎起来，喝声："出来！"三天前吞进去的小汤圆竟囫囵着从他那小嘴巴里掉了出来，落在断桥上，骨碌碌滚下西湖去了。

而在这断桥下面，有一条已修炼了五百年的白蛇。这天，它刚从湖底钻出水面，正巧那个小汤圆从断桥上滚下来，掉进了它的嘴里。谁知，这个小汤圆却是吕洞宾的仙丹，白蛇吃了后，平添了五百年的功力，顿时有了化形为人的本事。

这一年三月三，白蛇化身成一位漂亮的姑娘，自称白娘子，悄悄地飞上天，去参加王母娘娘的蟠桃会了。

没想到，王母娘娘一眼就看到了白娘子，怎么瞧也不认识，就问南极仙翁："那个漂亮的姑娘是谁呀？"

南极仙翁笑呵呵地指着吕洞宾说："这事儿应该问他！"

这可把吕洞宾弄糊涂了，他想来想去，想不出个所以然来。南极仙翁大笑了一阵儿，便把他西湖卖汤圆的经历讲了出来。说得吕洞宾和众神仙都笑了。没想到，南极仙翁这番话，勾起了白娘子的心事。她想：多亏了那个小男娃吐出了仙丹，我才有机会得道成仙，一睹这世间繁华，应该好好谢谢他啊。

等到蟠桃会散了，白娘子赶紧向南极仙翁求教："老仙翁，老仙翁，你知道那个小男娃在哪吗？我想见见他。"

南极仙翁笑着说："你到天上走这一趟，人间已经过去十八年啦，如今那小男娃早长成一个俊朗后生了！"

白娘子听了，不觉心里一动，又问："那我怎样才能找着他呢？"

"西湖边上那个最高又最矮的人就是他。"南极仙翁讲完，便笑呵呵地踏着云朵走了。

白娘子揣摩着老仙翁的话，驾着云回到了西湖。她走到映波桥边，看见有个老叫花子，手里拎着一条小青蛇，觉得怪可怜的，就花钱买了下来。谁知，老叫花子刚走远，那小青蛇转眼就变成了一个青衣青裙的小姑娘，自称小青。两人一见如故，结拜为姐妹，一起游起了湖。

小青见白娘子东张西望的，根本不像游湖，就问："姐姐，你这哪是游湖啊，倒像寻找什么呢。"

白娘子笑了笑，就把自己的故事和南极仙翁的话告诉了她，让小青也帮着猜一猜。

这天，正逢清明节，天气很好，湖边到处都是人。尤其是断桥边上，游人更多。白娘子和小青在人群中穿来穿去，寻找着那最高又最矮的人。转眼就到了晌午，她俩又寻到断桥边来。

断桥边的一棵大柳树底下，有个马戏班子正在表演把戏，一大群人围着看。小青这边看看，那边望望，猛地叫起来："姐姐，我寻着那个最高又最矮的人啦！"

"在哪里呀？在哪里呀？"

"你看！"小青朝那大柳树上一指。原来树上坐着个年纪轻轻的小后生。

白娘子朝那小后生看看，说："他个儿不高呀！"

"你看他坐在高高的树上，来来往往的人都没有他高啊！"

"他个儿也不矮呀！"

"可是他的人影落在地下，大家都能从他头顶踏过，

这不是最矮的人吗？”

“对呀，对呀，一定是他！”白娘子心里暗暗地说：“老仙翁呀老仙翁，原来这就是您的谜底呀！”

白娘子见那小后生眉目清秀，相貌堂堂，不觉又惊又喜，只是不知他的名姓，又不好意思叫他下来。小青想了个巧法子，叫白娘子暗地作起法来。一会儿，天上乌云密布，雷声隆隆，下起了大雨来。那人群顿时四散而逃，各自躲雨去了。

小后生从大柳树上爬下来，跑到西湖边，刚坐上一只小船，小青便在岸上喊起来：“船夫，船夫，让我们搭个便船吧！”

小后生见两个姑娘站在岸边，被雨淋得像落汤鸡似的，忙叫船老大把船靠岸，让她们上船。

就这样，她们知道了他的名字——许仙，寄住在清波门姐姐家里。许仙和白娘子一见倾心，在小青的撮合下，便结了亲。

之后，他们搬到镇江，开了一间叫“保和堂”的药店。许仙开方，白娘子撮药，还在门口挂起牌子：“贫病施药，不取分文”。加上他们医术高超，保和堂很快就出了名。每天来瞧病的、道谢的，从早到晚，络绎不绝，差点儿把门槛都踏平了。

这年端午节，家家户户按习俗在门前挂起菖蒲、艾叶，地上遍洒雄黄药酒。清早，白娘子让小青去山上避一避。小青不放心，让白娘子一起走。

白娘子说：“我有千年修为，不妨事！再说相公见你我都不在，肯定会着急！你快去吧！”

小青想想也对，说了声：“姐姐小心些。”说完，化阵青烟遁到深山中去了。她刚走，许仙就上楼来了。他一面走，一面叫：“小青，快收拾收拾，咱们去江边看赛龙船去。”

白娘子说：“我叫小青去买花线了！你自己去看吧。”

“那咱俩一道去吧！”

“我身上不舒服，你自己去吧，记得早点回来。”

许仙一听妻子不舒服，连忙来搭脉，搭了右手，又搭了左手，顿时叫起来：“没有病！你哄我。”

“我也没说生病呀，我是怀了身孕呢！”

许仙一听自己要当爹了，高兴得一蹦三尺高，连赛龙舟也不去看了，要在家陪着白娘子过节。

他到厨房里，拿了些粽子，烫了一壶老酒，酒里掺了雄黄，端到楼上来。

白娘子闻着雄黄气味，吓得脸色大变，说：“我不会喝酒，吃两只粽子陪陪你好啦。”

许仙不依，说：“今天是端午节呀，不管会喝不会喝，都应该喝上一口。”

“酒里有雄黄，我怀着身孕吃不得呢！”

许仙听了，便哈哈笑起来：“雄黄酒能驱恶辟邪，定胎安神，你还该多吃两盏哩！”

白娘子怕许仙起疑心，想着自己也是个千年真仙，就硬着头皮，喝了一口雄黄酒。哪晓得酒刚落肚，便马上发

作起来。她只觉头疼脑涨，浑身瘫软，赶紧爬到了床上。

许仙弄不清是怎么回事，便赶到床前，撩起帐子一看，白娘子不见了，一条白蛇盘在床上，吓得他大叫一声："啊呀！"一头栽倒在地上。

直到小青回来，白蛇还没醒酒哩！小青急忙推醒白娘子："姐姐，快起来看看呀，这是怎么啦？"

白娘子见许仙死了，就大哭起来："都怪我不小心现了原形，把他吓死啦！"

小青说："那快想个法子救活他呀！"

白娘子摸摸许仙心口，还有一丝儿热气，说："小青，凡间的药草是救不活了，你守着官人，不要让任何人接近，我这就去昆仑山盗仙草！"说着，双脚一跺，便驾云向昆仑山飞去。

只一刻工夫，白娘子就飞到了昆仑山，很快就寻到了能起死回生的灵芝仙草。她悄悄采了一棵衔在嘴里，正准备飞走，忽听到空中"扑棱棱"一声响，看守灵芝仙草的白鹤童子从天边飞来了。他见白娘子盗了仙草，便展开翅膀，伸出长喙，朝白娘子扑了过来。白娘子好言相求，但白鹤童子哪里允许，两人便在空中你来我往地打斗起来。眼看着白娘子就要不敌，忽然一根弯头拐杖从后面伸来，一把把白鹤的长颈钩住了。白娘子一见是南极仙翁，连忙哭着央求："老仙翁，请把灵芝仙草赐给我，救救许仙吧！"

南极仙翁早已知道事情的经过，点头答应了。白娘子道谢过，急忙飞回了家。她把灵芝仙草熬成药汁，灌进了许仙嘴里。过了一会儿，许仙就活转来了。

许仙一瞧见白娘子，吓得转身跑下楼去，躲在账房里，整整三天三夜都不敢踏上楼梯一步。第三天夜里，白娘子和小青想了个计策，来到账房外，问道："你为何三天三夜不上楼来呀？"

许仙不知该怎样回答，就支吾着："店里生意好，我忙着算账呢。"白娘子和小青再三询问，许仙才说出看见白蛇的事儿。

白娘子索性挑明了，说："相公，我好好的一个人，怎么会变成白蛇呢？必定是你眼花看错啦。"

小青插嘴道："许相公没看错，我也看见的。那天，我买了花线回来，听见他在喊叫，等我奔上楼去，他已经昏倒在地上了。我确实看见一条白闪闪的东西，又像是蛇，又像是龙，从床上飞起来，飞出窗外就不见了。”

白娘子也笑着说：“哦，想来是苍龙现形了，正好应着我家生意兴旺、添子加孙。可惜我那会儿睡熟了，要不然，一定要点上香烛拜拜它哩！”

许仙听她们讲得认真，仔细想想也不错，心里的疑团一下子就散去了。

然而，金山寺里有一个法海和尚，本是只乌龟，曾在如来莲花座下听经，趁着如来佛不备，偷了他三样宝贝——金钵、袈裟和青龙禅杖，跑到了凡间，化名法海，躲到了金山寺中，仗着本领高强当上了方丈。法海和尚嫌金山寺香火不旺盛，便在镇江城里散布瘟疫，想叫人家到寺里来烧香许愿。谁知，保和堂施的“辟瘟丹”“驱疫散”很灵验，瘟疫传不开来。

法海和尚气得要命，假装化缘，来到保和堂药店，偷偷向里面张望，发现那许仙之妻竟然是条白蛇变的，便计上心来，躲在了暗处。等到了打烊时，白娘子上了楼，法海敲着木鱼，走向许仙，说：“施主，生意兴隆呀，请给我化个缘吧。”

许仙问他怎么个化法。法海说：“七月十五金山寺要做盂兰盆会，请你结个善缘，到时候可来烧灶香，求菩萨保佑你多福多寿，四时平安。”

许仙听得开心，就掏出一串铜钱，在化缘簿上写下了名字。

转眼七月十五就到了。许仙早早收拾妥当，对白娘子说：“娘子，今天金山寺做盂兰盆会，我们一同去烧灶香好吗？”

白娘子答道：“我怀有身孕，不宜爬山。你烧完香早点回来。”

许仙独自前往了。没想到，他刚进金山寺，就被法海拽到了禅房里。法海对他说：“施主呀，今天我得告诉你一件事：你妻子是个妖精！”

许仙顿时生了气：“你这和尚好无礼，我妻子好端端的人，怎么会是妖精！你不要乱说。”

法海和尚假笑着道：“这是因为施主已被妖气迷住了。老衲看出她是白蛇变的！”

许仙顿时愣住了，一下子想起了端午节那天的事。法海知道这话说到他心里了，接着道：“施主只要拜老衲为师，出家为僧，便可保你平安！”

许仙想：娘子对我情比海深，即使她是白蛇，也不会害我的。如今她还有了身孕，我怎能丢下她出家做和尚呢？这样一想，他无论如何也不肯出家。法海和尚见许仙不答应，直接把他关了起来。

白娘子在家里等着许仙，左等等不来，右等等不来，一连过了四天，她再也坐不住了，便和小青到金山寺去寻找，到了寺门口，向一个小和尚询问。小和尚说许仙的妻子是妖怪，许仙被方丈关在了禅房。

小青一听冒起火来，指着小和尚的鼻子大骂："快叫那老贼秃出来！"

小和尚吓得连滚带爬地奔进寺去，把法海和尚叫了出来。法海见了白娘子，说："大胆妖蛇，竟敢入世迷人，破我法术！如今许仙已拜我做师父了。要知道'苦海无边，回头是岸'。老衲慈悲为本，放你一条生路，趁早回去修炼，早成正果。不然，休怪老衲无情！"

白娘子按住心头之火，好声好气地央告："你念你的经，我治我的病，井水不犯河水，又何苦硬要做对头呢？还是请老禅师放我官人回家吧！"

法海和尚不再吭声，举起手里的青龙禅杖，朝白娘子兜头就打。白娘子只得迎上去，小青也来助战。只可惜，白娘子有孕在身，渐渐支撑不住，败下阵来了。她心中不甘，一咬牙从头上拔下一根金钗，迎风一晃，变成一面小令旗，旗上绣着水纹波浪。小青接过令旗，举过头顶摇了三摇。霎时间，滔天大水滚滚而来，虾兵蟹将成群结队，一齐涌上了金山，不大一会儿就漫到了金山寺门前。

法海慌了，连忙脱下身上的袈裟，往寺门外一遮，忽地一道金光闪过，袈裟变成一堵长堤，把大水拦在外边。大水涨一尺，长堤就高一尺，大水涨一丈，长堤就高一丈，任凭你波浪怎样大，总是漫不过去。白娘子见此，只得叫小青收了兵。她们又回到西湖边上，再等机会。

许仙被关了半月，终于找着个机会逃了出来。他回到保和堂药店，发现已人去楼空，伤心得不得了！他又怕法海再来纠缠，便回到杭州，到了断桥边上，忍不住一边哭一边喊："娘子啊娘子，你在哪里呀？"

哪知，白娘子和小青正在西湖底下修炼，隐隐听得湖上有人叫喊，侧耳一听，发现是许仙的声音。她俩便从湖底下钻上来，捡了一片树叶，吹了一口气，变成一只小船，两人打起双桨，来寻许仙。

就这样，夫妻两人又在断桥相会了。随后，三人前往清波门许仙姐姐的家里，住了下来。没过多久，白娘子生下一个白白胖胖的娃娃，一家人开心得不得了。

满月这天，许仙家里要做汤饼会，给孩子办满月酒。许仙忽然听到外面有个货郎在叫卖金凤冠，便奔了出去。见那珠宝串成的金凤冠金光闪闪的，许仙越看越中意，便把它买了下来，送给了妻子。不料这金凤冠一戴到头上，就脱不下来了。它越箍越紧，越箍越紧……白娘子只觉得头重脑疼，眼前金星乱冒，一下子晕了过去。

许仙急得双脚乱跳，奔出门去找货郎。不料，法海横着青龙禅杖，挡在门外。原来，货郎是法海变的，那金凤冠正是他的金钵变的。他冲着许仙嘿嘿冷笑着道："施主，好言好语你不听，今天我到你家里收妖来了！"说着，就闯了进去。

法海朝白娘子头上吹了口气，金凤冠就变成了金钵。金钵射出万道金光，把白娘子团团罩住。小青扑过去要跟法海拼命，只听白娘子在金光里面喊："小青快走，练好功夫，再来替我报仇！"

小青自量斗不过法海和尚，化作一阵青烟从窗口遁走了。许仙死死抓住法海不放，又听白娘子在金光里面喊：“相公珍重！你一定要好好抚养孩子呀！”

白娘子泪流满面，渐渐变小，渐渐变小……最后，变成一条白蛇，被法海收进金钵里去了。法海收了白蛇，把她镇压在了塔下，亲自看守着，不许任何人接近。

小青在深山里勤苦修炼多年，觉得自己的本事练得差不多了，就回来寻法海报仇。这法海因镇压了白娘子，得意得不得了，根本不把小青放在眼里，两人在山下斗了三天三夜。谁知，小青越战越猛，法海直累得“呼哧呼哧”喘气。两人从山下一直打到雷峰塔下，小青猛地挥起一剑，直听“轰隆隆”一声巨响，雷峰塔倒了，白娘子瞅着机会从塔里跳了出来，和小青一道追打法海。

法海心里这个苦呀，只好且战且退，想找个机会逃走。不料，他一脚踏了空，“扑通”一声跌进了西湖里。白娘子见法海掉在西湖里，便从头上拔下金钗，迎风一晃，变成一面小小的令旗。小青接过令旗，摇了三摇，西湖里的水一下子便干了。法海东躲西藏的，也找不着一个稳当的地方。最后，他瞧见螃蟹的肚脐下有一丝缝隙，便一头钻了进去。那螃蟹吓了一跳，把肚脐一缩，法海和尚就被关在里面了，再也出不来了。白娘子和许仙一家人终于团聚了。

再说那螃蟹，原本是直着行走，自从肚子里钻进那横行霸道的法海和尚后，只好横着爬行了。直到今天，咱们吃螃蟹时，还能在它的背壳里面找到“和尚头”呢！

牛郎织女

从前有兄弟两人相依为命，带着一头老牛生活。哥哥娶了媳妇后，对弟弟渐渐冷淡起来，而嫂子更不拿弟弟当人看。每天早上弟弟去地里干活时，喝的是酸粥，中午吃的饭也是酸捞饭，晚上吃的则是剩饭剩菜；而哥哥和嫂子净吃好的。弟弟天天和老牛在一处干活，形影不离，久而久之，大家都叫他牛郎。

这天临近中午时，老牛突然说话了："快回家吃好吃的吧！"

"啊！你怎么说话啦？"牛郎吓了一大跳，但很快冷静下来，垂头丧气地说，"这么早回家，会挨骂的。"

"想回就回吧！"老牛摇晃着脑袋说，"我来想办法。"

他们来到了一块大石头跟前，老牛猛地一跑，"嘣"的一声，犁铧尖撞烂了。于是，牛郎收拾好工具，牵着牛回家了。

嫂子刚煮熟馄饨，见他回来了，慌忙喊道：“兄弟，快来吃饭吧！正要去地里喊你呢。”

哥哥问：“怎么这么早回来了？”

“犁铧打坏了。”

哥哥没吭声，弟弟吃了一顿好吃的。

第二天中午，老牛说：“快回家吧！人家吃包子哩！”牛郎不肯。老牛故技重施，又打坏了犁铧。牛郎只好回家了。

嫂子一见，开口就骂：“饿死鬼投胎呀，这么早回来要吃的啊？”

哥哥也问：“回来这么早干吗？”

牛郎说：“犁铧又打坏了。”

哥哥气坏了，骂道：“天天坏犁铧，不花钱啊？我看，还是分家过吧！”

牛郎没吭声，饱饱地吃了一顿包子。

第三天中午，老牛说哥嫂炸油糕，让牛郎回去。牛郎不肯。

老牛说：“你回去，他们今天要分家；你不回去，他们今天也要分家。回家时，你割上一些葛儿蔓，丢在我的面前。等你吃饱饭，就对我说：‘老牛不吃那葛儿蔓，我也不吃那酸捞饭；老牛爱吃那芦根草，我也爱吃那油炸糕。’他们要是分家，你就要我、那辆老破车和疙瘩绳。”

牛郎记住了，牵着牛，扛着烂犁辕回家了。

嫂子一见，骂道：“饿死鬼又回来了！”

牛郎见油炸糕已经摆在桌子上了，也不吭声，只管吃。他哥哥和嫂子气坏了，坐在一旁不再吭声了。吃饱了饭，牛郎走到老牛面前，念叨道：“老牛不吃那葛儿蔓，我也不吃那酸捞饭；老牛爱吃那芦根草，我也爱吃那油炸糕。”

嫂子一听，顿时不乐意了，开口就骂了起来，又道：“你倒是会说哩，听你这话的意思是想分家，说吧，分家你要什么？”

“就要老牛、破车和疙瘩绳，其他啥也不要！”

“不分点米吗？”

“不要！”牛郎想都不想就回答了，然后牵着老牛说，“咱们走吧！”

他们一路朝南走，一直走到天黑，在一个老山沟口的深潭边停了下来。老牛说：“这里有水有草，你把我放开吧！那边有一块大青石板，你可以先歇歇。”

老牛吃着草，朝着山沟后走去了。牛郎睡了一小觉，被饿醒了，他朝着老牛的方向喊道：“老牛啊老牛，你有草吃有水喝，我该怎么办？肚子饿得咕咕叫啦！”

不一会儿，老牛吭哧吭哧地回来了，对牛郎道：“你要是饿了，就去山后面转转，那边有卖吃的，记我的账就行。”

牛郎疑惑着朝山后走去，果然见有人在卖吃的，他美美地吃了一顿，把账记在了老牛的头上。

等他回来后，老牛说：“明天七月七，南天门会打开，王母娘娘的外孙女会来潭中洗澡，到时候你把第七件衣服藏起来，她就是织女。”

牛郎半信半疑，觉也不睡，悄悄地盯着水潭。午夜时分，突然飞来了七只鸽子，“扑棱扑棱”落在了水边，一个个都变成了大美女，走下水潭洗澡去了。牛郎按捺住心中的激动，悄悄拿走了第七个仙女的衣服藏了起来。

天快亮了，仙女们洗完澡，穿上衣服。可是，织女找不到衣服了，只好待在水中。姐姐们催促她快点，天亮前回不去，南天门就会关上了。眼看着东方亮了起来，六个仙女等不及了，变成鸽子飞走了。

这时，牛郎走了出来，请求织女嫁给自己。织女说：“你先把衣服还给我吧！”牛郎摇了摇头，坐在了旁边的青石板上。

“我答应嫁给你，你把衣裳给我吧！”织女请求道。

牛郎还是不给。

织女说：“你看这露水特别重，坐在石头上怪凉的，咱们盖个房吧！”

牛郎说：“要什么没什么，还是这样坐着吧！”

“这不用你操心，你捂住眼，让你睁开再睁开。”

织女从荷包中掏出个花手绢，轻轻铺开，又吹了一口气，眼前顿时出现了一座干净整齐的院落。她说：“睁开眼看看吧！”

牛郎睁开眼，顿时惊呆了。他们结为夫妻，过起了男耕女织的日子。两人辛勤地劳作，日子过得非常不错，还有了两个可爱的孩子。转眼间，大女儿六岁了，小儿子也三岁了。那头老牛也老了，临死前嘱咐牛郎道：“我死后，记得把牛皮剥下来，紧急的时候可以披着飞上天。”

牛郎哪里忍心这么做，痛哭起来。织女脸色大变，暗道情况不妙，原来她认出了老牛的身份，知道它是天上的星辰所化，而牛郎也是牵牛星的转世，就劝牛郎剥下了牛皮，埋葬了老牛。

这天，牛郎下地了。织女在家织布，照顾着孩子。突然刮起了一阵大风，一队天兵天将下凡，落在了牛郎家，绑着织女飞走了。

牛郎觉得风大，便回到家里，看到两个孩子在院子里大哭，四下都没有织女的影子，这才知道织女被抓走了。他找来两个箩筐，把两个孩子分别装好，披上牛皮，挑着箩筐就朝着天上飞去。

很快，他看到了织女，正要飞过去。这时，王母娘娘也赶来了。她拔下头上金簪，轻轻一划，就在牛郎面前划出了一道波涛滚滚的天河。牛郎和孩子根本飞不过去，便大声哭了起来。织女在天河的另一边望着夫君和孩子，也哭得声嘶力竭。

王母娘娘见到这个场面，动了一点恻隐之心，下令让喜鹊飞来搭成鹊桥，允许他们一家人每年七月初七在鹊桥上相会。

每年的七月初七前几日，地上的喜鹊都会飞到天上，在天河之上架起一道鹊桥，让牛郎和织女一家人相聚。

据说，夜深人静时，躲在葡萄架下面，还能听见他们说话呢。而在晴朗的夜空中，我们可以看到银河两边有两颗较大的明亮的星星，其中一颗两侧有两颗小星星，那便是牛郎和他的孩子，另外一颗便是织女啦。

田螺姑娘

从前，有个叫陈德良的年轻人，家中有一个双目失明的老母亲刘氏。母子两人住在一座破旧的院落中，靠陈德良在朱员外家做长工来维持生活。陈德良为人忠厚，对母亲孝敬至极，又乐于助人，素有贤名。

这天，陈德良下工后，跟往常一样急着往家赶，准备为母亲做饭。哪知，他揭开锅盖时，发现锅里已经煮好了米饭。他吃惊不小，母亲自己能煮饭啦？

“娘，这是您煮的饭吗？”陈德良问。

“我一个瞎老婆子怎么能煮得了饭？”陈母回道。

“那这饭是怎么回事？”

“我不知道啊！”

陈德良满腹狐疑，铲了一碗饭，尝了一口，香喷喷的，非常好吃，又问道：“娘，那家里有没有人来串门？”

“也没有啊！”

母子俩虽然都很疑惑，但是满满的一锅米饭也不能浪费了。陈德良盛了一大碗，端给了母亲。

母亲吃了一口，高兴地说：“良儿啊，今天的饭真香，真好吃呢！”

一连几天，陈德良每次回来煮饭，都发现饭已经煮好了。到底是怎么回事呢？母子俩猜来猜去，理不出丝毫头绪，陈德良就叮嘱母亲多留意动静。这事儿渐渐在村子里传开了，乡亲们都说是闹狐狸精，有人建议他们赶快搬家，也有人建议他们悄悄地查看一下。

陈德良觉得可以暗地里查看查看。第二天，他假装去朱员外家做活计，偷偷地躲在了屋子里，想看看有什么人进来。结果，一连三天，什么事情也没发生。到了第四天，他又去朱员外家干活了。

快到晌午时，陈德良突然发现自家烟囱升起了炊烟。他丢下锄头，撒腿就往家里跑。

走进大门，只见一位漂亮的姑娘正站在灶台前麻利地煮饭呢。

那姑娘一瞧见陈德良进来了，转身就要跑。

陈德良连忙拦着她说："姑娘，你不要害怕，我只是想知道这是怎么回事。"

姑娘听他这么说，站住了。

陈德良接着说："请你告诉我，你是哪家的？为什么要帮助我家煮饭？这些天，我和母亲都犯着愁呢。"

"姑娘啊，你心肠真好。"母亲听见陈德良说话，也摸着走过来了，说，"我家太穷啦！村子里好多人都瞧不起

我们呢。”

“娘，你说这个干吗！”陈德良阻止道。

“我怎么不说呢？”陈母接着说，“这个姑娘帮我这个瞎老婆子煮饭，好心人啊！打着灯笼也找不着啊！”

“大妈！”姑娘说，“我只是煮了几顿饭，不值得你老人家夸奖的。”

“我家穷啊，没有人看得起呀。我说姑娘啊，你愿意继续帮我煮饭吗？”陈母说。

“穷，有什么要紧？”姑娘说，“只要我们不怕苦，努力干活，很快就会富起来的。”

“你说得对！勤能致富。”陈母说，“可是，我家都是靠良儿给别人干活，挣个工钱。没有田，怎么能富起来？”

“我们不说这些了。”陈德良说，“你到底是哪里人，为什么来帮我家煮饭呢？”

姑娘笑了笑，问道：“你可记得你有一天放走了一只田螺？”

“记得啊，”陈德良说，“是上月十五日早晨。”

“对的。”姑娘说，“我说了，你不要害怕啊！”

“那有什么害怕的。”陈德良说。

“好！我告诉你。”姑娘认真地说道，“那个田螺，就是我。”

原来，十五日那天早晨，陈德良到朱员外家干活时，老管家买了一篮子田螺，准备给朱员外做菜。陈德良看见篮子里有一只酒盅儿大小的田螺好像在流眼泪，就伸手把这只田螺捉了起来，拿到河边上放生了。

“我与我的兄弟姐妹们一起在河边嬉戏，不慎被一个渔夫抓住，卖给了老管家。”姑娘说，“要不是你搭救，我也要丧命了！我是为了报答你的救命之恩，才来帮你家煮饭的。”

“用不着报答，这是善事，应该做的。”陈母说。

“假如你不嫌弃的话，我会经常过来帮大妈做饭的。”姑娘说。

“怎么会嫌弃呢？”陈母开心地笑了，“我巴不得呢。”

从此之后，田螺姑娘每天都来帮陈母煮饭。时间一天一天地过去，陈德良与田螺姑娘产生了感情。经过陈母的说合，两个人结为了夫妻，陈德良也不去朱员外家做活计了。他们在河边开垦了一块田，种上了玉米、高粱、黄豆、芝麻一类的庄稼。

陈德良娶了个漂亮能干的媳妇的事，很快在村里传开了。朱员外也知道了，特意派老管家过来看看。老管家说，确实长得漂亮。朱员外上心了，他认为陈德良一个穷小子，不配有这么漂亮的媳妇，就想着怎么抢过来。

老管家说：“那些穷人家的女儿哪个不想嫁给员外呢？”

朱员外乐呵呵地道：“也是！你多给陈德良一些礼钱，让他再娶一房吧。”

到了晚上，老管家兴致勃勃地来到陈德良家，对田螺姑娘说：“姑娘，我家朱员外看上你了，跟我走吧。”

田螺姑娘一听，脸色马上沉下来了，说：“泼出去的水，嫁出去的女，岂能随便改变？”

“这是我家员外看得起你。”老管家说，“换了别的女人，我家员外还不要呢！”

“别做梦了！我是不会去的。”田螺姑娘怒气冲冲地把老管家赶了出去。

朱员外一听被拒绝了，真是气坏了，就和老管家合计起来，得知田螺姑娘来路不明，就悄悄地通知地保，让他查一查。

地保不敢怠慢，马上来到陈德良家。面对询问，田螺姑娘不紧不慢地说：“我家住在水下村田家庄，因排行第三，大家都叫我田家三姑娘。”

可是，这个地方到底在哪里呢？地保寻找了数日，也没找到，以为是外地来的，只好作罢。

过了几天，朱员外看见陈德良家几亩地里的庄稼枝繁叶茂的，非常眼红。他对老管家说：“得想个法子，把他家的田给毁了。”

“这个好办，”老管家说，“我到县衙去告他一状，就说他家从咱们地里偷了土，那块田应该是咱们的。”

“妙计！”

没过几天，县衙传下了拘文，传陈德良和田螺姑娘上堂应诉。

朱员外说：“陈德良本是朱家的长工。由于他熟悉朱家的田地，把朱家的泥土搬到河东边去，自己造了一块田。因此，这块田理应为朱家所有。”

知县惊堂木一柏，喝问陈德良：“果真如此？”

“回禀大老爷，”陈德良按照妻子的嘱咐回答说，“这块田，是我妻子弄来的。”

知县又问田螺姑娘，道：“那块田是怎么来的？从实招来。”

“回禀大老爷，”田螺姑娘不慌不忙地说，“我请了家里的兄弟姐妹一起劳作，造起了这块田。”

“这就对了，”朱员外大声地说，“他们把我家田里的泥土偷偷摸摸地搬过河去，造出了这块田来。请知县明断，这块田，应该属于哪家？”

“回禀老爷！朱员外家田里的泥土是灰褐色的，我家田里的泥土是淡白色的，这是土色的不同；朱员外家田里的泥土是黏土，我家田里的泥土是沙土，这是土质的不同。由此可知，这是两种不同的泥土，怎么能说是我家偷的呢？”田螺姑娘不紧不慢地说着，“请县老爷明断。”

知县听田螺姑娘说得合情合理，派去的衙役也回禀一切属实，因此判原告朱员外败诉。

朱员外回到家里，气得咬牙切齿。老管家建议趁夜深人静时，派人收拾他们。朱员外同意了。

这天半夜，有人“咚咚咚”地敲门了。陈德良起床，准备开门。

田螺姑娘拉住了他，说："让我来。"

她打开大门，只见五个打手，凶神恶煞地站在门口，正大声地说："你们把田交给朱员外，这便罢了。如若不允，今儿就请你们去见阎罗王了。"

田螺姑娘没有回话，几拳打过去，五个人倒下了四个。她喝问："还凶吗？"

打手们见势不妙，拼命爬起来逃走了。

田螺姑娘回到房里，对陈德良说："这样纠缠下去也不是办法，我们还是避开吧。"

当天夜里，田螺姑娘带着陈德良和母亲搬迁到长沙镇外黄海村住下，过起了平静的日子。

葫芦姑娘

从前有个穷货郎，和老母亲相依为命。货郎德行好，人厚道，生意还不错，一天下来，赚的钱买来的柴米也够娘俩吃的。但有时候生意不好，只得跟人家借粮。

这天，货郎挑着担子，来到一个村子里，瞧见一群小孩正在玩一只小鸟。眼看着小鸟就要死了，货郎觉得可怜，就从担子里拿出一把甘草，和孩子们交换了那只小鸟。货郎看着奄奄一息的小鸟，赶紧挑着担子跑回家，又是给小鸟泡米，又是给小鸟捉虫。没几天，小鸟缓过来了。小鸟飞走时，货郎难过得忍不住掉下了眼泪。

有一天，货郎起早正要出去卖货，只见那只小鸟衔着一个凹腰葫芦，飞来后递到了货郎手里，并叫了三声“缺啥要啥！”又飞走了。

原来，它是昆仑山西王母身边的青鸟，误被几个调皮的小孩子捉住，险些丧了命。这次，它是特地前来报恩的。货郎哪里知道这些，更没想到那个凹腰葫芦是宝葫芦。

他看着葫芦愣起了神，忽然想起鸟儿临走时的叫声，寻思起来：“我缺啥呢？我唯一担心的就是没人伺候母亲呀。”没想到，他的话音刚落，从葫芦里就走出来一个漂亮的大姑娘。货郎还没弄清咋回事，那姑娘拉起他的手，就往屋里走去。

货郎的母亲见儿子拉着个姑娘，还以为儿子拐了人。等儿子给她一说，她顿时乐得眉开眼笑。一家三口，怎么能住在这个茅草屋里呢？媳妇建议盖房。货郎说：“咱家吃了上顿没下顿，拿什么盖啊？”

媳妇说：“甭发愁，我有办法。”她叫货郎弄来六根麻秆，四方插定了，又插两根算作门口。然后，她让货郎和母亲捂住眼。用手四下一挥，一所瓦房起来了；又一挥，东西小厢房起来了；再一挥，一处漂亮的小院子和大门也有了。

货郎和母亲睁开眼，看见一座漂亮的四合院，都高兴极了。货郎又道：“咱们连吃的东西都没有，住这么好的房子有什么用呢？”

媳妇说：“这简单。”她又让货郎娘俩捂住眼，然后把裙子一抖，米面顿时满缸了。货郎一家三口舒舒坦坦地过起了日子。

可是，好日子还没过三天，大祸就临头了。

这一天，当地官老爷从这里经过，一眼看中了小院子。他得知房主是个货郎，就想霸占货郎的院落。于是，他派衙役把货郎绑到官府，硬说这房子是偷人家的材料盖的。货郎老实，把媳妇盖房的经过一五一十地说了出来。官老爷一听，虽然觉得奇怪，又一寻思：先把货郎放回去，限他三天之内在房子周围挖上一条水渠，再修一座小桥。如果他媳妇真能办到，那处小庄园岂不更好看吗？那时，我再想法弄到手。于是，他命令货郎回去，三天之内在院子外面挖一条河，搭一座小桥，另外，在水渠里养一百条鱼，每条一斤，办不到就要加重判罪。货郎无奈，只好答应了。

货郎回到家里，就开始收拾东西，拉着老母亲和媳妇走。媳妇问他出了什么事？货郎就把官老爷的话说了一遍。媳妇一听，笑着说：“我以为什么大事呢？这事儿容易。”货郎听媳妇说有办法，也就安下点心了。

一天过去了，两天过去了。第三天，眼看太阳又落山了，水渠和小桥还没个影！货郎能不急吗？他问媳妇，媳妇却叫他去睡觉。

到了半夜，货郎媳妇摇了三下凹腰葫芦。不大一会儿，飞来一只青鸟。她骑上青鸟，飞到昆仑山，向西王母借来了银针。她拿着银针，绕着小院子划了一个圆圈，院子四周顿时出现了一条清亮亮的小河。她又向青鸟借了几根羽毛，搭起一座小桥。最后，她把银针交给青鸟，送还给西王母。

这时，天才刚刚亮。货郎媳妇唤醒丈夫，让他和了一百斤面，两个人抬到大门外。货郎顿时被外面的美景惊到了。他见妻子揪一块面，一捏一条鱼，往水里一放，小鱼扑棱扑棱地游走了；再揪一块面，一捏又一条鱼，往水里一放，小鱼又扑棱扑棱地游走了。于是，他也弯下腰，拽一块面，捏成鱼，往水里一放，却根本不会动。他媳妇一边笑，一边拿起那条不会动的鱼，放在嘴边一吹，再往水里一放，鱼儿扑棱着游到深水里去了。就这样，他们捏完了整整一百条鱼，天才大亮。

小两口刚转身回到屋里，官老爷就带着随从来了。官老爷一看就惊呆了：小桥流水，多美呀！他越看越贪，心想：这货郎媳妇果然是个巧手神人。我要能得到她，还愁什么荣华富贵！对，只要那鱼有一条重量不对，就治货郎的罪，这样他媳妇就是我的人啦。官老爷想到这里，就叫货郎把河里的鱼捞上来称重。货郎按妻子的嘱咐，在桥的东边一网撒下去，一百条鱼儿一条也不少。结果，条条都有一斤重。

这可把官老爷气坏了。一计不成，他又想出一个坏点子。他说：“货郎，限你三天之内，在小庄园后面堆一座青山。办不到，就治你的罪！不过，你要是把这院子和媳妇交给我，这事儿就罢了。”

货郎一听，可气坏了，原来这官老爷打着这主意，于是跪下说：“老爷，我愿在三天之内，堆成那座青山。”

官老爷一听，心里暗笑：这傻瓜，你媳妇再巧，也不能搬座山来。看着货郎愁眉苦脸的样子，媳妇安慰说：“不用担心，小事一桩。”

转眼到了第三天，屋后连个土丘都没有，吓得他连忙去问媳妇。媳妇不慌不忙地说：“着什么急，明天早晨，你再去看看。”

这天半夜，货郎媳妇拿出葫芦摇了三下唤来了青鸟，把官老爷逼她家造山的事告诉了青鸟。青鸟振翅飞回了昆仑山，假传西王母的旨意，让大力士夸娥氏的两个儿子抬了一座青山，放在了庄子后面。

货郎一夜没睡，听见鸡叫三遍，就赶快跑到屋后查看，看见那座青山后，顿时心里踏实了。

天亮了，官老爷领着人马又来了。他远远看见庄园后面的那一座青山，兴奋极了，眼珠子一转，又想了一个主意。他命衙役叫货郎过来，说：“货郎！前两件事你都办成了，这第三件事你再能办成，就不判你的罪了。”货郎说：“请问大人，这第三件是啥？”官老爷说：“你能马上给我弄个‘可笑’来吗？”货郎心想：老天爷，谁见过“可笑”是啥样的？就说：“小人办不到。”“办不到没关系，那就把你媳妇和这庄园交给我。”官老爷话音刚落，货郎媳妇就赶到了，说：“办得到。”

这官老爷一见货郎媳妇那么好看，就涎着脸皮说：“娘子，你真能做到？”

货郎媳妇说：“我能做到。可我有两个条件。”

“什么条件？”

“一、要把你带的兵排成两队，站在桥上，不准动；二、只准你一个人看‘可笑’。”

官老爷心想：你就是弄来了“可笑”，我也不会罢休。当时就答应了。

货郎媳妇跑进屋里，端来一个烧得通红的鏊（ào）子，往官老爷跟前一放，说：“大人看吧，‘可笑’就在这里边。”官老爷弯下腰去看，只见鏊子里有一个漂亮的大姑娘。官老爷说一声“可笑”，鳌子里面的姑娘就向他笑一笑。这官老爷越看越动心，不由得伸长老脸去亲鳌子里的姑娘。只听“哧啦”一声，他的一嘴胡子一下就烤着了。

货郎媳妇忍住笑，问道：“老爷，是可笑吧？”

官老爷捂着嘴说：“可笑，可笑，真可笑，一嘴胡子全烤焦。”说着，他赶紧跑到水边用水冰他被烤疼的脸。谁知，他刚一碰到水，一条老龙蹿出水面，张嘴咬住他，拖下水去了。

衙役们一见官老爷没了，就要跟货郎算账。说时迟，那时快，货郎媳妇顺手收起了搭桥的青鸟羽毛，衙役们“扑通扑通”都掉进了水里。

从此以后，货郎一家就过上了安稳的日子。

狼外婆

从前，有个老婆婆，她有三个外孙女：老大聪明能干，叫门搭儿；老二听话温柔，叫门鼻儿；老三乖巧可爱，叫炊帚骨朵儿。

有一天，老婆婆提着一篮子肉包子，去看三个外孙女。走呀走，走累了，她在路旁找了块大石头，打算歇一会儿再走。

忽然，小树林里传出来一阵“呼哧呼哧”的喘气声，一只大灰狼从树丛里钻了出来，怪声怪气地问道：“老太婆，这是去哪儿呀？”

“看我的外孙女门搭儿、门鼻儿和炊帚骨朵儿去哩。”

“篮子里装的啥呀？”

“肉包子。”

“给我尝一个。”

老婆婆只想把大灰狼打发走，就朝它扔了一个肉包子。

大灰狼一口就把肉包子吞进了肚子。但是，大灰狼并没有离开，它流着口水说：“味道不错，再来一个！”

老婆婆只好又扔过去一个。

大灰狼吃掉第二个肉包子，又问道：“你三个外孙女家在哪里呀？”

“她们住在枣树村，门前有一棵大枣树。”

老婆婆话音刚落，大灰狼猛地朝她扑过去，一口把她吞掉了。

大灰狼舔着嘴唇说：“那三个小家伙肯定皮肉更嫩，不知道多好吃呢！”

大灰狼流着口水，装扮成老婆婆的样子，提着竹篮子，拄着拐棍儿，朝枣树村走去。它故意挨到天黑，才赶到枣树村。它一屁股坐在大枣树下面的石磨旁，把尾巴藏在磨石眼里，然后捂住狼鼻子，学着外婆的腔调，开始叫门：“门搭儿、门鼻儿、炊帚骨朵儿，快给外婆开门。”

大姐门搭儿隔着门问：“外婆，你的声音怎么这么粗？”

“外婆今天给你们做肉包子时，被烟灰呛了嗓子眼。”

小妹炊帚骨朵儿正想开门，大姐门搭儿一把拉住妹妹，把脸凑近门缝看了看，大声说：“你不是外婆，你脸上没有黑雀斑。”

狼外婆连忙从地上抓起一把荞麦皮，往脸上一抹，脸上有了黑斑点。它又叫门：“乖孙女儿，你看错了，我脸上有黑雀斑，快给外婆开门。”

二姐门鼻儿拉着妹妹，把脸凑近门缝看，果然看到狼外婆脸上的黑斑点，就要开门，大姐门搭儿一把拉开她，把脸

凑近门缝儿又一看，大声说：“你不是外婆，你腿上没扎绑腿。”

狼外婆连忙从地上抓起两片高粱叶子，往腿上一捆：“这不是绑腿吗？乖孙女儿快开门！”

门鼻儿和炊帚骨朵儿隔着门缝一看，大声说：“她有黑雀斑，又有绑腿，就是外婆！外婆别着急，这就给你开门。”

门闩一拉开，狼外婆马上走进屋里，立刻吹灭了油灯，对三个孙女说：“门搭儿、门鼻儿、炊帚骨朵儿，天也不早了，咱们赶快睡觉吧！今晚谁跟外婆睡一头儿？”

门搭儿说：“我大了，我不跟外婆睡一头儿。”

门鼻儿说：“我要跟门搭儿睡一头儿。”

炊帚骨朵儿说：“我要跟外婆睡一头儿。”

就这么着，炊帚骨朵儿跟狼外婆睡床头，门搭儿和门鼻儿睡床尾，不一会儿，三个小孙女“呼噜呼噜”睡着了。

半夜里，门搭儿翻了个身，碰到个毛茸茸的狼尾巴，她吓了一跳：“外婆，你的腿为什么毛茸茸的呀？”

“我给你捎来了一团麻。”

门搭儿心里马上明白了，没敢再吭声，焦急地想着办法。这时，她听到了一阵儿“咯吱咯吱”的声音，害怕得不得了，就大声对着床头喊：“外婆，我要尿尿。”

“真是懒人屎尿多，去床下边尿！”

“不行啊，床下边有床神。”

“去灶边！”

“不行啊，灶边有灶神。”

“那你去门背后！”

“不行啊，门背后有门神哩。”

“臭丫头，那就去门外吧！”狼外婆很生气。

门搭儿披上衣裳起了身，走到门背后，拉开门闩，从门边拿了个竹背篓，然后走到井边拿了一条长井绳放进背篓，又到厨房抱了一罐菜籽油放进背篓，最后她背上背篓，爬上了门前的大枣树。

狼外婆伸出爪子到床尾去摸，左摸摸，右摸摸，没有摸着门搭儿，她爬起身走到门外：“门搭儿，三更半夜的，你在哪儿呢？快回来睡觉！”

门搭儿说：“外婆，我在枣树上呢。”

“你在枣树上做什么呀？”

“我在枣树上看老鼠嫁女儿哩，红灯笼，绿宝盖，拿个绣花鞋子做花轿，老鼠在屋顶做大戏。”

狼外婆一心只想吃掉门搭儿，就问：“真的吗？外婆也想看看！”

“那外婆也爬上来看吧！”

狼外婆搂着枣树干往上爬。门搭儿把油罐打开，让菜籽油流到了树干上。结果，狼外婆爬到一半就滑了下去，它再爬一次，爬到一半，又滑了下去。

狼外婆摔得鼻青脸肿，大声喊道：“乖孙女儿，快用绳子拉外婆一把。”

门搭儿放下长井绳，让狼外婆抓着绳子，然后用力往上拉，拉呀拉，拉呀拉，眼看着就要到树杈了，门搭儿猛地松开了井绳，只听“扑通”一声响，狼外婆重重地摔在了地上，没有声响了。

太阳出来了，门搭儿从枣树上爬了下来，发现树下是一只大灰狼，穿着外婆的衣裳，包着外婆的头巾，已经摔死了。

长发妹

从前，有一座陡高山，山下有个绿萝卜庄。绿萝卜庄里有个漂亮姑娘，她有着一头乌黑的长发，大家都叫她长发妹。

有一年，陡高山接连九个月没有下雨。太阳把大地烤得冒烟，水塘干涸了，水井也不上水了，地里的庄稼都枯死了。不得已，人们背井离乡，出去讨生活了。

这天，长发妹上山砍柴时，忽然发现悬崖上有一簇萝卜缨，又嫩又绿，十分旺盛。长发妹开心极了，攀上悬崖，双手抓住了萝卜缨，用力一拔，拔出来一个又红又大的圆萝卜！

没想到，红萝卜长在了一个泉眼上，萝卜一离开泥土，一股清凉的泉水立刻喷涌而出。长发妹从头到脚全被泉水喷湿了。“是泉水——太好啦！陡高山有泉水！”

长发妹高兴地大喊起来，双手捧起泉水，美美地喝了一肚子。

“我要把这个萝卜带回家给妈妈吃，还要把水引到绿萝卜庄去。”长发妹顾不得砍柴了，抱着萝卜就往家跑。

突然，吹过一阵大风，红萝卜从她手上飞回了那个泉眼上，顿时泉水便流不出来了。长发妹再次抓住萝卜缨，拔出红萝卜，泉水再一次涌出。但是，那萝卜就像一个活兔子，根本抓不住。只听“嗖”的一声响，萝卜再次从她手里飞出去，把泉眼塞住了。

就在这时，一阵黑风把长发妹卷进了一个山洞里。山洞里面，坐着一个铁塔般的黑山神。他瘦骨嶙峋，全身黑漆漆的，眼睛红通通的。他大吼着：“这是我的山、我的泉。我的山就是我的山，我的泉就是我的泉。我的就是我的，不是你的，再也不许你到这里来。如果你把这泉眼说出去，我就杀死你！记住了吗？”

长发妹顿时就被吓晕了。等她醒转过来，发现自己躺在了悬崖下的大青石上。她呆呆地走下山，回到了家里。从那一天起，她像个傻子似的，每天望着陡高山，一句话也不说。渐渐地，她的脸色变得苍白，眼神变得呆滞了，乌黑的长发慢慢地变白了。

“长发妹，你有什么心事吗？”母亲担心地问。

长发妹望着陡高山，只是摇头，不停地流泪。山神恶狠狠的样子一直折磨着她，一闭上眼就噩梦连连。那个堵住了泉眼的红萝卜就像堵在了她的嗓子眼上，让她说不出话来。到后来，她的头发变得像雪一样白了。

“长发妹，白发妹，白发妖怪妹——”从前跟在长发妹身后唱歌的孩子们现在都向她扔石头。

“才不是！”长发妹突然抬起头，大声说，“我要说出来，陡高山上有……”

“陡高山上有什么？长发妹，你说呀，陡高山上有什么？”

“没有，没有，什么也没有！”长发妹摇着头，披散着长长的白发，从村头跑向村尾，又从村尾跑向村头，从天亮跑到天黑。

“长发妹疯了。”人们都这样说。

夜越来越深，长发妹来到村头的大榕树下，双手抱住树干，放声痛哭。

“长发妹，你怎么了？”一位长胡须老头从大榕树干里走了出来，问道。

“你是谁？”长发妹发现他头上戴着绿叶做的皇冠，疑惑地问。

长胡须老头道：“你不用害怕，我是榕树王，一直守护着绿萝卜庄。你的秘密可以告诉我吗？”

“榕树王，我告诉你，陡高山上有泉水，有一棵红萝卜堵住了泉眼。可是，山神说山是他的，泉水也是他的，如果我说出泉水的秘密，他就杀死我。”

“愚蠢的山神啊，把泉眼堵住，活泉就变成死泉，山也将旱成死山。占有一眼死泉和一座死山，又有什么用？”榕树王说，“只有让泉水流淌，陡高山才会得到滋养，山神才会快活。”

“榕树王，我该怎么办？”

“长发妹，这要你自己下决定。不过，无论你做出什么样的决定，我都会帮助你。”说完，榕树王走进大榕树里，消失了。

“我知道该怎么做了。”长发妹点点头，下定了决心，“我要让泉水流出来，让山活起来，让绿萝卜庄活下去。”

第二天清晨，长发妹敲响了村里的大鼓，对村民大声说："乡亲们，陡高山上有泉水！带上柴刀和凿子——砍碎萝卜，凿开泉眼，水就流下来了！跟我来吧！"

大家带着家什，激动地跟着长发妹攀上了悬崖。长发妹拔起红萝卜，泉水喷涌而出，然而她一松手，萝卜又塞回去了。"看到了吗？只要砍碎这个萝卜，再凿开泉眼，泉水就能流出来，流到山脚下，流到绿萝卜庄。"

长发妹拔出红萝卜，"咔嚓咔嚓"几刀，把萝卜剁成了碎末。碎末竟然纷纷飞回到泉眼上，但是，这次被泉水冲走了。

大伙儿开心极了，齐心协力地拿着凿子，把泉眼凿得像大水缸那么大，泉水便快活地、"哗啦啦"地朝山脚下流去。

"有水了，有水了！我们陡高山有泉水了！"村民跟着泉水的方向，快活地叫着唱着，跑下了山。

可是，谁也没有见到长发妹。原来，趁着村民不注意，山神把她抓走了。山神黑着脸，露出可怕的牙齿："你忘记了我的话。"

"我记得。"长发妹抬起头，看着山神，"你说，这是你的山、你的泉。"

“可你为什么要带人来砍碎红萝卜，凿开泉眼？啊！啊！”山神发出了可怕的咆哮声。

“你把泉眼塞住，活泉就变成了死泉，山迟早旱成死山。你图什么呢？”长发妹镇定地说。

“可恶！哪里轮得到你来管我？我要你生不如死——我要把你钉在悬崖上，让你放出去的这股泉水永远鞭打你，从清晨到深夜，从年头到年尾。”

“在这之前，我可以回一趟家吗？”长发妹流下泪来。

“快去快回。”说完，山神黑着脸，刮起一阵山风，把长发妹吹走了。

长发妹回到村里，来到了大榕树下。她在榕树上敲了三下，说：“榕树王，你看，水已经流到你脚下了——我再也不用为这件事发愁了。我让山泉活过来了——陡高山和绿萝卜庄也一样会活过来的。而我就要到悬崖上被泉水日日夜夜冲刷了，不过，我一定会看着绿萝卜庄，看着母亲，看着你。”

这时，榕树王出现了，他抱着一个光脑袋的石头人：“长发妹，你不用怕，我已经做好了一个石头人。”

“石头人？”

“对，这是照着你的样子做的。她将替代你躺到悬崖上。”榕树王伸出粗糙的大手，往长发妹头上轻轻一抹，雪白的长发便随着榕树王的手势飘落下来，落在了石头人的头上。没想到，长发落在石头人的头上就生了根，怎么拔也拔不下来了。而长发妹又长出来一头乌黑的长发。

接着，榕树王把石头人放在了悬崖上。汩汩的流水从石头人身上流过，顺着她的长发往下流，形成一道长长的瀑布，洁白如练。人们都说：“那道瀑布真像长发妹的头发呢。”于是，人们便把那道瀑布叫“白发水”啦。

刘三姐

相传在唐朝时，有一个壮族姑娘叫刘三姐，她父母去世得早，从小和哥哥刘二相依为命，靠打柴、捕鱼过日子。刘三姐长得犹如出水芙蓉一般，落落大方。她除了有一双巧手，还有一副好嗓子，尤其擅长唱山歌。附近村民经常聚集在村子里，争着跟她对歌、学歌。

财主莫怀仁看中了刘三姐的美貌，想纳她做妾，遭到了三姐的拒绝和奚落，因此怀恨在心。他请来三个秀才与刘三姐对歌，结果被刘三姐用山歌驳得理屈词穷，丑态百出，大败而归。莫怀仁恼羞成怒，花重金买通县官，陷害刘三姐，想置她于死地。多亏了乡亲们的帮忙，刘三姐和哥哥趁着天黑，乘竹筏顺江而下，逃到了柳州，在一个名叫小龙潭村的庄子落脚了，依旧以打柴、捕鱼为生。

哥哥害怕三姐唱歌招惹是非，就想着阻止的办法。这天，他从河边捡回一块又圆又厚的鹅卵石，丢给三姐，说：“三妹，你用手帕在石头中间钻个洞，把手帕穿过去！若能穿过去，你就继续唱歌；若穿不过去，就不准你再唱歌了！”

三姐一看哥哥认真的样子，不敢争辩，拿着石头，暗忖道：我又不是神仙，手帕怎能穿得过去？她一下下地试着，并唱了起来：“哥发癫呀哥发癫，拿块石头给妹穿；软布穿石怎得过？除非凡妹变神仙！”

“管你是凡人也好，神仙也好，做不到，就别唱歌！”哥哥坚持不松口，心想：这一招够绝了吧，还难不倒你？

谁料，三姐的歌声被天上的七仙女听到了。这歌声真是太美妙了，她觉得不让三姐唱歌太可惜了，于是从发上取下一根发簪，施展仙术，把刘三姐手中的石头穿了一个圆圆的洞。三姐一见小洞，高兴极了，连忙把手帕穿过了石头，又唱道：“哎……穿呀穿，柔能克刚好心欢，歌似滔滔柳江水，源远流长永不断！”

哥哥顿时傻了眼，只好同意刘三姐继续唱歌。没过多久，刘三姐的大名又闻名乡里啦，前来学歌、对歌的人络绎不绝。莫怀仁也听到了消息，他又花重金买通了县官。

县官派出了许多官兵前来抓捕刘三姐兄妹。

小龙潭村及附近的乡亲听说后，纷纷赶来保护三姐。三姐不忍心让乡亲们受到牵连，毅然跳入了小龙潭中……就在她跳起来的瞬间，突然狂风大作，天昏地暗。一条金色的大鲤鱼从小龙潭中冲出，驮着刘三姐朝着天上飞去。

就这样，刘三姐成了真正的歌仙。而她的山歌，也被人们世世代代传唱着。

赵州桥

河北赵县的赵州桥被誉为华北一宝，始建于隋朝，由匠人李春设计建造。千百年来，在民间广泛流传着许多有关它的传说故事。传说，早先在河岸上有个五里屯，老船工程宝金从小就在这儿摆渡，转眼五十多年了。他有个儿子程大龙，从小跟着他在船上长大。

这天，程宝金想叫儿子接替他摆渡，大龙却说："爹！我要拜石匠学手艺，在河上架座桥，为乡亲们解决渡河问题。"

老船工听了，觉得儿子很有志气，说："架桥是好事，可钱从哪来啊？"

大龙说："大伙凑呗！"

"好法子。你去学艺，爹去找乡亲凑钱。"

就这样，爷俩各自忙活开了。五年后，程宝金募集了不少钱，程大龙也学艺归来了。大龙带领乡亲们拿着斧头钢钎，赶着车马直奔太行山采石头，再运到河南岸，在五里屯堆成山。随后，程大龙带着乡亲们开始动手架桥，一连造了三年，大石桥才建好。河两岸的乡亲们个个欢天喜地，都夸大龙有本领。

可是，这条大河连着天河。有一天，天河水涌进了大河，顿时白浪滔天，一下子冲毁了刚建好的石桥。乡亲们都傻了眼，这可怎么办呢？那些豪族大户却乐得不得了，纷纷说："一个穷小子也要建桥，这下热闹了吧？哈哈……"

大龙毫不气馁，决定去太行山找神匠鲁班拜师，学习更厉害的造桥之术。可他也不知道鲁班在哪里，便走一路问一路。他问大雁，雁群却排着人字飞走了；问山鸡，山鸡也不吱声，蹬蹬地跑走了。后来，他在一座山脚下遇到了一个画凤凰的女子，便向她请教鲁班的住处。

姑娘笑着说："这太行山中谁不认识鲁班啊，你找他干什么？"

大龙便把自己找鲁班的来历讲了一遍。没想到，姑娘说："你来晚了，他叫王大爷抓到五台山去了。"没办法，他谢过姑娘，只好翻山越岭地朝着五台山而去。

刚到五台山，大龙就被王大爷的人抓去做苦力了。他一边干活，一边打听鲁班的下落，很快找到了鲁班。没想到，鲁班是个英俊的年轻人，正在为王大爷雕刻石牌坊。

大龙上前拜请鲁班，说道："请鲁班师傅为赵州百姓造座石桥吧！"

鲁班摇摇头，说："石牌坊刻不好，我是一步也离不开啊！你看那儿……"

大龙顺着鲁班的手指看去，只见一个身穿黄马褂的大胖子走了过来。他手拿皮鞭，像个黑煞神，瞪着一双蛇眼睛，狠狠地抽了两鞭子，大吼："快滚开，少碍事！"

大龙只好又去干活了。鲁班瞧在眼里，急在心上，恨不得马上去为赵州的百姓造桥。可眼下，他只能先雕刻凤凰。那大胖子一瞧凤凰，喊道："鲁班小子，你把凤凰刻成瞎子，是成心找死吗？"

鲁班说："别着急，等你家老爷上山兜风时，我再给凤凰刻上两只眼睛也不迟呀！"

大胖子嘿嘿笑了，摇头晃脑地说："在理，在理！"

收工后，大龙悄悄地找到鲁班，再次诚心邀请。鲁班笑着劝他："别着急，如今不到走的时刻，等着瞧吧，好戏还没开唱呢！"

转眼间，九九八十一天过去了。这天，石牌坊上的龙凤呈祥刻成了。王大爷带着随从，前呼后拥地上山来了。这时，鲁班急忙刻了几下，那只凤凰顿时从牌坊上飞了下来，鲁班纵身跳到凤凰背上，向大龙招手说："快点跳上来！"程大龙猛地跳到凤凰背上，凤凰转眼间飞到了王大爷面前，狠狠地啄瞎了王大爷的双眼，转身就飞走了。

飞着，飞着，忽听有人喊："哥哥！"大龙回头看去，正是在山崖旁碰见的那位刻凤凰的姑娘。她也驾着一只金凤凰飞来了，原来她就是鲁班的妹妹鲁姜。

就这样，在程大龙的指引下，三人到了赵州城下。鲁姜看着湍急的河水，担心地说："这里河宽水急，能打起桩吗！"

"不用桥桩就不能架桥吗？"

大龙赶紧上前对鲁班说："你要我干什么，只管吩咐吧！"

鲁班说："你带乡亲们上山采石，越快越好！"

乡亲们早听说了这事，纷纷加入了采石的队伍，很快石料备齐了！这时，鲁班从河边上挖出一块胶泥来，不停地捏呀捏呀，捏成了一座石桥模型。到了夜间，他们开始照着架桥了。经过一夜的忙活，等天明之时，一座雄伟牢固的石桥就架好了。百姓们都夸鲁班兄妹是活神仙。这事儿一传十十传百，连天上的神仙张果老、柴王爷等人也听说了，他们对于鲁班敢冒充神匠一事十分生气，觉得得给他点颜色瞧瞧，就一起来到了石桥边上。

鲁班一见诸人，知道他们不是普通人，笑着问：“诸位大仙大圣到此，不知有何见教？”

“百姓都说你是神匠，我们来见识见识你这造桥的本领。”

乡亲们听说此事后，都跑了过来，站在了鲁班身后。

张果老说：“我倒骑毛驴过一过桥。”

柴王爷说：“我推车，赵匡胤拉车，也要从赵州桥上走一走。”

鲁班和众乡亲听了，仔细一看，大吃一惊。原来张果老的毛驴上搭着一个褡裢，里边分别装着太阳和月亮，直冒金光；柴王爷的推车上装着四座大山：泰山、华山、嵩山和恒山。这可如何是好？

张果老暗自得意，说："我若能平安过桥，愿把毛驴输给你，承认你是神仙！"

柴王爷也说："我和赵匡胤若能平安过桥，愿将小推车留下，也承认鲁班是仙人。"

鲁班知道不可避免，便答应了："君子一言驷马难追，请诸位过桥！"乡亲们一听可急坏了，程大龙抢着说："鲁班师傅，不能答应啊！"乡亲们也嚷起来了："对啊！不能让他们把桥给毁了啊！"

鲁班一边宽慰大家，一边脱下鞋，跃身跳进河中，站在桥下。这时，张果老倒骑着驴上了桥。紧接着，赵匡胤拉着车，柴王爷推着车也上了桥。大石桥顿时摇摇晃晃起来，惊得乡亲们都叫了起来。鲁班不慌不忙，伸手托住了石桥。

大石桥不摇晃了，乡亲们都高兴地喊了起来：“神匠鲁班不一般，手托日月与大山。”“神匠鲁班一只手，领着神仙桥上走。”张果老和柴王爷很没面子，过了桥就跑。乡亲们又大声喊道：“快把毛驴和推车留下！”他们装聋作哑，驾着云就飞走了。

这时，乡亲们把目光转向了石桥，发现桥面东侧留下了深深的驴蹄印、一道沟和膝盖印，桥下面的鲁班不见了。程大龙跟乡亲们走到桥下寻找，只看见桥体上面留下了五个深深的手指印。这就是鲁班托桥时留下的仙迹。从此，赵州桥的故事传遍了天下。

日月潭

很久很久之前，在大清溪边住着一对年轻夫妇，男的叫大尖哥，女的叫水社姐。夫妻俩以捕鱼为生，日子过得十分甜蜜。

这年，突然发生了一件怪事。一天中午，“轰隆”一声巨响，太阳不见了，大地一片漆黑；到了晚上，刚露头的月亮忽地一闪也不见了。从这天起，大地陷入了漆黑之中，再也没有了日夜。万物因此就遭了殃，庄稼黄白、树木萎缩、花朵不开、果实不结……人们也陷入了慌乱不安之中，都以为末日到了。

大尖哥和水社姐不为所动，继续踏实过日子。可是大家都很迷茫，男人没精神锄地，牧童不敢去放牛……两人商量着，要把太阳和月亮找出来，让大地恢复原本的样子。他们翻过了一座座高山，蹚过了一条条河流，穿过了一片片森林。

有一天，他们来到了一座大山上，瞧见远处亮一阵黑一阵，黑一阵又亮一阵。他们兴奋极了，觉得有可能是太阳和月亮，举着火把朝有光亮的地方跑去。路上，他们遇到一个老大爷，坐在草屋门口唉声叹气。

大尖哥问道："老大爷，前面一亮一黑的地方是怎么回事呀？那是太阳和月亮吗？"

老大爷阴沉着脸，半晌儿才说："对！只不过那太阳、月亮已不是我们的了。"

夫妻俩大吃一惊，忙问是怎么回事。老大爷说："前面有个深水潭，潭里住着一对恶龙，公龙吞食了太阳，母龙吞食了月亮。潭里面一亮一黑就是它们一吐一吞地玩耍呢！真是造孽啊！"

夫妻俩见此，都非常生气，发誓要把太阳和月亮夺回来。他们来到潭边，发现两条恶龙玩得很自在。突然，他们看到一个岩洞里冒出了青烟。大尖哥认为岩洞有可能通往恶龙的巢穴，决定进去一探。水社姐同意了。

他们跳下石岩，朝洞里走去。走呀走呀，洞越来越宽，越来越大。忽然，他们看到一间房子，一个白发老婆婆正在灶台边煮饭呢。大尖哥壮着胆子上前打招呼："老婆婆，你好！"

老婆婆猛然听见人的声音，吓得丢下了锅铲。大尖哥说明了来历，问老婆婆为什么会在这里。一听到这话，老婆婆摇着满头白发，流下了眼泪。原来，老婆婆在这待了几十年，一直在给恶龙煮饭。她劝说道："你们快点走吧，恶龙发现你们，肯定会吃掉你们的。"

大尖哥说："不行，我们要杀了恶龙，夺回太阳和月亮。没有了它们，人们没法生活。"

老婆婆说："孩子呀，你们怎么可能是恶龙的对手呢？不过，我曾听母龙说过，它们最怕藏在阿里山中的金斧头和金剪刀，你们要是能找到，说不定就能杀了恶龙，救出太阳和月亮。这样我也可以回家了。"

大尖哥夫妻俩高兴极了，他们拿着老婆婆的大锅铲和烧火棍，悄悄地钻出洞，朝着阿里山跑去。到了阿里山脚下，大尖哥用烧火棍凿地，水社姐用锅铲挖地。他们没日没夜地干着，挖出了一个深深的大洞。又不知过了多久，洞中突然放出了一阵儿红光，金斧头和金剪刀出现了。

夫妻俩兴奋地跳了起来。大尖哥捡起金斧头，水社姐拿着金剪刀，朝着恶龙住的深潭跑去。到了潭边时，恶龙还在潭里吞吐着太阳和月亮。趁着他们不注意，大尖哥把金斧头丢进了潭中。只听见“轰隆、轰隆”两声，潭中波涛汹涌，浪花掀起了几丈高。两条恶龙浑身是血，猛地蹿了出来，准备朝天上飞去。

水社姐连忙丢出金剪刀。只听“咔嚓、咔嚓”两声，两条恶龙的头掉了下来，重重地砸进了水中，潭水都被血染红了。

过了一会儿，潭水平静了，太阳和月亮从恶龙的口里滚了出来，在潭里浮浮沉沉的，特别光亮！大尖哥和水社姐站在潭边拍手庆贺。可是，没高兴多久，他们又发起了愁：怎么才能让太阳和月亮回到天上呢？后来，老婆婆告诉他们，只要吃了龙的眼珠子，就会长高，并变得力大无穷，这样就能把太阳和月亮扔到天上了。

小两口一听，想都没想就跳下了潭。大尖哥摘下公龙的两颗眼珠，一口吞下肚；水社姐摘下母龙的两颗眼珠，也一口吞下肚。不一会儿，他们变得又高又大，犹如两座高山。他们捧起太阳就往天上抛。可是，他们抛了三次，太阳落了三次。

老婆婆出主意道：“孩子，你们拔两棵高大的棕榈树，把太阳托上天！”

夫妻俩伸手各拔了一棵几十丈高的大棕榈树，然后把太阳使劲托向天空。就这样托了三天，太阳终于留在了天上。顿时，地上的花草树木活了，人们都欢呼起来。

接着，夫妻俩又把月亮托上了天，夜里又有了月光。

大尖哥和水社姐爬到大岩的东边，手拿着大棕榈树，笔直地分站在潭的两边。大尖哥仰着头望天上，水社姐低着头望潭里。他们准备一直看着太阳和月亮，不让它们落下来，并提防恶龙复活。

日子一天天过去，大尖哥和水社姐变成了两座雄伟的大山，人们就把这两座大山叫作大尖山和水社山，把这个大潭叫作日月潭。为了纪念大尖哥和水社姐，每年秋天，人们都会穿着美丽的服装，拿起竹竿和彩球来到日月潭边，模仿大尖哥和水社姐抛日月的动作跳托球舞。

金瓜儿和银豆儿

从前，在河西走廊有一座铁柜山，山脚下住着一对老夫妻。他们种了点蔬菜，养了几只鸡鸭，过着孤苦的生活。日子一天天过去，老两口一年比一年衰老，他们常常念叨着，要是有个孩子就好了。

有一天，老头儿出门时摔了一跤，碰落了一颗牙齿。他把这颗牙齿埋到了菜园里，说："种到土里吧，也许能长出一株苗！"没想到，老婆儿切菜时，一不小心连肉切下半片指甲来。她也把这半片指甲埋到了菜园里，说："种到土里吧，也许能发芽开花！"

老两口精心地打理着菜园。有一天，他们发现各自埋牙齿和指甲的地方，都钻出来了一株嫩芽。看着粉粉嫩嫩、青青翠翠的两株嫩苗，他们犯了愁，谁也不认识这是什么植物。老两口又稀罕，又疑惑，他们说："好好护着它们吧，看它们能长成什么苗、开出什么花、结出什么果。”

于是，他们早松土，晚锄草，水浇足，粪上饱，这两株稀奇的植物一天比一天长得高，藤蔓爬满了南墙。一棵开了黄花，结了个大金瓜；另一棵开了粉花，结了个银豆角。又过了几个月，金瓜和银豆角都成熟了。老两口一人背着箩筐去摘金瓜，一人提着篮子去摘豆角。

谁知，老头儿走到瓜架下，还没有动手摘呢，金瓜就自己落地了。老婆儿走到豆秧前，也没有动手采呢，豆角自己离秧了。瓜儿落在地下，一分两半，里面睡着一个憨墩墩的胖小子；豆角离开豆秧，裂开了口儿，里面躺着一个嫩生生的俊女娃！老两口一见，大吃一惊，丢下筐箩、竹篮，扭头就跑。

只听后面两个小娃娃连声喊道：

“爹爹，爹爹，你别怕，我是你的亲儿子！”

“妈妈，妈妈，你别惊，我是你的亲女儿！”

老两口顿时停住了脚步，望着一对儿女喜笑颜开！老

头儿走上前，抱起金瓜里的男娃娃；老婆儿走上前，抱起豆角里的女娃娃。他们亲了又亲，亲了又亲，老花的眼睛里流出了欢喜的热泪——他们怎能不欢喜啊，孤苦伶仃半辈子，忽然得了一双儿女！

孩子有了，老两口又给他们取了名字：哥哥叫“金瓜儿”，妹妹叫“银豆儿”。就这样，又过了几年，金瓜儿、银豆儿都长大成人了。

金瓜儿帮爹爹种菜，人虽小，本领不小，把一个破破烂烂的小菜园改成了花果园，一点儿都不用爹爹操心；银豆儿帮妈妈管家，手脚勤，心眼灵，打柴、担水、碾米、磨面、养鸡鸭又养鹅……家中无论大小事，她都安排得样样周到，不用妈妈再操劳。

儿女能持家，衣食又丰足，一家人欢欢乐乐地过上了好日子。

俗话说“人在家中坐，祸从天上来”。有一天，南庄李员外上大佛寺烧香还愿。轿子从山脚下过，他见了金瓜儿家的园子齐整漂亮，果红菜绿，一片生机勃勃，就动了坏心思。李员外喊停了轿，问跟班：“这是我家地界，谁在这里种菜？”跟班过去一打听，领来了金瓜儿一家四口。李员外说：“这山，是李家山；这地，叫李家园。你们在这里种菜栽树，怎么不给我家交租？”

老头儿听了，十分生气，说：“这里原是荒山荒地，我们在这儿开垦了几十年，才有了现在的光景，这就是我们的地，凭什么给你交租？”

李员外一听，冷笑着问：“你说是你的，手里可有地契？”

“地契？”老头儿一下子傻了眼。

“哼，我可是有地契的。就算你种了四十年吧，这可得好好算算。”管家一听这话，端着算盘一阵乱拨拉，算出了地租黄金、白银各十两，限三天交清，不然就不给种了！

李员外走了，老两口愁得直唉声叹气，三天限期，到哪里去凑金银呢？

金瓜儿和银豆儿劝道：“爹、妈，你们不用愁，咱们有两双勤劳的手，肯定能解决问题的。”

老两口说：“唉！孩子呀，要十个瓜、十个果，咱们的园子里都有；可这是十两金和十两银啊，没地方去寻呀！”

两个孩子又说：“人人都说咱家前面的这铁柜山里金银多。我俩打算登山寻宝，一定把黄金白银找到！”

就这样，金瓜儿扛上铁锹，银豆儿拿着镢头，来到了铁柜山上。他们选了一个地儿，挖呀挖，铲呀铲，一心要打开铁柜山。他们挖了两天三夜，挖出了一个十丈深的山洞，洞底下出现了一座铁闸门。两人用尽了力气，也没有打开大门。眼看着三天的期限就要满了，怎么办呢？兄妹俩无奈地走出山洞，坐在洞口叹气。

忽然，半空里飞来一只大鸟，绕着铁柜山盘旋了几圈，猛地冲下来，伸出利爪抓住了山头，只听“轰隆”一声，铁柜山被提起了几丈高。接着，又“轰隆隆”响起一阵雷声，从远处滚来了一块大石头，稳稳地支住了铁柜山。

金瓜儿、银豆儿一见，又惊又喜，发现那座铁闸门已经打开了。只见里面除了黄灿灿的金子、白花花的银子，还有聚宝盆、珊瑚树、琥珀、玛瑙、夜明珠……真把人的眼睛都耀花了！金瓜儿和银豆儿走进门去，也不贪心，一人捧了一捧金子，一人捧了一捧银子，就欢欢喜喜地往家走。谁知，那块支山的石头从山底下滚了出来，越滚越小，越滚越小，骨碌碌地一直滚到了金瓜儿的面前。仔细一看，哪里是什么石头，原来是金瓜儿亲手种下的一个大冬瓜！这时，那只抓山的大鸟也把铁柜山丢了下来，然后挥着翅膀朝着兄妹飞来。它越飞越低，越飞越小，扑啦啦落在了银豆儿脚下，正是银豆儿养的一只红公鸡！

兄妹俩满心欢喜，带着金子、银子，抱着冬瓜和公鸡回家了。

进门没多久，李员外就带着管家、跟班上门收租来了。金瓜儿兄妹清早出门干活去了，老两口拿出了儿女寻来的金银。管家一称，各自都是十两，丝毫不差。李员外觉得奇怪，这穷汉家哪来这么多金银？就问这些金银的来历。老两口老实巴交的，就都说了出来。

李员外听了，又惊又喜。他本来想霸占金瓜儿家的菜园子，如今一听有支山的冬瓜和抓山的鸡，哪里还在意园子啊。他眉头一皱计上心来，就和老头儿商量着买地卖地的事儿。老头摇着头说："我们家穷，没钱买。"

李员外说："不用你出一分钱，只要你把支山的冬瓜和抓山的鸡给我，这园子就归你们啦。"

老两口心里一惊，你望着我，我望着你，说什么也不敢答应。

老头儿说："冬瓜是我儿子种的！"

老婆儿说："公鸡是我女儿养的！"

老两口齐声说："儿女的东西，我们不能做主！"

这时，管家哼了一声，说："你们弄错了，这冬瓜是员外地里生的，公鸡是吃员外庄稼长的。你们可不要不识抬举！"

就在这为难的当儿，金瓜儿卖菜回来了，银豆儿担水进门了。老两口唉声叹气地把李员外贪心夺宝的事告诉了他们。

兄妹两人知道胳膊拧不过大腿，就劝解爹妈：“金山银山，抵不过种地吃饭。只要他能把菜园子留下，咱们不指望那神瓜、宝鸡发横财！”

就这样，两家白纸黑字地签了合约，老两口有了地契，李员外抱走了冬瓜和公鸡。

李员外这个开心呀，迫不及待地带着冬瓜和公鸡来到了铁柜山前，如愿打开了铁闸门，见到了宝藏。他们想抬走金山，又舍不得银山；那珊瑚树、夜明珠、珍珠、玛瑙、白玉、水晶……更是一样都不想丢下。就这样，这些贪心的家伙在里面待了一整天，早忘记从哪里进来，又从哪儿出去啦。他们就恨没有三头六臂，又后悔没有赶着驴子拉着车，这么多财宝，少拿一件都难受。

哪知，大公鸡抓了一天的山，累得腿酸，力气也用完了，根本抓不住铁柜山了。大山轰隆隆地掉了下来，压坏了支撑的大冬瓜，那铁闸门在轰隆隆的响声中关上了。李员外那伙贪心的家伙被永远地压在了山底下。

从此之后，金瓜儿和银豆儿一家人不愁吃不愁喝，幸福地生活着，再也不用担惊受怕了。

端午节划龙船

公元前278年农历四月底的一天，屈原在汨罗江边听一个外乡人说，秦军已经攻下了郢都，郢都城内一片混乱，百姓们正在遭难。

这简直是一个晴天霹雳！屈原听得脸色惨白，眼泪直流，颤颤巍巍地往家中走去，进门时差点儿摔倒。女儿慌忙上前一把扶住。屈原流着泪，断断续续地说：“完……了，我的……国家……完了……”女儿听了，也号啕痛哭起来。

父女俩的哭声惊动了附近的百姓。他们跑到屈原家里，听说楚国被灭，一个个也跟着哭起来。满屋子人哭啊哭啊，泪水把焦干的地面都打湿了。

翁老汉哽哽咽咽地说：“屈大夫，您已经尽心了啊，楚王要是听了您的话，也不会落到这步田地。您别再哭了，哭坏了身体，大家会更加难过啊！”屈原勉强忍住了痛哭，又想起自己被放逐以来，还幻想楚王会醒悟，召自己回朝，剪除奸佞，重振朝纲。而今这一切都成了泡影！想到这里又哭了起来。从这天起，屈原茶饭不思，整日昏蒙蒙的，像一个木头人一样，常常站在汨罗江边，望着那浑浊的江水出神。

五月初四这天晚上，鸡叫过两遍了，屈原还满脸泪痕地坐在窗前，翻动着一大堆写满了诗文的竹简。女儿从梦中醒来，劝道：“爹，天快亮了，歇一会儿吧。”屈原摇了摇头，长叹一声说：“儿啊！我现在在想一个人。”

女儿不解，问道：“什么人呀？”

“一个叫彭咸的人，他是殷代的一位忠臣，一个了不起的人物！”

“他怎么了不起呀？”

屈原半天没有作声，女儿又追问了一句，他才慢慢地说：“他直言进谏，可是大王不听他的忠言，最后……”说到这里，就没往下说了。

天渐渐亮了。屈原对女儿说道：“你给我缝的那件长袍放在哪里？快拿来我穿。”女儿听到爹爹要穿新袍子，十分高兴，连忙取来，双手捧给爹爹，问道：“您今天打算去哪呀？”屈原接过袍子，深深地望着女儿说：“我想到外面走走。”他穿好长袍，又把帽子端端正正地戴好，挂上长剑，犹如出征的将士。

女儿看到父亲的精神恢复了许多，心里高兴。她一边添柴煮饭，一边哼起了父亲的诗句来：“国无人莫我知兮，又何怀乎故都？”她想用父亲自己的诗句去劝他不要过分悲伤，保重自己的身体。

屈原听了，苦笑着点了点头，转身到屋后牵出了那匹清瘦的白马。那老马两只耳朵扇了几下，望着主人，不停地摇动着那白色的尾巴，好像在问：“到哪儿去呀？”屈原和女儿吃过早饭，跨上老马，爱惜地抚摸着女儿的头发，说：“我去外面走走，你好好在家。”女儿觉得难受，要跟着一起去。不想，屈原一挥马鞭，老马眨眼就跑到了桥头。女儿爬上玉笥山，站在一个高高的土墩上目送着父亲，直到看不见父亲的身影……

再说屈原骑着马，沿着汨罗江堤慢慢往西南方走去。一路上，熟识的百姓看到憔悴瘦弱的屈原没有一个不感到痛心的，不断地和他打招呼。

这时，一位老渔父从湘江打鱼回来，迎上来说道：

“屈大夫，听说秦军要过扬子江了，我们往哪儿逃啊?！”屈原望着老渔父满脸忧伤的表情，嘴唇动了动，半天没有说出一句话来。他咬着牙，猛然把缰绳一勒，在马屁股上狠狠抽了一鞭，那马四蹄腾空，一眨眼就跑出了很远。

不知什么时候，那老马又渐渐地放慢了脚步。屈原回想着百姓们的问话，感叹自己无力救国救民，望着那缓缓流淌的江水，又流起泪来。太阳钻进了厚厚的云层，天色霎时阴下来。江面上起风了，他身上的袍带和灰白色的胡须迎风飘动。江水不停地拍打着江岸，一串串的浪花在江面上翻飞，追逐。

渔民们急忙收网，把颠颠簸簸的渔划子划向岸边。这时，屈原在汨罗江下游罗渊附近的一座小山边下了马。他走到最高的一个土堆上，对着江水呆呆地站着。举目远望，洞庭湖上，浊浪排空，玉笥山头，乌云滚滚，仿佛看到了秦军渡过扬子江的情景。望着眼前的天昏地暗，他觉得这世界太浑浊了。他越想越激愤，左手按着剑柄，右手撩起长袍，转身走下土堆，一步一步向江中走了下去……没想到，那匹老马也跟着一步步朝着江中走去。

屈原心痛，毅然拉过缰绳把马拴住，抱起一块石头，一纵身，向着波涛滚滚的江中跳去……顿时，江上浊浪翻滚，悲风四起。百姓们闻声赶来，只见屈大夫常骑的那匹白马耷拉着脑袋，纹丝不动地站在江边。百姓们奔跑着，哭喊着：“屈大夫投江了啊！屈大夫投江了啊！”

原来划进江边港湾的渔划子如箭一样飞了出来。百姓们纷纷跳上小船，拿起扁担、木板一起划水，打捞抢救。“划，快呀！”“划，快呀！”数十条小船梭子似的在江面

上来来往往。渔民们一直到天黑还在打捞，围观的群众一直到伸手不见五指，才哭哭啼啼地散去。

从此以后，每逢五月初五，汨罗江上都要举行盛大的龙舟竞赛，再现当时抢救屈原的情景。这一风俗习惯一直流传到了今天。

十二生肖的故事

很久以前，还没有生肖。玉帝为了排定生肖，决定召开一次生肖大会。世间的每一种动物都接到了通知。

那时，猫和老鼠是非常要好的朋友。它们决定一起去参加。赴会前一天，猫对老鼠说：“鼠老弟！你知道我爱打瞌睡。明天去生肖大会时，要是我还在睡，你叫我一下，好不好？”

老鼠拍着胸脯说：“你放心睡！到时我会叫醒你的！”

可是，第二天，老鼠一大早就爬起来，看着还在熟睡的猫，它一声没叫，独自上天去了。

住在清水潭的龙哥哥觉得自己头上光秃秃的，缺少一对美丽的角。它想：要是在上天之前，借一对角来戴上，那就完美了。

正巧，一只大公鸡昂着胸脯在岸边散步。那时候，公鸡头上有一对大角。龙哥哥一眼看上了那对角，就游出水面，向公鸡打招呼："鸡公公！明天我要去生肖大会，把你的角借给我戴一戴好吗？"

鸡公公说："啊呀，真对不起，明天我也要去呢！"

龙哥哥说："鸡公公，你头小角大，实在不好看，你看我这个光头，多么需要一对角啊！"

就在这时，从石头缝里钻出来一条蜈蚣。蜈蚣很爱管闲事，插嘴说："鸡公公，借给龙哥哥吧！你要不放心，我来做保人，怎么样？"

鸡公公想了一想，觉得自己没有这对角，也够漂亮了，就答应了。

第二天，生肖大会正式开始，各种动物都到齐了。玉帝从中选了牛、马、羊、狗、猪、兔子、老虎、龙、蛇、猴子、鸡、老鼠等十二种动物，定为人的生肖。可是挑选出十二种动物以后，又遇到一个大麻烦，就是如何排定先后次序。大家你争我抢，都想做第一个。

玉帝说："让牛做第一肖吧，它个子大！"大家都满意，连老虎也赞成。

不料，老鼠却反对。它说："我比牛还要大！因为我只要一出现，人们就会喊：‘啊呀！这只老鼠真大！’可从来没听人们说牛大的，所以我要做第一生肖！”

玉帝不信，询问道：“真有这样的事吗？不见得吧？”

猴子和马都说老鼠胡吹。但是老鼠理直气壮地说：“你们要是不信，就试一试！”

鸡、狗、兔、羊等都同意试一试，玉帝也同意了。他们一起来到人间。没想到，当人们看见大水牛时，都没说什么；可看见老鼠时，人们立即就惊呼起来：“啊呀，这只老鼠真大！”

玉帝听见了人们的惊呼，只好说：“既然这样，老鼠做第一肖。牛屈尊第二吧！”接着，玉帝又把其他动物排好了位置：老虎排第三；兔子排第四；龙排第五；蛇排第六；马和羊分别排了第七第八；猴子排了第九；接着鸡、狗、猪分别排了第十、第十一和第十二。

老鼠做了第一肖，得意扬扬地回来了。睡眼蒙眬的猫醒了，奇怪地问道：“鼠老弟，今天没有开生肖大会吗？”

老鼠神气地说：“你还在做梦呢！生肖大会早开过了，有十二种动物被选为生肖，我是第一名！”

猫着实吃了一惊，圆睁着两眼，怒道：“那你为什么

生肖大会
1
2
3
4
5
6
7
8
9
10
11
12

没叫我一起去？”

老鼠轻描淡写地道：“忘了！”

猫气得胡子根根翘起，大声嚷道：“你不讲信用！要不是你亲口答应，我也不会放心睡着。你害我误了大事，我要跟你算账！”

老鼠满不在乎地说：“有什么账可算呢？又没有法律规定我必须叫你。再说，我也不是你的跟班！”

这一下可把猫大爷气坏了。它“呼哧呼哧”地喘着气，“喵”了一声扑上去，一下咬住了老鼠的头颈。老鼠的后腿弹了两下，“唧唧”叫了两声，就断了气。从此，猫和老鼠就成了死对头，直到现在还是这样。

再说鸡公公从生肖大会回来，决定向龙哥哥讨要那对角。龙哥哥吃了一惊，有些不知所措地说：“鸡公公！说实在的，你现在看起来更美丽，还要角做什么呢？可它对我来说，就重要多了！”

鸡公公不高兴了，说：“借了人家的东西，总是要还的！”

龙哥哥一时答不上来，忽然很有礼貌地对鸡公公鞠了一个躬，说：“对不起，鸡公公！我要休息去了。这件事，以后再谈吧！”说完，不等鸡公公回话，就一个猛子钻到水底下去了。

鸡公公又气又恨，拍着翅膀，在清水潭边拼命地叫喊，让龙哥哥还角。谁知，他喉咙喊哑了，也没力气了，龙哥哥却躲在潭底睡大觉，理也不理。它无法可想，决定去找保人蜈蚣。

鸡公公在乱石堆里找到蜈蚣，把龙哥哥不肯还角的事一五一十地说了一遍，最后说：“你是保人，这件事你不能不管。”

蜈蚣昂着头想了半天，慢吞吞地说：“我想龙哥哥会把角还给你的。如果它真的不肯还，那么我也没有办法。你应该明白，它躲在水里，我哪里能找到它？”

鸡公公气得满面通红，说：“当时你是自愿做保人的呀！难道有这种保人吗？出了事情就不负责任了！”

蜈蚣也发急地说：“鸡公公，那可不能这样说。你借角完全出于自愿。我不过做个太平保人罢了。毕竟我也想不到龙哥哥会不讲信用啊！我劝你自认倒霉得啦！”

“这么说，怪我自己咯？”鸡公公瞪着眼睛，逼近了一步问。

“当然，应该怪你自己没有三思而行。”不知死活的蜈蚣回答说。

鸡公公气坏了，它伸长了颈子，一下子就啄住蜈蚣的脑袋，猛甩了几下，吞到肚子里去了。

从那时起，公鸡只要一见到蜈蚣，就会捉了吃掉，并且每天天一亮，它还要放开喉咙大叫几声：“龙哥哥，角还我……”

金乌鸦

从前，有一个穷苦的老寡妇，生了一个面好心善的女儿。

一天，妈妈晒了一盘米，叫女儿去看着，别让鸟儿偷吃。没想到，米快要晒干时，飞来了一只金羽毛的乌鸦。金乌鸦不顾小姑娘的驱赶，把米吃了个精光。

小姑娘哭起来，说："我们家这么穷！这米可是妈妈的宝贝啊！"

金乌鸦说："不用担心，我会报答你的恩情。等太阳下山后，你到村外那棵大罗望子树下来，我会给你一点东西。"说完，金乌鸦飞走了。

太阳下山了，小姑娘如约而至。她惊奇地发现树顶上有一间小小的金屋子。金乌鸦从窗子里探出头来说；"请上来吧，我给你放扶梯。你要金梯子、银梯子还是铜梯

子呢？”

小姑娘说：“我是穷人家的孩子，铜梯子就行啦。”

乌鸦竟然放下了金梯子，这让她很惊奇。小姑娘沿着梯子爬了上去，进了金房子。

“留下和我一块儿吃晚饭吧。”乌鸦邀请道，“你要用金碟子、银碟子还是铜碟子来盛食物呢？”

小姑娘说：“我是穷人家的孩子，用铜碟子就行。”没想到，乌鸦拿了金碟子，里面盛满了美味的食物。

“你是一个好孩子，”小姑娘吃完时，乌鸦说，“我真希望你能永远留下。但是你妈妈更需要你，所以天黑前你还得回去。”它从里屋拿出来一只大盒子、一只中等大小的盒子和一只小盒子，说：“在这些盒子中挑一只，送给你的妈妈吧。”

小姑娘拿了那只小盒子，说：“只是一点米，小盒子就抵得过了。”说完，她向乌鸦道了谢，从金梯子上爬下来，回家去了。

到了家里，她把小盒子交给了妈妈。两人一起打开，发现盒子里有一百颗贵重的红宝石，真是意外的惊喜。妈妈和女儿有钱了，生活过得好起来了。

话说，村子里有一个富裕的老寡妇，她的女儿既贪心，又脾气坏。当她们得知金乌鸦送的礼物后，也想得到一份那样的礼物。为此，她们也在太阳下放了一盘子米。没想到，贪心的小姑娘非常懒惰，没有去赶其他吃米的鸟，等金乌鸦出现时，只剩下很少一点米了。

金乌鸦把剩下的一点吃了，女孩就粗鲁地大声叫道：“嗨，金乌鸦，你吃了我的米，可不能白吃呀。”

金乌鸦皱皱眉，仍旧有礼貌地回答说：“小姑娘，我会赔你那点米的。等太阳下山时，你到村外那棵大罗望子树跟前，我会给你一些东西的。”说完，金乌鸦飞走了。

小姑娘早早地到了，也不等乌鸦出来，就大叫大嚷：“嗨，金乌鸦，把东西给我吧。”

乌鸦从窗子里探出头来，问：“你要什么样的梯子爬上来呢？金梯子、银梯子还是铜梯子呢？”

“当然是金梯子啦。”小姑娘回答说。可是她很失望，因为乌鸦放下了一架铜梯子。

她进了小金屋之后，乌鸦说：“我准备招待你，你愿意用金碟子、银碟子还是铜碟子来盛食物呢？”

“金碟子。”小姑娘干脆地道。可是她很失望，她的食物是盛在铜碟子里的。

食物美味极啦，但只有一点点，因此贪心的小姑娘非常生气。当金乌鸦拿出一只大盒子、一只中等大小的盒子和一只小盒子时，贪心的小姑娘挑了大盒子，也不谢谢乌鸦，就费劲地下了梯子。她到了家里，和母亲欢天喜地地打开了大盒子。但是她们失望了，还害怕地叫了起来——一条大蛇从盒子里爬出来，恶狠狠地瞪了她们一眼，爬走了。

善有善报，恶有恶报，我们可不要像第二个小姑娘那样，既贪心又懒惰哦。

鹿姑娘

从前，断云岭山脚下有个勤快的小伙子，人们都叫他丁郎。丁郎是个孤儿，靠打柴过日子。

断云岭上面有个断云岩，老人常说，岩那边山荒，虎豹多，可不能去那边。丁郎胆子大，心想：那边去的人少，柴一定更多更好！于是，他独自翻过断云岩，跑到后山树林里去了。果然，那边的柴真多，只一会儿工夫，背篓便装得满满的。从此，丁郎每天都到那边的树林里打柴。

这天，丁郎坐在一块大石板上休息。忽然，树林里刮起一阵狂风，把树叶吹得呼呼直响。丁郎一下子惊醒了，见好多野兽惊慌失措地四处奔跑，便感到有些不妙，赶忙爬到旁边的那棵大树上。他放眼望去，发现林子不远处来了一只黄斑猛虎，正在追赶一只母鹿和两只小鹿。小鹿跑不快，眼看就要被老虎追上啦！母鹿跑在前面，不住地回过头去哀呼着。

丁郎心里又急又难过。一转眼，母鹿和小鹿都跑到了大树下面。眼看着老虎的嘴就要咬着小鹿的后腿了，丁郎一急，忽地从树上跳下来，正好落在了老虎的前面。老虎吃了一惊，一下子愣住了，丁郎趁机抓过背篓，一下扣在了老虎头上。

老虎愤怒地吼叫着，撕咬着！等它撕碎了背篓，丁郎早把母鹿和小鹿抱上了树，自己也爬上去了。

老虎狂怒地在下面吼跳着！那吼声把整个树林都震得直抖，雀鸟都躲得没影子了。天渐渐黑下来了，老虎一直守在树下不肯离开。丁郎便在树上找了一处枝丫粗密的地方安置了母鹿，然后抱着两只小鹿在树上过了一夜。

不料，老虎一连盯了三天三夜。丁郎又渴又饿，只觉得眼前一阵昏黑，便昏迷过去了。不知过了多久，他迷迷糊糊地感觉有东西落进了嘴里。原来母鹿正喂自己奶水呢。

这下，丁郎不渴啦，肚子也不饿啦！他觉得得设法把老虎骗走才行。没过多久，老虎去林外池子里喝水，眼睛却死死地盯着林子，生怕丁郎他们逃走。丁郎一见，想了个妙法：他用树叶子把母鹿和小鹿遮了起来，又把自己的衣服脱下来，抛了下去，然后也躲进了浓密的枝叶中。老虎喝水回来，抬头不见了鹿和丁郎，气得一阵儿狂吼，把丁郎的衣服撕得粉碎，才悻悻地走开了。

就这样，母鹿和小鹿得救了，它们围绕着丁郎转了几圈，就跑走了。从那以后，丁郎每次去打柴，总会想着那几只鹿。可是，一晃一年过去了，他都没见过它们。

这天，丁郎打柴累了，正要躺在石板上休息时，发现上面有两个麦饼。丁郎想：这里空无一人，谁放的饼呢？

他想看个究竟，便等呀等，太阳都快落山啦，还是没有人来。丁郎肚子饿得慌，便把麦饼吃了。等他再到林子那边时，说也奇怪，自己砍的柴已经捆好了。

这样的情况一连出现了三天。第四天，丁郎早早地上了山，选了一处枝叶茂密的地方躲着，一心想看看这个放麦饼的人究竟是谁。

中午时，他看见一个美丽的姑娘穿着一身绣满梅花的衣服，手里提着个竹篮，向大树这边走了过来。姑娘走到石板面前，轻轻吹去石板上的灰沙，从竹篮里取出两个麦饼，小心地放在了上面。姑娘正打算离开时，丁郎忽地从树上跳下来，正好落在了姑娘面前。

姑娘一惊，当她看清是丁郎时，脸唰的一下红了。

丁郎顿时也不好意思起来，想说的话也忘了。

两人呆呆地站了好久，最后还是姑娘先开口，她指了指石板上的麦饼，对丁郎说："快吃吧，还热着哩！"

好半天，丁郎才结结巴巴地说："姑娘，你这麦饼是给我送的吗？"

姑娘点了点头。

丁郎又问："你为什么要给我送麦饼呢？我不认识你呀！"

姑娘笑着说："你不认识我，我认识你呀！给你送麦饼还不是因为你人勤快，心肠好！"

丁郎听到姑娘称赞他，更不好意思了。这时，姑娘又说："我姓鹿，别人都叫我鹿……"鹿姑娘停了停，像要说什么，可又没有说出来，只埋头拨弄竹篮。过了好久，她才又不好意思地说："你愿意我每天给你做麦饼吗？"

丁郎听了，喜得连连点头："愿意！当然愿意！"

这时，不远处有个年轻的小伙子正在迅速地打着柴。丁郎正在纳闷，那小伙子却丢下斧头，笑嘻嘻地跑了过来。鹿姑娘说："这是我弟弟，帮你打柴的就是他！"

鹿姑娘把自己要和丁郎一起去山下住的事和弟弟讲了。弟弟担心地说："山下坏人多，你还是别去吧！"

鹿姑娘说："山上不是也有许多猛虎吗？不要紧，我们会过得很好的。"

弟弟含着泪，一直把他们送出了断云岩。

就这样，丁郎和鹿姑娘生活在一起了。每天天刚亮，鹿姑娘就做好麦饼，和丁郎一起上山。丁郎打柴，鹿姑娘挖药，累了，就一同坐在石板上休息，吃麦饼，日子过得幸福极了。

丁郎娶了个美貌妻子的事，传到了黄三老爷的耳朵里。

这天，他趁丁郎去镇上卖柴时，偷偷跑到了丁郎家。鹿姑娘正坐在门口择药，黄三老爷嬉皮笑脸地对鹿姑娘说：“你嫁给一个穷小子，成天吃麦饼，穿粗布衣，多可怜呀！”

鹿姑娘瞧也不瞧他一眼，冷冷地答道：“吃自己打柴换来的麦饼，比吃肉还香；穿自己挖药换来的布衣，比穿绸还强！”

黄三老爷又说：“我家的金银比你家堆的柴还多，嫁给我，一辈子不少你吃喝。”

鹿姑娘说：“丁郎虽然穷，心却是红的；你虽然富，心却是黑的！”说完，她又向地上吐了一口口水，回身进屋把门关上了。

黄三老爷讨了个没趣，心里又羞又恼，愤愤地骂了几声，就走了。

过了两天，黄三老爷趁鹿姑娘去镇上卖药材时，又跑到丁郎家来了。丁郎正在门口劈柴，黄三老爷说：“我给你一座山、十亩地，把你的媳妇卖给我吧！”

丁郎瞪着眼，气呼呼地说：“卖媳妇这种事我可干不出来！”说完，便用力把刀砍在门槛上，头也不回地进屋去了。

黄三老爷又恼又恨，回家后，便和他的管家商量了一条毒计，一心要把鹿姑娘夺过来。

第二天，丁郎和鹿姑娘像往常一样砍柴、采药。突然，从大树后面闪出两个人来，一下就紧紧地把丁郎抱住，向林子外面的悬崖边上拖去。丁郎回头一看，正是黄三老爷和他的管家。丁郎拼命地挣扎，并大声喊叫着。眼看他已被拖到悬崖边上，突然从林子里飞跑出一只褐色的小鹿，扬着角，猛地向黄三老爷肚子上撞去。只听“唉哟”一声，黄三老爷便倒下去了。接着又是“嚓”的一声，小鹿的两只角戳进了黄三老爷的肚子里，黄三老爷两脚一伸就没气啦！小鹿轻轻地叫了一声，摇了摇头，也晕过去了。

管家后退了一步，抽出一把短刀，向丁郎扑来。这时，林子里又飞跑出一只绛色的梅花小鹿，直奔管家，用力向管家撞去，只听“唉哟”一声惨叫，管家和小鹿一起掉到崖下去了。

丁郎忙抱起地上那只断了角的小鹿，绕道跑下崖去一看，管家已经死啦！梅花小鹿躺在管家身旁，两只前脚已经跌断，也晕过去了。

丁郎认出这就是他从前救过的那两只小鹿，又心疼又难过，眼泪不住地往下掉。这时，丁郎想起了妻子，连忙抱着两只小鹿去寻找，可是林子里一个人影也没有，他回到家里，也没有妻子的影子。于是，他又抱着小鹿上山了，把整个后山都找遍了，还是没见到人。

天黑下来了，丁郎抱着小鹿，坐在石板上，难过得哭了起来。他哭着哭着，忽然觉得有人在抚摸他的头发，他抬头一看，一位白发老婆婆站在他背后，正慈祥地望着他。丁郎急忙站起来，问道："老婆婆，我的媳妇在这林子里不见了，你看见过她没有？"

老婆婆叹了口气，非常难过地看了看那只断了脚的小鹿，对他说："孩子，你不用找啦！她回不来啦！"

丁郎心里一酸，不禁失声痛哭起来。

老婆婆叹了口气，对他说："别伤心了，孩子，好好地照顾这两只小鹿吧！它们康复了，就能把你的媳妇找回来啦。"

丁郎忙问："老婆婆，要怎样才能使它们的脚和角重新长好呢？"

老婆婆说："穿过林子有条河，河那边有个悬崖，悬崖上面有棵常青树，树上常年结着再生果。你只要每天去采两枚再生果来喂它们，不到三年，它们的脚和角就会长好的。”

从此，丁郎每天上山打柴时，都会抱着两只小鹿一道去，等打完柴，再不畏艰险去采再生果。三年时间到了，断了角的那只小鹿，果然又重新长出角来了；断了脚的那只小鹿，脚也长好了。

这天，丁郎打完柴，抚着它们的脖子说：“小鹿呀！你的角也长出来啦！你的脚也长好啦！可是我的妻子呢？你们什么时候才能把她找回来呀？”说完，他难过地含着泪，去采再生果了。

丁郎采好再生果回到大树下时，发现两只小鹿都不见了，树丫上却坐着一个美丽的姑娘和一个年轻的小伙子。丁郎仔细一看，发现不是别人，正是自己日夜思念的鹿姑娘和她的弟弟！

丁郎赶忙将他们接下树来，拉着他们的手，又是喜，又是悲，一句话也说不出来。

过了几天，丁郎才问：“我的两只小鹿呢？”鹿姑娘和她的弟弟对望着笑了笑，没有说话……

从这以后，丁郎和鹿姑娘仍然天天唱着歌上山打柴、挖药，过着像从前一样幸福的日子。

长寿花

长白山一年到头积雪不化，山上有个很大很深的湖叫天池，过去人们都管它叫“龙王潭”。据说，日出之时，上面什么也看不清，而站在老林子里却能看到一对梅花鹿叼着红籽绿草仰天大叫。这是怎么回事呢？

传说很早以前，这座山叫万香山，山上长满了一片片的长寿花，归玉皇大帝所有，号称“仙境”。山尖上有个龙王潭，潭里的水分三色：上面是一层黑水，当中一层是绿水，底下是白水。每年三月三那天，王母娘娘摆完蟠桃宴，就会和玉皇大帝带领神仙们来赏长寿花。玉皇大帝为了防备长寿花被人偷去，叫织女织了七层锦云罩住了山顶，又派一条黑龙住在潭里，看管长寿花。

黑水龙王有三个女儿，大公主和二公主都出嫁了，只有三公主还没出嫁。三公主长得很漂亮，特别爱玩。她听说潭面上景致好，还长有一种长寿花，吃了可以长生不老，就老惦念着要去玩玩。

可是，玉皇大帝怕潭中生灵惹是生非，规定谁要出了黑水层，就违犯了天条，要受惩罚。黑水龙王的二外甥私自到人间时，被太上老君遇到了，说他犯了天条。玉帝便把二太子贬到了黑水潭苦修。谁想，二太子和三公主年岁相仿，脾气也相同，很快就混熟了，两人都想到水面上看看长寿花。这天，二太子想出来个好主意，对公主说我得让玉帝答应收回他的旨令。

第二天早晨，黑水龙王刚到黑水宫，发现虾兵蟹将们东倒西歪，像掉了魂似的。他们见到黑水龙王一齐跪下，说："龙王啊，可不好了。"

黑水龙王吓了一跳，急忙问："你们这是怎么了？"

兵将们说："因为我们成年累月连个日头影也看不着，道行都减退了，要是再见不到阳光，我们的道行就全没了。"

黑水龙王本来不信，但又一琢磨，怕虾兵蟹将的道行真的没了，靠谁来保护长寿花呢？于是他奏明玉帝："黑水潭里大小兵将的道行都减退了不少，很难守住黑水潭和长寿花。”

玉帝忙问原因。黑水龙王说：“潭里兵将终年在水底下，吸收不到日月精华，所以道行减退了。望玉帝开恩，让他们每天见见阳光吧。”

玉皇大帝一想，也有道理，就答应他们每天到潭面上晒一个时辰的阳光。

黑水潭里的兵将听到这个消息，都乐坏了。三公主和二太子更不用提，天天到潭面上尽情地游玩。有一天，他们回宫时听到了一种“嗷嗷”的叫声，三公主喝道：“什么怪物，在这乱叫唤？”

“公主不要生气，我是人间的紫貂。因为妈妈生病，来采长寿花，却被抓进潭来。因担心妈妈，才每日哭叫。”

公主一听是人间的动物，就说：“人间的事你一定知道很多，讲给我听听吧。”

紫貂说：“人间可比万香山强百倍，白天有太阳，夜晚有月亮，地走不到头，天看不见边，花草树木，五谷杂粮，要啥有啥；男耕女织，世代相传，一点也不像黑水潭里这样冷清。”

二太子在一旁说：“真是这样，要不是那次我到人间被太上老君碰上了，我才不回来呢！可惜凡人就是不长寿。”

三公主又问：“那是怎么回事？”

紫貂说：“大多是得病死的。”

三公主对二太子说：“表哥，咱们这儿有长寿花，它的根能治百病，除百瘟，益寿延年。我们要有下凡的那天，带一些到人间，该有多好。”

紫貂乐得直跳：“那容易，出了三江口，就到人间了。”

三公主说：“你不知道，这潭口有三道闸门，闸门用三把金锁锁着，钥匙放在宝箱里，只有等我爹爹上天办事时，偷到钥匙，穿上巡水宝衣，拿上巡水宝剑才能出去！”

紫貂一听，难过得直掉眼泪，说：“公主呀，我要采不到长寿花，我妈的病就好不了，家里的兄弟姐妹也就全完啦。”

二太子说：“三妹，我们不能见死不救，再说要是能把长寿花带到人间，帮助凡人治病，该有多好呀！”

这天，三公主听说黑水龙王又到天上去了，她就慌慌张张跑到黑水后宫，见了黑水娘娘说：“妈妈，不好了，紫貂把宝箱咬了个窟窿。要是把宝衣咬坏可糟了！”

黑水娘娘听了，忙从兜里掏出个小葫芦来，念道：“葫芦开，葫芦开，吐出宝箱钥匙来！”连念了三遍，只见一道金光，从葫芦中飞出一把钥匙来。娘娘忙递给三公主说：“这是宝箱钥匙。快去看看，千万不可误事！”公主说了声“是”，转身就跑了出去。

三公主拿着宝箱钥匙，打开宝箱，取出巡水宝衣和巡水宝剑，找到二太子和紫貂，一同冲了出来，潭中有些鱼鳖虾蟹也一块跟着跑出了三江口，从此三江里生长了很多鱼虾。

他们到了人间，从怀中取出长寿花种，迎风一撒，眨眼工夫，到处开遍了通红通红的长寿花。紫貂高兴地说：“公主，你真做了一件大善事。”

世上没有不透风的墙，玉帝很快知道了这件事。他对太上老君说：“你带领五百天兵天将，前去查明此事，要严加惩处。”

三公主和二太子正种长寿花，忽见满天黑云，飞沙走石，知道大事不好。三公主忙对二太子说：“表哥，我们犯了天条，要遭大祸，你快逃走吧！”

二太子说："三妹，我要和你同患难，决不分开！"

只听太上老君站在天上叫道："孽畜，你们私自下凡，带走了长寿花，还不快回天庭认罪！"

公主说："出来就没想回去！"

太上老君怒道："触犯天条，还执迷不悟，这还了得！天兵天将立刻拿下！"众兵将一拥而上，可是宝衣金光闪闪，让他们不能靠近。太上老君从怀里掏出一个万宝袋，一下子收走了宝衣的金光，宝衣变成了普通的布衣。

三公主不服，说："什么天条地条，只许你们在天上兴风作浪，就不准我们来到人间栽花种药？"

太上老君恼羞成怒，命雷公、电母处死他们。正在这时，观音大士驾着祥云赶到了。

观音大士劝道："老君莫要动怒，看在我的面上，让他们变化身形，下界去吧！"说话间，手举玉净瓶晃了三晃，用杨柳枝一掸，只见三公主和二太子就地一滚，变成了一对满身梅花的小鹿。

它们向观音大士点点头，又朝太上老君大叫了三声。太上老君非常生气，大声骂道："好个畜生，还敢对我无礼！"便命八大金刚动手，顿时一把钢叉向三公主飞来。

三公主仰着头，瞪着眼，瞅着太上老君，毫不畏惧。二太子一看不好，忙蹿到前面，挡住了三公主，就听“咔”的一声，钢叉落到了他的头上。观音大士一见不妙，连忙滴下三滴救命水，二太子只觉得一阵头痒，头顶上长出了一对像树丫一样的角。

太上老君不甘心，命风婆婆和雪公主吹风扬雪，把万香山变成了一座四季不断雪的山峰。从此，人们就管它叫作“长白山”。龙王潭成了现在的天池，遍山的长寿花就

是现在的人参。紫貂治好了妈妈的病，也住了下来。三公主和二太子变成了梅花鹿，每到早晨，就站在石砬（lá）子上，嘴里衔着人参，向半空大叫三声，对天庭发威。

从此，人参、紫貂与梅花鹿成了好朋友，总也不分开，也成了关东三宝。

望娘滩

很久很久之前，川西平原上有一条河，河边上有一个村子。有一年，这里发生了大旱，土地龟裂，堰塘见底，树木、禾苗通通枯死。村子里住着一户姓聂的贫苦人家，聂妈妈带着一个十四五岁的儿子聂郎苦度光阴。聂郎勤劳孝顺，全村的人都夸他是一个好孩子。

这天清晨，鸡才叫头遍，聂郎就背着背篼上赤龙岭去割草了。因为昨天他听小伙伴长生说财主周洪家新得了一匹雪花马，每天要买许多最新鲜的青草来喂它。聂郎想多打点草，好去换点粮食给母亲吃。

赤龙岭脚下有一条化龙沟，发春水时不仅有鱼虾，岸边更是长满了绿油油的水草。可现在却旱得什么都没有了。正发愁间，一只小白兔一闪而过。聂郎连忙追了上去——他知道小白兔是要吃青草的，跟着它的踪迹，说不定能找到最嫩的青草。果然，在一座土地庙的背后，聂郎割了一背篼最新鲜的嫩草。

第二天，聂郎又去那儿割草。说来也奇怪，头天割过的地方，又长出了一片嫩嫩的青草。聂郎就想将这片青草拔一些回家去种。没想到，他挖出青草时，那草根底下竟神奇地汪着一捧清水，水里竟泡着一颗亮晶晶的宝珠。聂郎高兴坏了，他小心地捞起珠子，藏在了怀中。

回家时天已黑透，聂母正在厨房煮饭。还没等他从怀里取出珠子给娘看，原先黑暗的厨房霎时被照得雪亮了。聂母得知后，叮嘱道："儿啊，这说不定是个宝物，你快把它藏到米缸里去！"

第二天一早，聂郎去看珠子。刚揭开米缸盖，他便激动得大声喊叫起来："娘，快来看，咱家的米缸满了！"

真是颗宝珠啊！将它放在米上米涨，放在钱上钱涨。从此之后，聂郎家再也不愁吃穿了。这村子里的穷苦人家，也因为得到聂郎家的帮助，日子过得舒坦起来。

消息很快传到恶霸地主周洪的耳朵里，他吩咐管家说："去，把那颗宝珠给我弄来，不管用什么办法！"

管家跑到聂家，先是说用钱买，见聂郎不肯，便回家与主子合谋出一条毒计，说那珠子本是周家的传家之宝，现在被聂郎偷去了，若不交还，就将聂郎捆到官府去法办！

聂郎的小伙伴长生在周家放马，他一听到这个消息，立马跑去告诉了聂郎，并劝他带着宝珠连夜逃走。

谁知他们母子还没出门，周洪的管家就带着家丁赶来了。

“聂郎，快交出员外家的宝珠，否则休想活命！”

“管家，你说这是你家主人的，有什么证据？”

管家理屈词穷，直接命家丁进屋去搜。没搜着，又命家丁到聂郎的身上搜。

聂郎急中生智，一扭头就将宝珠吞到了肚中。

“不好了，不好了，聂郎将宝珠吞进肚子里去了！”家丁报告。

“给我打！”恼羞成怒的管家叫喊着，“不把宝珠从他肚子里打出来不算完！”

话音刚落，家丁便像疯狗一样扑上来，将聂郎打趴在了地上。幸亏闻讯赶来的村民将恶管家和家丁轰走，否则聂郎早就没命了。

可怜的聂母让人将儿子抬到床上，流泪看护着。

半夜，聂郎醒来，轻轻地喊着："水，我要喝水……"

聂母见儿子醒了，高兴得赶紧递上水碗。谁知聂郎喝了一碗又一碗，最后竟伏在水缸边，"咕嘟咕嘟"几大口就将一水缸的水喝光了。

"渴，娘，我还渴！"

"儿子，你怎么啦？水缸里的水都被你喝干了，你怎么还叫渴呢？"

"娘，我的心头就像烈火在燃烧，你就让我去河边喝水吧！"

聂郎的话音未落，天上的一道金色闪电便劈了下来，照得满屋透亮，随之又滚过"轰隆隆"的雷声。聂郎翻身下床往屋外奔去，聂母紧紧地跟在他的身后。

只见聂郎冲到河边，一低头，疯了似的喝起水来，"咕嘟咕嘟"，眼看着河水已被他喝掉一半。加上天上电闪雷鸣，吓得聂母紧紧拉住聂郎的脚。聂郎转过头来，聂母吓坏了！天哪！儿子头上长出了双角，嘴边长满了蓝须，脖子上更有红鳞在闪闪发光。

"娘，你快放手吧，我要变成一条蛟龙啦，一定要报这血海深仇！”

随着聂郎的喊声，天上的雷声更响，电闪更亮，狂风中，暴雨倾盆而下，河水很快就涨了起来。

再说恶霸地主周洪，亲自带着家丁追来了——他要抓住聂郎，剖开他的肚子，取出宝珠！

此时的聂郎已经变成了一条红龙，一摆龙尾，河面上立即掀起了万丈波涛。

周洪在河边凶狠地逼着聂母交出儿子。聂母说：“好你个周贼，把我儿子逼下了河你还不甘心吗？那就让我的儿子跟你说话吧——儿啊，你的仇人来了，你可要为娘报仇呐！”

就在周洪飞起一脚踢向聂母时，天上划过了一道闪电，伴随着“咔嚓”一声雷，那河水涌起了巨浪，霎时间就将周洪他们卷进水中淹死了。

说来也奇怪，不大一会儿就风平浪静了，天也渐渐亮了。聂郎在水中抬头向聂母告别：“娘，你多保重，儿要走了！”

“儿啊，你什么时候才能回来呢？”

“娘，我要前往大海啦，从此往后，咱娘俩就将仙凡

路隔。等儿回家，只怕是石头开花马生角了……”

聂母一听，就知道儿子再也回不到身边了。她伤心地站在一块大石头上，喊着：“儿啊！儿啊！”聂郎游在水中，听娘喊一声就抬起头来望娘一眼，那望娘的地方就立时变成了一个滩。聂母连喊了二十四声，聂郎也仰头连望了他娘二十四次，河中就变出了二十四个滩。后来，人们就把这里叫“望娘滩”啦。

幸福鸟

从前，西南有一片贫瘠的土地，那里没有花草树木，也没有田地河流，人们过着吃不饱穿不暖的日子，谁也不知道幸福是什么。但人们都坚信幸福是存在的，因为这里流传着一个关于幸福的传说，说幸福是一只美丽的鸟，住在遥远的东方，它飞到哪里，哪里就有幸福。只不过，这只鸟被一个长胡子老妖怪关着呢，谁也靠近不了。

一个叫旺嘉的孩子听说幸福鸟能给人们带来幸福，下定决心要找到幸福鸟，让这里的人们过上幸福的日子。老人们叮嘱他，找到幸福鸟要经历三道大关，一定要多加小心。旺嘉记在了心上，然后在众人的祝福声中上路了。

旺嘉一路东行，也不知道走了多久，来到了一座巍峨的大雪山脚下。这时，突然刮起了一阵黑风，出现了一个黑胡子的老妖怪。老妖怪发出了乌鸦般的叫声："你是谁？来这里干什么？真是好大的胆子！”

“我叫旺嘉，来找幸福鸟！”

“哈哈哈，你这么个小孩还想找幸福鸟？我都不用动手，你就能自己滚蛋，说不定还能像其他那些无知的人一样丧命！哈哈哈……”老妖怪一阵狂笑，然后吹动长胡子，转眼间那条平坦的道路变成了乱石滩，每块石头都锋利得像刀子。

旺嘉丝毫不惧，毅然踏了上去。顿时，石头割破了他的靴子，割伤了他的脚，鲜血流了下来。可是，一想到受苦的亲人们，他咬着牙，凭着一腔热血终于走到了终点。这时，他的衣服也破了，手上、膝盖上也伤痕累累。

没想到，他还没继续前行，一个黄胡子老妖怪出现了。老妖怪说话“呼呼”的，好像刮大风：“就凭你这个小娃娃也想找到幸福鸟？等着饿死吧！”说完，他吹了吹长胡子，眼前顿时黄沙一片，青山绿水消失不见了，就连旺嘉的干粮袋也被吹走了。

旺嘉不为所动，继续前行。走呀走，走呀走，旺嘉饿得肚子“咕噜咕噜”直响，这依然阻挡不了他的步伐。也不知道走了多久，他终于走出了这片沙漠，整个人都瘦得皮包骨了。

这时，一个白胡子老妖怪挡住了旺嘉的去路。他的声音“轰隆隆”的，就像打雷：“你这个小娃娃，是来找幸福鸟的吗？”

“是的！”

“赶紧离开！不然我就挖掉你的眼睛！”

“我一定要找到幸福鸟！”

老妖怪气得哇哇直叫，马上吹动它的长胡子，挖出了旺嘉的眼睛。旺嘉变成了盲人，可是他依然没有放弃。他想：我就朝山顶走，肯定能找到幸福鸟。于是，他摸索着继续前行。

旺嘉走呀走呀，也不知道走了多久，终于到达了山顶。他听到有人在对他说：“亲爱的孩子，你是来找我的吗？”

旺嘉心里既高兴又难过，他激动地说：“是找您的！幸福鸟，你去我们那里吧！那里的人们需要您！”

幸福鸟张开翅膀，轻轻地抚摸着旺嘉，又唱起了歌。霎时间，旺嘉的眼睛恢复了光明，身上的伤痕也全好了。幸福鸟又给旺嘉弄来点心，等他吃饱后，就驮着他回到了家乡。

他们在山顶上停了下来，幸福鸟问旺嘉要什么。旺嘉说：“我们要温暖和幸福，要花草树木、河流田地。”

幸福鸟答应了，并大叫了三声。第一声，太阳出来了，乌云散去了；第二声，山上山下长满了参天大树，各种花儿齐放，到处都是鸟鸣；第三声，河流田地出现了，兔子、牛、羊等在草地上悠闲地吃着草。

从那以后，那里的人们过上了幸福的生活。

百鸟衣

从前，三省坡上住着一个姓张的孤儿，天天上山打鸟，周围村子的人管他叫张打鸟。

张打鸟常常唱着一支悲伤的歌：

青山千座万座，我没有手板大一块，
良田千垅万垅，我没有碗口大一丘。
鸟儿哟，我不如你们自由，
鱼儿哟，我不如你们富有……

这歌声，鸟儿听了鸟儿悲，鱼儿听了鱼落泪。

张打鸟打鸟很准，地上跑的，树上站的，天上飞的，没有打不准的。但他有条规矩：雏鸟不打，益鸟不打，歌鸟不打，只打糟蹋庄稼的鸟儿，打几只，够糊口就不再打。

仲夏的一天，张打鸟躺在清水潭边木棉花下做了一个梦，梦见一个人面鸟身的人向他飞来，说明天正午，有两只鸟在空中搏斗，要他射死黑鸟，救那黄鸟。

张打鸟醒来，觉得离奇古怪，半信半疑。

第二天正午，他爬上山顶，向天边望去。一会儿，火红的太阳被一团乌云遮住了，天空像口黑锅，风一动，就下起雨来，密密麻麻的雨线中，果真有两只鸟在搏斗。黑鸟挡、阻、拦、截，圈儿由大变小；黄鸟猛冲，拼杀，突不了围，慢慢退却下来。

张打鸟看到这种情景，内心生出正义感，拉弓搭箭，“嗖”的一声正中黑鸟脑袋，它脖子一歪，翅膀收缩，两爪朝上，栽进深谷去了。

顿时风吹云散，雨过天晴。

黄鸟获胜，盘旋起舞，放声啾鸣，霎时间，百鸟飞来，争相歌唱。张打鸟也不断地欢呼、蹦跳着。

那只黄鸟看到张打鸟英俊勇武，心地善良，又孤苦伶仃，便产生了同情之心、爱慕之情。

从此，它每天都到三省坡的清水潭边，站在木棉花树上娓娓歌唱：

咯，咯，咯快唧，

咯，咯，咯快唧……

近水知鱼性，近山识鸟音。

三天五天，张打鸟不觉得这鸟的叫声有什么特别，日子长了，他慢慢地听出了味儿。你听，那黄鸟不是在说：

哥，哥，我爱你，

哥，哥，我爱你……

鸟学人语，人拟鸟音。

张打鸟越听越觉得神奇，越听越觉得像。

从此，像和情人约会一样，张打鸟天天来到清水潭边，聆听那黄鸟的歌唱。

后来，他把黄鸟逮住，做了一个精致的笼子，喂养起来。他总是不辞劳苦，到山里找虫子、捉蚱蜢喂黄鸟，隆冬季节还用甜酒调鸡蛋喂黄鸟。

张打鸟爱鸟如命，一次提着鸟笼上山，跌了一跤，伤了脚，右手却把鸟笼支起，黄鸟毫无损伤。

又有一次，河水猛涨，他把鸟笼高高地举在头上泅渡过河，头发根都打湿了，可黄鸟一点水都没沾上。

自从喂了黄鸟后，他就再不打鸟了，而是拿起钓竿，上清潭边钓鱼去了。

张打鸟出门后，那黄鸟竟变成了一位美貌的姑娘，把屋里打扫得干干净净，然后穿针引线，用张打鸟积下的羽毛编织百鸟衣。

姑娘边织边唱道：

百衣鸟哟，百衣鸟，

百鸟的羽毛，百鸟的灵气，

千针万线缝起来哟，

阿哥穿上人更美……

张打鸟回来很奇怪。莫非隔壁嫂子帮忙？莫非邻居二婶关顾？他向嫂子道谢，嫂子满脸绯红；他向二婶道谢，二婶只是摇头。

第二天，张打鸟仍旧早早起来，带上钓竿上清水潭去了。

那黄鸟又变成一位美貌的姑娘，坐到床边编织百鸟衣，姑娘边织边唱：

百衣鸟哟，百鸟衣，

百鸟的羽毛，百鸟的灵气，

千针万线缝起来哟，

好让阿哥展翅飞……

张打鸟回来后又很奇怪。

第三天，张打鸟又早早起来，带着钓竿上清水潭去了。但这天，他走到半路就踅（xué）回来了。

张打鸟往门缝里一瞧，一个比木棉花还美丽的姑娘在编织那件百鸟衣：

百衣鸟哟，百鸟衣，
百鸟的羽毛，百鸟的灵气，
千针万线缝起来哟，
阿哥穿上跟我去……

“吱呀”一声，张打鸟把门打开了，那姑娘变成一只黄鸟从窗户飞出去了。

张打鸟急忙撵（niǎn）去，撵到清水潭边，那黄鸟“扑通”一声，跳到清水潭里去了。

失去了黄鸟，张打鸟闷闷不乐。

第二天一早，他就上清水潭寻找黄鸟去了。

清水潭里，波光闪闪，鱼儿嬉戏。张打鸟投饵引诱，钓了半天，没一条鱼儿来咬钩，好像今天下的饵子是毒药，鱼儿都跑开了。

月亮爬上山头又掉进深潭里。

张打鸟不甘心，再放一钓，他多么想把黄鸟钓上来呀！

不一会儿，鱼丝上的浮标摆动起来了，沉下去了，张打鸟别提多高兴了，满以为钓到了黄鸟，但钓上来的却是个大螺蛳。

张打鸟很不满意，把它放回潭里去了。又放一钓，钓上来的还是那个大螺蛳，他又放回潭里去了。哪知道第三钓钩起来还是那个大螺蛳，他觉得有些奇异，把螺蛳放进笆篓带回家中，养在水缸里。他索性坐在水缸边，看个究竟，坐到半夜时，他睡着了，螺蛳变成一位美貌的姑娘从水缸里悄悄地走出来，坐到窗边编织那件百鸟衣：

百鸟衣哟，百鸟衣，
百鸟衣的羽毛，百鸟衣的灵气；
千针万线缝起来哟，
妹要和哥比翼飞……

织呀，编呀，天快亮了，张打鸟醒来，姑娘赶快往水里跳，谁知水缸已被张打鸟盖得严严实实。

姑娘逃不脱，变不了，只好实话实说："恩人啊，我就是那只黄鸟，你要是不嫌弃，我愿与阿哥结为夫妻。"

第二天，姑娘带着张打鸟上三省坡去。她叫张打鸟走在前面，每走一步挖一锄，姑娘跟在后面，每个坑里放一片树叶。

隔天晚上，三省坡就变成了一片莽莽苍苍的林海，林中百花齐放，百鸟歌唱。

姑娘把百鸟衣打开，让张打鸟穿上。

张打鸟穿上百鸟衣后，和姑娘跳起舞来，跳呀跳呀，舞步越跳越轻，越旋越快，百鸟衣飘飘荡荡，好像一团旋动的彩云。跳呀跳呀，张打鸟和姑娘变成了一对凤凰腾飞起来，飞到森林里去了。

三个聪明的小姑娘

从前，在一处偏僻的河边上住着一户人家，家里住着娘儿四个——一个老太太和三个小姑娘。她们过着安生又快乐的日子，只不过这家的老太太太“善良”了。

这天，三个小姑娘正在院子里补网。突然，从墙缝里爬出来一只大蝎虎子（壁虎的俗称）。大姐和二姐都叫嚷起来，小妹抄起一块砖头就把蝎虎子打伤在地，不能动了。两个姐姐正要夸奖小妹，老太太回来了。她一见躺在墙根下的蝎虎子，就嚷了起来：“哎呀！该死的小妮子呀，你们怎么伤害性命啊！”然后，一边念叨着，一边弯下腰把被三姑娘砸得半死不活的蝎虎子小心翼翼地捡了起来，捧进了屋子里，放在木匣子里养了起来。

又有一回，三个小姑娘去场里挑谷草，挑着挑着，忽然从谷垛里抖出一窝小老鼠来。大姐和二姐顿时就骂了起来："这些坏东西，除了祸害人，一点用处也没有！咱家的豆子被它们偷吃了不少！"三姑娘一听，挥着扁担就把一窝老鼠打得死的死，伤的伤。可巧，"善良"的老太太走了过来，一见躺在谷垛旁边的那窝小老鼠，就埋怨起来："哎呀！该死的小妮子呀，你们怎么又伤害性命啊！"老太太一边念叨着，一边弯下腰，把被三姑娘打得半死不活的小老鼠小心翼翼地捡了起来，捧进了家，也放进一个木匣子里喂养起来。

又有这么一天，三个小姑娘早起在门前扫雪，扫着扫着，忽然从雪里扫出了一只冻僵的老母狼。三姑娘说道："姐姐呀！老母狼还有气哩，怎么办呢？"大姑娘说："狼可是个坏蛋，天天光想吃人哪！"二姑娘说："听姑姑说，咱们的老爷爷就是被狼吃掉的！"这时，忽听"砰"的一声，三姑娘挥着铁镐就把狼的一条腿打断了。姐仨正高兴地说笑着，可巧，"善良"的老太太走了过来。老太太一见躺在雪地上的老母狼就说："哎呀！该死的小妮子呀，你们怎么又伤害性命啊！"老太太一边念叨，一边弯下腰，把老母狼小心翼翼地扶了起来，抱进了家，放在热炕头上用棉被盖了起来。

从这时起，“善良”的老太太宁愿自己不吃饭，也要把最好吃的东西留给蝎虎子、小老鼠和老母狼吃。日子没过多久，它们的伤都养好了，不等老太太说什么，就跑得无影无踪了。

没想到，隔了没几天，老太太的脑袋忽然肿起来了。三个小姑娘连忙请来大夫。大夫来了一看，说：“老太太是中了蝎虎子毒！得吃药！”结果，老太太吃了一服又一服，把姑娘们存的钱都买药吃花光了。后来，姑娘们想卖几件衣裳给老太太抓药，打开箱子一看，发现一家子的衣裳件件都让老鼠咬破啦！“善良”的老太太顿时气得连句话也说不出来了。

这天，家里没吃的了。老太太让三个小姑娘去抓鱼，自己拄着拐杖去亲戚家要些吃的。没想到，刚路过苇子坑，就遇到了一头老母狼，正是她救活的那只老母狼。

“哎呀！是你呀！可吓了我一跳！”

老母狼狡猾地说：“善良的老太太呀！你看看我肚子都快饿扁啦！你可怜可怜我吧！”

老太太说：“哎呀，我可没带一点吃的呀！”

老母狼眨了眨眼说：“你没带吃的，吃了你也可以顶饿呀！”

“唉，你可不能忘恩负义呀！”老太太吓坏了，叫道，“要不是我，你早死了呀。”

老母狼恶狠狠地说：“不管你说啥，没吃的，我就得吃你！”

老太太说：“这样吧，晌午后我就会从亲戚家回来，到时候给你带吃的来！”

“带什么吃的呢？”

老太太说：“要是给我烙合子吃呀，我就给你带合子边来；要是给我包饺子吃呀，我就给你带饺子边来；要是有肉哇，我就给你带点骨头什么的来吃。”老母狼听了这些话，才把老太太放了过去。

过了晌午，老太太果真回来了。她一见老母狼，马上从竹篮子里掏出合子边和饺子边，说：“你不是饿了吗？快吃吧，我给你带来啦！”

老母狼也不说话，张开大嘴三口两口就把东西吞了下去，然后又扑上去拽住了老太太的衣裳说：“哎呀！善良的老太太呀！我还没吃饱啊，行行好吧！”

老太太顿时就害怕起来，连忙把给三个小姑娘带的合子、饺子全都拿出来给老母狼吃了。老太太心想：这下它大概吃饱了。转身就忙往回走。

可是刚走出不远，老母狼就又追上来了，说："善良的老太太啊！你发发善心吧！我还没吃饱呢！要是饿死我，你不是白救我一场吗？"

老太太一听，可作难了，连忙解释起来。老母狼哪里听得进去，猛地往前一扑，就把老太太给吃了。

再说三个小姑娘抓鱼回来，迟迟不见老太太回来，就坐在炕上念叨起来了。谁知，不大一会儿，外边传来砰砰的敲门声，有人叫门道："大姐、二姐快来开门儿。"

三个小姑娘以为老太太回来了，就答道："娘啊，你从不走前门，今天怎么叫前门啊？"三个小姑娘的话刚落地，从后门就传来了叫门声："大姐、二姐快来开门儿。"三个小姑娘听娘叫后门了，马上跳下炕去，蹬蹬蹬地跑过去，开了后门。

三个小姑娘突然觉得进来的人不像老娘！三姑娘问道："娘啊，娘啊，你身上怎么还有毛哩？"

"这不是毛，这是亲戚怕我冻着，给我穿的皮袄！"

二姑娘一眼看见娘身后还有个尾巴，忙问："娘啊，娘啊，你怎么还有尾巴呀？”

“这不是尾巴！这是纳鞋用的麻！”

三个小姑娘顿时明白过来这是老母狼，吓得都挤在炕头上不敢动了。

不一会儿，大姑娘用胳膊碰了碰二姑娘，二姑娘用胳膊碰了碰三姑娘，姐儿三个全会意了。

大姑娘向老母狼说：“娘啊！娘啊！我们要去撒尿！”老母狼不允许，但经不住大姑娘的唠叨，就同意了。二姑娘和三姑娘也像大姐一样装撒尿，骗过老母狼走了出去。

姐儿三个跑到院子里，爬到了院子里的那棵大榕树上。这时，老母狼怎么等也不见三个小姑娘回屋，就喊了起来：“闺女呀，闺女，快回来，老娘下炕要穿鞋！”它喊了一阵见没动静，就又喊道：“闺女啊，快进屋来看看，老母鸡下了个蛋。”

还是没人搭腔。

老母狼实在等不及了，就跑了出来，一眼瞧见姐儿三个在树上，就问：“你姐儿三个在树上干什么呀！”

姐儿三个齐声说：“娘啊！娘啊！你快上来看啊！”

“看什么呀？”老母狼问。

“上面的花儿可真好看啊！”

“你姐儿三个能看见，我看不见啊！”

“娘啊！你快爬上来看！”

“我爬不上去呀！”

“我们这儿有条绳子，你把绳子拴到身上，我们拽你上来！”

老母狼一听，开心地把绳子拴在了自己腿上。三个小姑娘齐心协力，一下子把老母狼拽了起来，等快到头时，一下子松开了绳子，把老母狼摔在了地上，摔得老母狼直发晕！老母狼急忙挣扎着喊叫起来：“姑娘呀！别摔啦！老娘受不了哇！”

三个小姑娘一齐说：“呸！你不是俺娘，你是老母狼！”姐儿三个说着，又急忙拽绳子，拽到了头，又把老狼摔了下去。就这样一上一下地，不大一会儿，就把老母狼摔成肉饼子了。

中外民间故事

欧洲民间故事

竹马书坊 / 编著

古吴轩出版社

图书在版编目（CIP）数据

中外民间故事. 欧洲民间故事 / 竹马书坊编著. --
苏州 ：古吴轩出版社，2021.3
ISBN 978-7-5546-1662-8

Ⅰ. ①中… Ⅱ. ①竹… Ⅲ. ①民间故事—作品集—欧洲 Ⅳ. ①I17

中国版本图书馆CIP数据核字（2020）第239321号

责任编辑：蒋丽华
见习编辑：张雨蕊
策　　划：村　上　张卫忠
内文插画：柳玲玲
封面插画：画儿晴天
封面设计：侯茗轩

书　　名：中外民间故事（欧洲民间故事）
编 著 者：竹马书坊
出版发行：古吴轩出版社
地址：苏州市八达街118号苏州新闻大厦30F　　邮编：215123
电话：0512-65233679　　传真：0512-65220750
出 版 人：尹剑峰
印　　刷：唐山市铭诚印刷有限公司
开　　本：880 × 1230　　1/32
印　　张：18.5
字　　数：301千字
版　　次：2021年3月第1版　　第1次印刷
书　　号：ISBN 978-7-5546-1662-8
定　　价：98.00元（全3册）

如有印装质量问题，请与印刷厂联系。022-69236860

目录

长不大的牧羊人

意大利

很久以前，有个小牧羊人与母亲相依为命。他特别爱招惹是非。有一次放羊时，他看见有个农妇头上顶着一篓鸡蛋正在沿街叫卖，就往篓里扔了一块石头，把所有的鸡蛋都打碎了。那个农妇非常生气，冲着他歇斯底里地叫喊着："我诅咒你永远都这么小，直到你找到美女巴尔加利娜，你才能长大！她生活在三个会唱歌的苹果里，你还是赶紧去找吧！"

被农妇诅咒后，小牧羊人始终又瘦又小，再也长不大了。妈妈精心地照顾他，他却越来越瘦弱。妈妈问他："你是不是做了什么亏心事？"在妈妈的追问下，他不得不坦白了自己欺负农妇的事，并转述了农妇的话："我诅咒你永远都这么小，直到你找到美女巴尔加利娜，你才能长大！她生活在三个会唱歌的苹果里，你还是赶紧去找吧！”

妈妈说：“这没有办法啦，你只有找到美女巴尔加利娜，才能解除诅咒。”

于是，小牧羊人便出发了。他走到一座桥上时，看到一个核桃壳里有一个小美人正在荡秋千。

“你是谁啊？”小美人问。

“我是您的朋友。”小牧羊人答道。

“拉起我的眼皮来，让我看看你到底是谁。”

“我要找美女巴尔加利娜，她住在三个会唱歌的苹果里。您知道她的消息吗？”

“不知道，但是，我可以送给你一块神奇的石头，它能帮你。”

小牧羊人走到另一座桥上时，看到一个鸡蛋壳里有一个小美人正准备沐浴。

“你是谁啊？”小美人问。

“我是您的朋友。”小牧羊人说。

“抬起我的眼皮来，让我看看你到底是谁。”

“我要找美女巴尔加利娜，她住在三个会唱歌的苹果里。您知道在哪里能找到她吗？”

“不知道，但是，我可以送给你一把象牙梳子，它能帮你。”

小牧羊人把梳子装进口袋，蹚过一条水流湍急的小溪，看见一个人正拿着袋子收集雾气。他走过去问：“请问，您知道美女巴尔加利娜住在哪里吗？”那个人摇了摇头，送给了小牧羊人一袋子雾气：“留着吧，它会帮你！”

小牧羊人继续往前走，发现了一座磨坊。磨坊主是一只狐狸，会说人话。这只狐狸说：“你想找到美女巴尔加利娜可不容易。你一直往前走，会遇到一间开着门的屋子。屋里挂着一个水晶鸟笼，鸟笼外面装饰着很多小铃铛，会唱歌的苹果就藏在鸟笼里。不过，屋子里有个老太婆，她睁着眼睛表示睡觉，闭着眼睛表示醒着，你必须十分小心才能拿走那个鸟笼。”

小牧羊人按照狐狸的指示找到了那间屋子，果然看见一个闭着眼睛的老太婆，知道她正醒着呢。老太婆对他说：“好心的小伙子，帮我看看我的头上有没有虱子。”

小牧羊人走过去为老太婆捉起了虱子。不大一会儿，老太婆睁开了双眼。他知道老太婆睡着了，马上抱起水晶鸟笼，撒腿跑出了屋子。但是，鸟笼上的小铃铛叮当作响，惊醒了老太婆。老太婆派出一百名骑士，骑着快马追赶他。眼看着就要追上来了，小牧羊人赶紧掏出口袋里的石头，使劲抛了出去。石头变成了一座怪石嶙峋、遍布沟壑的大山，那些马匹掉进了沟壑里，腿都摔断了。

骑士们只好步行着回去向老太婆汇报情况。老太婆又派出两百匹快马。小牧羊人一看骑士们又追来了，就把象牙梳子抛了出去。梳子变成了一座光秃秃、滑溜溜的大山，那些马匹都从山上滑落谷底了，摔得死伤一片。

这一次，老太婆派出三百匹快马。小牧羊人把那袋雾气放了出去，他的身后马上浓雾弥漫，一片昏暗，那些马匹顿时迷路了。走着走着，小牧羊人口渴难耐，就从鸟笼里掏出一个苹果，准备切开吃掉。突然，一个又柔又细的声音响起："小心切啊，不要伤到我。"听到这话，小牧羊人小心翼翼地切开苹果，一半吃了解渴，另一半放在了口袋里。又走了一段路，终于到家了。这时，他想把口袋里的另一半苹果也吃掉，就伸手去口袋里掏，却掏出来一个小美女，看起来可爱极了。

"我是美女巴尔加利娜。"她说，"我饿了，你快去找

一块米糕给我吃吧！”

小牧羊人高兴坏了，就把美女巴尔加利娜放在自己家旁的井盖上，跑去拿米糕了。

这时，女仆丑奴来井边打水，一眼看见了美女巴尔加利娜，愤愤不平地说：“你这么小，却如此美丽；我这么大，却如此难看。这太不公平了。”说着，丑奴一把抓起美女巴尔加利娜，扔进了井里。

小牧羊人拿着米糕回到井边，发现美女巴尔加利娜不见了踪影，非常伤心。

一天，小牧羊人的妈妈来井边打水。她居然从井里捞上来一条鱼，便高高兴兴地带回家，和家人一起吃了。没想到，他们把鱼刺扔在窗户外面时，鱼刺变成了一棵又高又大的树，把房子完全遮挡了起来。没办法，小牧羊人只好砍掉了这棵树，劈成了柴火。后来，妈妈去世了，小牧羊人只好独自生活了。有一天，小牧羊人放羊回家时惊讶地发现家里被收拾得很干净。他不知道是谁干的，决定查个究竟。第二天，他假装出门了，又悄悄地回来，躲在门外面看。很快，他发现一个娇小漂亮的姑娘从柴堆里走出来，开始替他做家务，顺便还吃了橱柜里的一块米糕。

小牧羊人跳了出来，问："你是谁？怎么会在我家？"

"我是美女巴尔加利娜啊。"小姑娘说，"那天你走了后，丑奴把我丢进了井里，我变成了一条鱼，结果被你们吃了。幸亏我躲在了鱼刺中，被你扔出窗外后，我就长成了一棵大树，结果又变成了你的柴火。等你出门去放牧时，我就变成美女巴尔加利娜，帮你收拾屋子。"

小牧羊人开心极了，他终于找回了美女巴尔加利娜。从那天起，他身上的诅咒就被破除了，他和美女巴尔加利娜一起不停地生长起来。很快，他们两个都长大了，然后举行了盛大的婚礼，幸福快乐地生活在了一起。

海豹的眼泪

冰岛

在冰火之国，生活着一对公爵夫妇，他们一直因为没有孩子而发愁，渐渐地都有了白发。有一天，公爵夫人惊喜地发现自己怀孕了。从那天起，他们就一直面带微笑了。

有一天，公爵夫人散步时突然感觉有点困倦，就躺在草地上睡着了，并做了一个不好的梦。在梦中，三位身穿黑色礼服的仙女对她说："你将拥有一个女孩。记住，一定要邀请我们参加孩子的命名宴会，还要认我们为教母，否则她将来会遭遇厄运。"

公爵夫人从梦中惊醒了，梦中的一切仍历历在目。不久后，她果真生了一个女孩。公爵欢天喜地地开始准备命名宴会。公爵夫人对仙女的话深信不疑，吩咐侍者要为三位仙女留出座位。但是，负责摆桌椅的仆人粗心大意，只留出了两个空位子，其他人也没有觉察出有什么不妥。

宴会开始了，客人们纷纷从四面八方赶来祝贺，公爵夫妇向他们一一表示感谢。正当宴会进入高潮时，一股阴冷刺骨的寒风吹过，三位黑衣仙女出现了。

年纪最大的那位仙女坐下后，说：“好啊！公爵夫人一定还记得那个梦吧！小公主就叫玛露特娜吧，她长大后一定非常美丽。”

第二位仙女就座了，说：“为了显示玛露特娜的与众不同，我赐给她金眼泪。”

公爵夫人还没来得及感谢，第三位仙女说话了：“公爵夫人，你没有给我准备座位，很抱歉，这个姑娘要遭遇不幸了。在新婚之夜，她将会变成一只海豹。”

公爵夫人一听这话，顿时哭了起来。年龄大的仙女安慰道：“公爵夫人，别哭。凡是诅咒都会有解决之法的。在祭火节的晚上，如果有人愿意为玛露特娜牺牲，这个诅咒就会失灵。”她的话音刚落，三位仙女就一起消失了。

这时，大家都如梦初醒，只觉得大厅里的空气很阴冷，却找不到那三位仙女了。宴会继续进行着，但公爵和公爵夫人的脑中却一直萦绕着那个恶毒的诅咒，内心非常沉重。

玛露特娜一天天长大了，正如仙女们的预言一样，她非常美丽，一哭就掉金眼泪。公爵夫妇把玛露特娜视为命根子，给予了她最好的生活。然而，他们一想到第三位仙女的诅咒，就感到十分不安。

有一天，公爵想出了一个好办法，就骑着马出门了。不知道走了多少天，他来到了一个遥远偏僻的村落里，在一所破房子里，找到了一个名叫西库丽朵的小姑娘。神奇的是，她长得和玛露特娜一模一样，还十分勇敢。公爵把自己到来的原委告诉了她，小姑娘决定帮助公爵，答应和玛露特娜一起生活。

西库丽朵跟着公爵来到了城堡中，很快就和玛露特娜成了形影不离的好朋友。她们长得太像了，别人根本无法区分。她们唯一的区别就是眼泪的颜色不同。

日子一天天过去，西库丽朵和玛露特娜都长大了。每天，都有很多人来向玛露特娜和西库丽朵求婚。西库丽朵并不热衷于结婚，对于诸多年轻人的求婚总是一笑置之。

这个国家的王子非常年轻英俊，他每天都会来看望玛露特娜，并向她求婚了。

玛露特娜也很喜欢这个满头金发、蓝眼睛的王子，就答应了他的求婚。很快，他们就确定了婚期。

就在婚礼的前一天晚上，公爵悄悄地问西库丽朵：“西库丽朵，你是真心爱着玛露特娜吗？”

“是的，我把她当成我的亲妹妹。”西库丽朵坦诚地回答。

“那么，你愿意为她做出牺牲吗？”

“当然，我很愿意。”

得知西库丽朵的真实想法后，公爵接着说：“西库丽朵，你还记得小时候我告诉你的关于诅咒的事情吗？也许在这个世界上，只有你能救玛露特娜了！”

“记得。但是，我该怎么做呢？”

“我早就想好这件事情了。你们长得那么像，让人无法区别。明天晚上举行婚礼时，我们把玛露特娜藏起来，由你代替她继续和王子结婚。”

“我没有问题，但是这么做能否真的解救玛露特娜呢？”西库丽朵忧心忡忡地说。

“明天就是祭火节，也是他们的婚期，只有这个办法还值得一试。”

第二天，玛露特娜和王子的婚礼庆典如期举行了，西库丽朵趁着人们不注意，悄悄地替换了玛露特娜。王子拉着西库丽朵的手出席了宴会，而玛露特娜藏到了一个绝密的地方。

婚礼结束后，新郎和新娘步入新房。新郎对新娘开玩笑说：“你和西库丽朵简直长得一模一样！我都不敢确定你到底是谁！”

西库丽朵迫切地想让王子相信自己是玛露特娜，这让王子更加迷惑起来。

“喂，你到底是玛露特娜，还是西库丽朵？”

“我是你的妻子……”

“嗯，不过，只要你用手帕擦出一滴金眼泪，我就相信你！”

西库丽朵一下子心慌起来，但很快就想到了办法，镇定地说：“谁的眼泪想流就能流出来呢？你先出去片刻，也许等你回来时，我就能流出眼泪了。”

王子出去了。西库丽朵赶紧拿着手帕，急匆匆地跑向玛露特娜藏身的房间。

正在这时，塔楼上的钟敲响了。西库丽朵默默地数着钟声：一、二、三……五……十、十一、十二！西库丽朵脸色大变：半夜了！这可怎么办？突然，城里的灯光全部暗了，整个城市仿佛被无边的海洋包围，西库丽朵甚至听到了波浪的声音。但是，灯光突然又亮了，西库丽朵来到玛露特娜藏身的房间，打开了门。

可是，屋子里空空如也。西库丽朵万分惊骇，呆呆地站在那里：玛露特娜消失了！窗外，有一条洪流正朝着城外涌去！西库丽朵当即跳出窗户，沿着流水朝前跑去。很快，她就来到了海边，耳中充斥着波浪激荡的声响。

她爬上一块高高的岩石，借着月光发现海岸上有一大群海豹，就跑了过去。

海豹们一见西库丽朵，就晃动着尖利的牙齿，挪动着笨拙的身子，朝西库丽朵拥来。这时，西库丽朵发现海豹队伍的后面有一只海豹，眼角挂着一滴金眼泪。她意识到那就是玛露特娜，于是她完全不顾生死，飞快地奔向那只海豹。

海豹们龇着牙，向西库丽朵扑了过去。西库丽朵东躲西闪、跌跌撞撞地闯过海豹群，就连受伤了也毫不在

意。最后，她面前只剩两只大海豹了。然而，她早已筋疲力尽，哪里是它们的对手。尽管如此，她依然义无反顾地扑了上去，经过一番殊死搏斗，她终于接近了那只孤独的海豹，张开双臂，紧紧地拥抱住了它。而那只海豹毫不反抗，只是不停地流着金眼泪。

西库丽朵最后看了那只海豹一眼，就昏倒了。等到醒来时，她发现自己躺在了一张大床上。王子、公爵、公爵夫人和玛露特娜都站在她的面前。啊，能再看见玛露特娜可真太好啦！大家纷纷赞扬着西库丽朵的勇气，都发自内心地感谢她。

玛露特娜身上的诅咒解除了，公爵夫妇再次举办了盛大的宴会。大家既为西库丽朵的勇敢喝彩，也为王子和玛露特娜的婚礼欢呼，整个城市都洋溢着喜悦，热闹非凡。

学手艺的故事

俄罗斯

很久以前，有一对家境贫寒的老夫妻。老头子想让儿子学点手艺，他想：儿子学了手艺，能够养活自己，可以让我们放心；等到我们老了，儿子还能够赡养我们。可是，老头子实在太穷了，他带着儿子去了很多城市，由于没钱交学费，谁也不愿意收他的儿子为徒弟。夫妻俩面面相觑，忍不住悲叹命苦。

这天，不死心的老头子又带着儿子进城了。路上，他们遇到了一个人。那个人问道：“喂，老头，你怎么看起来愁眉不展的？”

“我想让儿子学手艺，却交不起学费，也没有人愿意免费教他。我怎么能高兴得起来呢？”老头子说。

“这简单，把你儿子交给我吧。”那个人说，“我保证只要三年，就能教会他各种手艺。三年后的今天，也在这个时刻，你一定要按时来领儿子。如果你迟到了，他就要为我干一辈子活啦。”

老头子高兴极了，都不知道那个人是谁、住在哪里、会什么手艺，就迫不及待地把儿子交给了那个人，然后高高兴兴地回到家，把事情的经过告诉了老太婆。老头子哪里知道，那个人是个巫师。

三年时间很快过去了，老头子早已忘记了时间。幸亏儿子变成一只小鸟，提前一天飞回来了。它一进家门，就恢复了人身。他向父母问好后，告诉了父母事情的经过，并叮嘱父亲第二天就是三年期限之日，一定要按时来接他，还告诉了父亲认领的办法。

儿子说：“除了我之外，巫师还教了很多人，有十一个人由于没有被父母认出来，只能留在巫师家干活。如果你也认不出我，我就会成为第十二个。明天你来接我时，他会把我和那十一个人变成一模一样的鸽子。你记住，飞得最高的就是我。”

儿子继续说：“过了这一关，巫师会放出十二匹一模一样的马。你一定要留心，经过你身边的时候，我会踩一下右脚。”

儿子接着说：“第三关，巫师会把另外十一个人变得和我一模一样，你注意观察，脖子上落着苍蝇的就是我。”

老头子一一记在心上。儿子再三叮嘱后，又变成了鸟，飞走了。

第二天早晨，老头子准时到达了约定的地点，见到了巫师。

“喂，老头。”巫师说，“你儿子跟着我学习，掌握了很多手艺。但是，你如果认不出他，他就只能留在我的身边。”

老头子点了点头，表示明白。巫师放出了十二只一模一样的白鸽，得意地说：“老头，你知道哪个是你的儿子吗？”

老头子看了看，指着飞得最高的那只白鸽说：“那个就是！”

“啊，真的认出来了！”巫师惊讶极了。他认为这是巧合，便又放出来十二匹一模一样的马，就连鬃毛都倒向相同的方向。老头子围着马瞅来瞅去，迟迟没有说话。巫师催促道：“老头，快说哪个是你的儿子！”

“太难认了，再等一等。”

这时，老头子发现有一匹马经过他的身边时轻轻跺了一下右脚，就毫不迟疑地说：“这个就是！”

“哎呀，又认出来了。”巫师懊悔地叫道。接着，他一挥手，变出来十二个一模一样的小伙子。

老头子把小伙子们仔细看了一遍，没有发现任何异常。他不敢贸然相认，一直观察到第三遍，才发现有一个小伙子的脖子上落着一只苍蝇。他立刻说道：“这个就是！”

“啊，你又认出来了！”巫师脸色大变，可是他没有办法，只好把儿子还给了老头子。

老头子兴高采烈地带着儿子回家了。路上，他们遇到一个财主。儿子叮嘱父亲道：“爸爸，我马上变成一条狗，你把我卖给财主，但是要留着我的颈圈，这样我才能回家。”儿子说完，在地上击了一掌，真的变成了一条狗。

财主见老头子牵着的狗毛色发亮，生龙活虎，非常喜欢，就想买下来。他们经过讨价还价，以二百块钱成交了。但是，财主坚决不允许老头子取下狗的颈圈，说：“买狗当然连着颈圈！”

“我只卖狗，不卖颈圈。”老头子说。

但是，财主坚决要颈圈，老头子心想：的确，哪里有卖狗还取下颈圈的呢？这么想着，他也不再坚持了。

财主把狗放到了马车上，老头子拿着钱回家了。

财主驾驶着马车朝前走着，突然发现了一只兔子。他想：不知道这条狗的脚力如何，能否追上兔子。这么想着，他把狗放了出去，没想到，狗根本没去追兔子，而是朝着与兔子相反的方向跑进了树林里，摇身一变，又变成了小伙子。财主气坏了，可是他追不上狗，只好继续赶路了。

老头子边走边发愁，不知道回家以后如何向老伴解释儿子去了哪里。这时，儿子追上父亲，抱怨道：“哎呀，爸爸，说了不要卖掉颈圈啊！幸好遇到了一只兔子，不然我就回不来了！”

他们回到了家里，很快就花光了卖狗的钱。到了星期天，儿子对父亲说：“爸爸，我变成一只鸟，你拿着去集市上卖掉。千万记住，不要卖掉笼子，否则我就再也回不来了。”

儿子在地上击了一掌，变成了一只美丽的小鸟。老头

子把小鸟装进笼子里，拿去集市上叫卖。很多人都喜欢这只美丽的小鸟，和老头子讨价还价。老头子不知道，巫师也在人群中，而且认出了他。巫师知道，笼子里的鸟是老头子的儿子，所以出了最高的价钱买下了小鸟。这一次，哪怕巫师磨破了嘴皮子，老头子也没有卖掉笼子。

巫师用布包裹着小鸟，带回了家里。

“喂，女儿，”巫师一进门就喊道，“我买回了骗子。”

“哪儿呢？哪儿呢？”

巫师打开布，发现布里面空空如也，原来小鸟早就飞走了。

又到了一个星期天，儿子对父亲说：“爸爸，这次我变成马。你记住，只卖马，别卖笼头，否则我就回不来了。”

儿子在地上击了一掌，摇身一变成了一匹高头大马。老头牵着马去集市上叫卖，巫师出的价格比马贩子们都高。老头把儿子卖给了巫师，但是坚决不卖笼头。

“你不给我笼头，我怎么把马牵回家呢？”巫师说，“或者你把笼头借给我，等我把马牵到家里，再把笼头还给你。”

马贩子们议论纷纷：“哪有卖马却不卖笼头的呢？这也太不讲道理了。”老头一张嘴难敌众口，只得卖掉了笼头。

巫师把马牵回家关在了马厩里，牢牢地绑在了吊环上。他还用绳子把马的脑袋高高地吊起，使马只能用后腿站着，而前腿悬空。

“哈哈，女儿，”巫师说，“我终于又把骗子买回来了。”

“哪儿呢？哪儿呢？”

“就在马厩里。”

女儿跑去马厩，看见马被吊在半空中，不由得动了恻隐之心，想把缰绳放松一些。没想到，马借此机会挣脱缰绳跑得无影无踪了。

女儿惊慌地跑去告诉父亲：“爸爸，对不起，马跑掉了！”

巫师在地上拍了一下，摇身一变成了一头狼，朝着马跑的方向追去。马跑到河边，变成了一只刺猬跳进河里，狼则变成了狗鱼，继续追赶刺猬。

刺猬在河里拼命地游啊游啊，游到了一个木筏旁。看见一群姑娘正在木筏上洗衣服呢，于是他变成一只金戒指，骨碌碌地滚到姑娘们面前。

一个姑娘捡起戒指，马上藏了起来。巫师变成人形，对姑娘说：“把金戒指还给我！”

“给你！”姑娘一边说，一边把戒指扔到了地上。

戒指落到地上之后变成了一片麦粒，巫师立马变成了一只公鸡，扑上去啄食麦粒。

眼看着公鸡就要把麦粒吃光了，突然，一颗麦粒变成了一只凶狠的老鹰，几下就把巫师变成的公鸡啄死了。

就这样，小伙子又从老鹰变回来，平安地回家了。

女妖怪和小不点儿

俄罗斯

很久以前，有一个老头子和老太婆一直没有孩子。有一次，老头子去树林里采蘑菇时，遇到了一位神仙。神仙对他说：“我知道你的心思，你特别想要一个自己的孩子。你去村子里挨家挨户要一个鸡蛋，然后让母鸡孵化，到时候愿望就会实现。”

老头子和老太婆照着做了，从村里收到了四十一个鸡蛋。他们细心地照料着母鸡和鸡蛋，两个星期之后，四十一个鸡蛋孵出了四十一个小男孩，其中一个男孩十分瘦弱矮小。老头子给四十个健壮的男孩取了名，却不知道该叫那个瘦弱的男孩什么名字。

“喂，”老婆子说，“不如就叫他小不点儿吧。”

就这样，孩子们都有了名字。谁知，他们长得飞快，一个小时一个样，很快就开始帮助爸爸、妈妈干活了。四十个小伙子去地里干农活，小不点儿独自留在家里，做一些不费力的家务活。到了割草的季节，兄弟们用了一个星期的时间割了很多草，并且堆成了草垛。他们累得筋疲力尽，回到家里吃过饭后就呼呼大睡起来。老头子看着熟睡的小伙子们说：“这些半大小子能吃能睡，可惜干不了什么活儿。”

“爸爸，你还是先去看看再说吧。”小不点儿提醒道。

老头子将信将疑，骑上马去了地里，发现地里整整齐齐地矗立着四十个草垛。

“哎呀，孩子们简直太能干了！”老头子惊讶地叫了起来，围着草垛转了好几圈。

第二天，老头子又去地里了。突然，他发现少了一个草垛，赶紧跑回家，喊道：“不好了，少了一个草垛！”

“爸爸，没关系的。你给我一百卢布[①]，我一定能抓住小偷。”小不点儿安慰老头子。

老头子答应了。于是，小不点儿带着这些钱去找铁匠了。

“你能打出一根足够长的铁链，牢牢捆住一个人吗？”

---

① 卢布，最早为沙皇俄国的货币单位，现为俄罗斯等国家的通用货币。

“当然！”铁匠回答。

“如果铁链结实，我就付给你一百卢布；如果铁链很容易就断了，那么你可别想得到任何报酬。”

很快，铁匠就打了一根长长的铁链，然而小不点儿稍微一使劲，就把铁链拽断了。

铁匠又打了一根铁链，小不点儿觉得足够结实了，当即付了钱，带着铁链就去了地里，躲在草垛后面等着小偷到来。

半夜时分，海面上狂风大作，巨浪滔天，一匹神奇的母马从海底腾空而出，跑到第一个草垛旁大口大口地吃了起来。小不点儿一跃而起，甩出铁链套住了母马，还骑到了马背上。母马受到了惊吓，驮着他翻山越岭，却无法摆脱他。最后，母马停下来气喘吁吁地说：“喂，你能抓住我不算什么本事，要是能抓住马群的头马，我才佩服呢。”

小不点儿毫不畏惧。于是，母马跑到大海边，嘶鸣着叫出头马。头马比母马更强壮健硕，举世罕见，但是没过几个回合，就被小不点儿驯服了。

第二天早晨，小不点儿赶着一大群马回到家里，老头子被马叫声和马蹄声惊动了。看到这么多匹马，他高兴极了，没想到小不点儿这么能干。

小不点儿对其他兄弟说：“兄弟们，咱们也都成年啦，每人骑着一匹马，都去找意中人吧！”

“这是必须的。”

“走啊，出发吧！”

兄弟们都同意了。老头子和老太婆挨个祝福孩子们，希望他们早日归来。

浩浩荡荡的马队走了很久，谁也没有找到心仪的姑娘。因为他们都不愿意先独自结婚，可是天下又有哪一个母亲会有四十一个女儿呢？

小伙子们来到一座山脚下，发现山上有一座雄伟壮观的白玉宫殿，宫殿门口矗立着四十一根铁柱。他们把马拴在铁柱上，走进了院子，看到院子里有一个女妖怪。

“喂，你们太不懂礼貌啦，没经过我的同意，就把马拴到铁柱上。”女妖怪怒吼道。

“啊，您先不要责怪我们，请您准备一些吃的、喝的，再准备好热水让我们洗个澡，我们会告诉您缘由的。”

等小伙子们吃饱喝足，洗完热水澡后，女妖怪问道：“说吧，你们来到这里干什么？”

“夫人，我们正在寻找意中人。”

女妖怪一听，高兴坏了，从一座高楼里领下来四十一个姑娘，说这些都是她的女儿。

小伙子们兴高采烈地向姑娘们求了婚，当天就举行了婚礼。夜幕降临时，小不点儿去马厩里检查马匹的草料。

头马小声地告诉他：“主人，你们一定要小心女妖怪啊！等新娘子睡着后，你们赶紧换上她们的衣服，晚了会有生命危险。另外，别忘了偷走女妖怪的头巾。”

小不点儿把头马说的话告诉了哥哥们。四十一个兄弟全都照着头马的话做了。到了半夜，女妖怪吩咐道：“我忠诚的仆人啊，快去砍下那些不速之客的头吧。”

仆人们趁着黑摸进了房间，根据衣服来分辨哪些是外来者，结果把女妖怪女儿们的头都砍了下来。小不点儿和哥哥们吓坏了，把新娘们的头用铁丝穿起来挂在围墙上，之后就骑着马逃之夭夭了。

天亮了，女妖怪发现围墙上挂着四十一个女儿的头，知道计划失败了，气得大发雷霆。她施展出妖术，去追赶小伙子们，还喷出大火焚烧他们。小不点儿和哥哥们被追到了海边，无路可逃了。小不点儿不慌不忙，拿出了女妖怪的头巾，轻轻一晃，海面上立刻出现了一座桥，直通彼岸。小伙子们策马疾驰，很快就到了海的对岸。这时，小不点儿又晃动头巾，大桥立刻就消失了。

追到海边的女妖怪没有办法，只好悻悻而归，而小伙子们也骑着马回家了。

放牧一千只兔子的牧人

波兰

很久很久以前，鞑靼如同洪水一样涌向波兰，一路上烧杀掳掠，还俘虏了很多身强体壮的年轻人去做奴隶。伏舍米乌就是被鞑靼俘虏之后，找机会逃出来的。他披着一件破旧不堪的原色粗呢外套，肩膀上挂着一个已经磨光了毛的兔皮袋子，里面装着他的全部家当：好心人送的一小罐牛奶、一块面包和路上捡到的一枚小钱。此刻，他正行走在喀尔巴阡山①下的原始森林里。他舍不得喝牛奶和吃面包，一路上都在找野果吃。走着走着，一个弯腰驼背、拄着拐杖的白胡子老头突然拦住了他。

“我饥肠辘辘，实在走不动了。我猜你那兴许有面包，

---

① 喀尔巴阡山：阿尔卑斯山脉的东部延伸，位于欧洲中部，全长约 1450 千米，呈半环形横卧大地。

能不能分给我一点？”

“人老了可真可怜，”伏舍米乌心想，“我得救救这个老人。我可以靠吃野果活着。”

他从袋子里掏出了那块面包，递给了老头，说：“老爷爷，您吃面包吧，祝您健康长寿。”

老头高兴极了，一手接过面包，另一只手伸进怀里掏出了一只笛子，送给了年轻人，说：“善良的年轻人，这只笛子送给你作纪念吧，也许你将来能用得上它。”

伏舍米乌和老爷爷分手后各奔东西，那老头一眨眼就不见了。伏舍米乌以为是树林挡住了他的身影，没有多想，就继续赶路了。

他走出了原始森林，来到一片寸草不生、荒无人烟的荒地上。太阳如同大火球悬挂在天空中，晒得人汗水直流。他准备找个阴凉地休息一下，喝点儿牛奶解渴。突然，一阵大风过后，出现了一个步履蹒跚的老爷爷，向他讨水喝。尽管伏舍米乌非常渴，他还是把所有的牛奶都给老爷爷喝了。老爷爷送给他一根鞭子作为纪念，转瞬之间就消失了。

伏舍米乌收好鞭子，继续朝前走，又遇到一个老人坐在树下哭泣。原来，老人弄丢了卖猪的钱，担心回家后被儿媳妇撵出家门，就大哭起来。伏舍米乌觉得老人很可怜，就把捡到的那枚小钱送给了老人。老人送给他一根棍子作为纪念，眨眼间也不见了。他没有多想，继续赶路了。

伏舍米乌回到了家乡，发现早已物是人非，就决定去城里碰碰运气。路上，他听人说守城官需要一个牧人，就准备去应聘。他通过吊桥，进了城，找到了守城官的家。守城官对他说："你需要去放牧一千只兔子，为期一个月，还要讲一麻袋故事。只要你能做到，我就把女儿嫁给你，还会陪嫁十个村庄；假如你弄丢了一只兔子，就要成为我的奴隶。你考虑一下吧！"

伏舍米乌离开了守城官家，立刻就有人围了上来，都劝他别犯傻，说："你想想，兔子放出去怎么能看得住？"伏舍米乌早已拿定了主意，他想：我被鞑靼俘虏后，从那些奴隶那里听来了不少故事，肯定有一麻袋。至于兔子，说不定我会有好运气，一只也不会丢呢。守城官得知了伏舍米乌的决定，高兴极了，以为自己又会得到一个奴隶。事情就这样定了下来。

下午，大管家就把一千只兔子交给了伏舍米乌。人们看着跑来跑去的兔子，不禁为这个小伙子担心起来。伏舍米乌觉得作为牧人就得有牧人的样子，吹笛子肯定少不了。于是，他掏出了第一个老头送给他的笛子，准备一边吹一边放牧兔子。谁知，当笛声响起时，满院子乱跑的兔子一下子静了下来，像士兵一样排起了四列纵队，整整齐齐地跟着伏舍米乌出了城。看到这样的情形，所有人都惊呆了。

伏舍米乌带着兔子来到了指定的牧场，把第三个老头送给他的棍子插在了地面上。奇迹又出现了：所有的兔子都如同被绳子捆绑起来一样全都集中在棍子周围，乖乖地吃草。一个地方的草啃光了，就换另一个地方，没有一只脱离队伍。

突然，林子里飞出几只呱呱叫的乌鸦，吓得三只小兔子乱跑乱窜。伏舍米乌一着急，挥起了手中的鞭子，那是第二个老头送他的。再次发生了神奇的一幕：三只小兔子立刻回到了兔群里。

伏舍米乌这下明白了：我吹响笛子，兔子就会排好队伍跟着笛声走；我插上棍子，兔子就会围绕在棍子周围吃草；我挥动鞭子，离队的兔子就会马上回来。这让他信心大增。果然，接连几天，一只兔子都没丢。

守城官得知后很惊慌，他可不想把女儿嫁给伏舍米乌，更不想陪嫁十个村庄！于是，他想出了一个计策。这天，伏舍米乌正在放牧，远远地看到守城官的厨娘走过来了。厨娘一见到伏舍米乌，就揉搓着通红的眼睛说："快救救我吧！我把守城官大人的午餐——野兔胸排烤焦了，就像木炭一样黑！他中午就要吃的，可是我没有备用的兔排了。你能卖给我一只兔子吗？不然我就要丢掉这份活命的工作了。"厨娘说着，拿出一个金币塞到了牧人手上。

伏舍米乌意识到这是个陷阱，就对厨娘说："你只要跳上一支舞，我可以免费送给你一只兔子。"厨娘假装很开心，扭着肥胖的身体跳了一支舞，差点儿把伏舍米乌笑晕。之后，厨娘用围裙兜着兔子朝城里跑去。谁知，当伏舍米乌抽响鞭子时，那只兔子一下子就从围裙里蹿了出来，跑回了兔群。厨娘两手空空地回去了。

守城官非常懊恼，和女儿又商量了一个对策。

几天后，守城官小姐打扮成农村姑娘的模样来到牧场里，撒谎说她的爸爸每年都要上交二十只兔子，而她家里只有一只公兔，恳求伏舍米乌送给她一只母兔。经过一番交谈，伏舍米乌又识破了这个诡计，说：“你只要鞠十个躬，我就送你一只。”守城官小姐答应了。

守城官小姐鞠完十个躬后，得到了一只兔子，便把兔子放进柳条篮子里，开心地走向城堡。但是兔子听到伏舍米乌的响鞭后，又逃回了兔群。

又过去了两个星期，守城官伪装成穷人的模样，来到牧场上，恳求伏舍米乌送给他一只兔子，好让他尝尝兔肉的味道。伏舍米乌一眼认出这个穷人是守城官假扮的，就答应了，条件是他必须亲三下流浪狗的鼻子。

守城官很不乐意，但为了得到兔子，他就隔着树叶亲了三下狗鼻子。结果，没等他回到城里，兔子又在鞭子的召唤下回到了兔群中。

一个月的时间到了，一千只兔子一只都没少，这让守城官急坏了。有人提醒道：“他还需要讲一麻袋故事呢。”守城官一听，顿时精神起来。他举行了一个盛大的宴会，邀请了很多贵宾，让伏舍米乌在宴会上讲故事。

伏舍米乌站在指定的地方，面前还摆着一个麻袋。他

整整讲了一个钟头，讲的是从遥远的鞑靼草原上各地的奴隶们那里听来的故事。这些故事一个比一个可怕，一个比一个奇特……客人们都听得入了神，忘记了吃喝。

守城官小姐小声问父亲：“父亲，麻袋满了没有？”守城官回过神来，瞥了一眼麻袋，说：“连底儿都没盖住呢！”

伏舍米乌听到这话，话锋一转，说：“讲了那么多可怕的故事，再说个愉快的故事吧。你们不知道，我在牧场放兔子时，有一天，来了一个衣衫褴褛的穷老头，背着一个破麻袋，长得特别像我们的守城官，他想吃兔子肉，我对他说……”

守城官顿时吓坏了，如坐针毡，很担心伏舍米乌把他亲吻狗鼻子的糗事讲出来，当即跑到麻袋跟前喊道：“够了，够了，麻袋已经满了！”

守城官小姐也跟着喊道：“都已经冒出来了！”

就这样，伏舍米乌娶了守城官小姐为妻，从此过上了幸福快乐的生活！

矿工布兰德拉与魔鬼的故事

波兰

从前，有个矿工名叫哈内斯·布兰德拉，他是个不折不扣的英雄好汉。

整个国家里，无人不知他的勇敢无畏，就连国王格武治也对他早有耳闻，还派出使者邀请他进入军队呢。布兰德拉却宁愿当矿工，也不愿意当士兵。不管使者给他多么有利的条件，甚至要招他为驸马，他都毫不心动，而是怒骂使者："我要揭你们的皮！"当布兰德拉这么说的时候，往往意味着没有任何回旋的余地。

使者回去复命，对国王说："布兰德拉对一切都满不在乎，他说，只要他愿意，就可以拥有一顶比格武治王的王冠漂亮一百倍的王冠！"

国王格武治头上的王冠是用硬纸板做成的，外面糊有一层金纸。为了避免王冠东倒西歪，还用一根细绳固定在了头上。听到使者的话，格武治国王用权杖搔着脑袋，惊讶地问：“他从哪里能弄到那么多黄金呢？”

使者说：“也许魔鬼罗基特卡能帮助他。”

“哎呀！”格武治国王用权杖搔了两次脑袋，发出了痛苦的呻吟，然后他跑到凉亭里，舔起了他最爱吃的甜果酱。

而此时此刻，布兰德拉正叼着烟斗，从牙缝里喷出烟雾，优雅地骂道：“我要揭你们的皮！”

对于格武治国王要招他为驸马，布兰德拉还是有些心动的，因为他很需要有人帮忙洗衣、烧饭、剪羊毛，公主如果没有残疾，倒是很合适的人选。

当格武治国王因为被布兰德拉拒绝而伤心时，无所畏惧的布兰德拉又去挖煤了！他是真的喜欢这项工作，而且一旦有闲暇时间，还会去废弃矿坑里吹响三次口哨，召唤鬼魂斯卡尔布尼克，与它一起玩牌。

布兰德拉很容易就赢了斯卡尔布尼克，斯卡尔布尼克只好顶替布兰德拉下井干活。为了躲避布兰德拉，斯卡尔布尼克躲到了邻近的一个矿上，再也没有露面。从那之后，布兰德拉在矿上干活就很辛苦，也赚不到那么多钱了。

布兰德拉最不能容忍的，就是被案食鬼欺骗。案食鬼专门负责看守被强盗们埋在一棵老槲树下的金币。一天晚上，布兰德拉从矿上下班后，在回家途中看到一大群案食鬼坐在一大堆金币上。他不假思索地走过去，想得到几枚金币。小鬼们一开始还驱赶布兰德拉，当听到布兰德拉说“我要揭你们的皮”时，它们全都逃进了一个山洞中。布兰德拉发现山洞里藏着许多桶金币，还有一头母牛那么大的癞蛤蟆守护着。

布兰德拉举起十字镐，冲着癞蛤蟆喊道：“我要揭你的皮！”癞蛤蟆一下子被吓跑了。布兰德拉抓了几把金币装在身上就回家了，心想：我比国王格武治还富有，以后再也不需要斯卡尔布尼克帮忙下矿了。然而，等他回到家里，发现身上装着的只是枯树叶。从此之后，他把案食鬼称作“骗子”，对它们恨之入骨。

布兰德拉与布雷尼查河里的溺死鬼也有瓜葛。有一天，他下班回家，半路上觉得十分疲惫，就坐在布雷尼查河岸上休息。突然，借着月光，他看到溺死鬼带着儿孙们

从河里浮了出来。它们的脑袋长得像猴子的脑袋，穿着红色的上衣，手脚和鸭子一样都有筋膜相连，一跳一跳地走路。一个溺死鬼想把布兰德拉拉进水中，布兰德拉生气地吼道：“我要揭你们的皮！”他一跃而起，拿起十字镐就打溺死鬼，溺死鬼们吓得落荒而逃。但有个最老的溺死鬼偷走了布兰德拉放在草地上的烟斗。从那以后，溺死鬼们都特别害怕布兰德拉。

在什普鲁盆夫和天堂森林的交界处，很多人都曾被一匹火红色的无头马吓到过。这匹马是由伯爵的灵魂变成的。这个伯爵生前很贪婪、很残暴，所以死后就变成了无头马。这里的人纷纷前来求助布兰德拉：“好心的布兰德拉，请你赶走那匹火红色的无头马吧！”

“它是谁？”

“它是由一个伯爵的灵魂变成的！”

“没问题！”布兰德拉回答。他从矿上下了夜班，带着从教堂的仆役那里借来的装着圣水的碗和洒水的刷子，就去了什普鲁盆夫和天堂森林的交界处。那匹火红色的无头马正在田埂上奔驰，一察觉到布兰德拉，就径直冲了过来。

当马蹄就要踢到布兰德拉时，他把圣水洒在了无头马的身上，高喊道：“我要揭你的皮！”

转眼之间，那匹火红色的无头马消失了，空中出现了一只灰色的鸽子，朝远处飞去。就这样，伯爵的灵魂得到了救赎，就连地狱里的鬼神也知道布兰德拉有多么勇敢了。

罗基特卡是一个很机灵的鬼怪，经常来人间搜罗一些人的灵魂去地狱下油锅。有一次，他对其他鬼怪们夸口说："你们准备好沸腾的大油锅，我要把哈内斯·布兰德拉的灵魂押到地狱里接受油炸！"

鬼怪们兴高采烈地倒满了一锅松焦油，用大火烧沸。

罗基特卡看到布兰德拉干完了活儿，正准备坐下来吃一块干面包时，就变成工长的样子出现了。

"布兰德拉，你好啊！"他用德语问候布兰德拉。

布兰德拉发现工长的嘴歪了，没有鼻孔，右脚的皮鞋大得可笑，右脚的裤腿里还露出一截尖尖的牛尾巴，马上明白了是怎么回事。

"哈，工长，你好啊！"他说。

"布兰德拉，你干得怎么样？"罗基特卡问。

"工长，煤层太硬了，薪水少得可怜！"

罗基特卡觉得自己的机会来了。为了得到布兰德拉的灵魂，他和布兰德拉打赌：如果罗基特卡挖的煤比布兰德拉挖的多，那么布兰德拉的灵魂就归罗基特卡；如果罗基特卡挖的煤没有布兰德拉挖的多，那么罗基特卡必须帮布兰德拉挖煤。结果，布兰德拉早准备好了炸煤的炸药，而罗基特卡一边挖煤，一边还等着收走布兰德拉的灵魂呢！随着一声巨响，炸药爆炸了，罗基特卡被炸得紧贴在矿壁上，像一只被踩扁了的癞蛤蟆，一只眼睛在背上，另一只眼睛在下巴上，所有的牙齿都不见了。

布兰德拉把罗基特卡救了出来。罗基特卡打赌失败了，他艰难地爬回家，答应第二天来帮布兰德拉挖煤。

从此之后，有罗基特卡帮忙挖煤，布兰德拉只需要坐在石头上当监工就行，日子过得越来越潇洒自在了。

七岁的骑士

爱尔兰

从前，爱尔兰王国有一个名叫康乔巴尔的国王。有一天，康乔巴尔国王邀请朋友、骑士们参加宴席。正当他们高兴地喝着蜂蜜水时，一块乌云遮住了原本湛蓝的天空。大家觉得奇怪，都朝窗外瞧去，顿时被眼前的景象惊呆了。只见九群白色的巨鸟在天空中盘旋着，每一群都由二十只巨鸟组成。它们俯冲着飞向田野和牧场，转眼之间，就把田地里的庄稼和牧场上的青草掠夺一空，只剩下光秃秃的如同被烈火焚烧过的土地。

大家目睹了这样的惨景，都惊呆了。康乔巴尔最先回过神来，他马上抽出宝剑冲向门外，其他人也拿起长矛和弓箭紧随其后。他们来到马厩，挑选了九匹快马，驾着九辆马车冲出城堡，一路向着巨鸟追去。

巨鸟在一次低空盘旋后，朝着地平线飞去。康乔巴尔和随从们发现，巨鸟是成双成对的，每一对巨鸟之间都有一根闪光的金线。他们还没想明白是怎么回事呢，大多数巨鸟已经飞远了，只有几只巨鸟还在不疾不徐地飞着。

国王的姐姐德奇蒂尔十分气愤，亲自驾驶着康乔巴尔的马车，不停地挥舞着鞭子。马车一路飞驰，另外八辆马车只能紧随其后。然而，不管他们多么快速，都没有追赶上巨鸟。

当巨鸟全都消失后，太阳也将落山了。康乔巴尔这才意识到他们距离城堡已经很远了，眼前是一片荒芜之地。为了安全起见，他派了两名骑兵去勘察地形。

骑兵们在山谷里发现了一座看起来很破旧的小屋。大家都觉得，作为尊贵的国王，不应该在这样的小屋里过夜，但是康乔巴尔国王对此并不介意。

“去小屋里查看一下情况吧。”国王说，“这可比露天夜宿强多了。”

小屋是用木头建造的，屋顶上覆盖着白色的羽毛。

当国王的队伍来到屋前时，从屋里走出来一位男子，恭敬地邀请国王及众人进屋。康乔巴尔国王和随从们原本以为屋子里会非常寒酸和简陋，却没想到屋子里有一个非常宽敞明亮的大厅，里面摆放了许多张桌子，每张桌子上都摆满了各种美味佳肴以及新鲜的水果、美味的饮品，其丰富程度不亚于宫廷的宴席。之后，他们在主人的安排下都去休息了。

半夜时分，主人找到了德奇蒂尔，焦急地说："尊贵的夫人，我的妻子在隔壁房间里马上要分娩了，请您帮帮她。"

德奇蒂尔二话不说，赶紧去了隔壁房间。有了她的帮助，新生儿平安降生了。神奇的是，同一时间里，主人的一匹母马生下了两匹小马驹。

第二天早晨，康乔巴尔觉得有温暖的阳光照在脸上，一下就睁开了眼。他惊讶地发现，那间小屋消失了。此刻，他正躺在草地上，两匹小马围着他撒欢，用毛皮大衣包裹着的新生儿正在酣睡。德奇蒂尔开心地抱起了婴儿，说这个孩子是自己接生的，自己会像抚养亲生骨肉一样抚养这个孩子。

收拾了一番后，他们的队伍又出发了。没过多久，他们就来到了湖边。湖面平整如镜，波光粼粼。德奇蒂尔突然觉得湖面反射的阳光有些刺眼，整个人有些头晕目眩，就闭上了眼睛。恍惚中，她发现头戴金盔的太阳神来到了身边，对她说："谢谢你，亲爱的德奇蒂尔。那些白色的巨鸟是我派出去的，就是想引你们来我的小屋，再把我的儿子西塔纳托付给你抚养。不过，他很快会有一个新名字。你一定要好好地抚养他，因为他会成为最伟大的英雄。"太阳神说完话就消失了。

德奇蒂尔清醒过来后，还以为自己做了一个梦，但是太阳神的模样太清晰了，声音还在她耳边回响呢。从此之后，她精心地抚养着西塔纳。

有一天，康乔巴尔国王带着西塔纳去拜访自己的教父铁匠古南。他和古南相谈甚欢，都忘记了西塔纳独自在院子里玩耍。这时，古南饲养的大狼狗冲开了绳索，朝着西塔纳狂吠并且扑了过去。西塔纳毫不畏惧，抓起一根沉重的铜棍子，一下子打死了大狼狗。等国王和铁匠闻讯赶来时，大狼狗已经死去许久了。大家都很震惊，没想到小小的西塔纳不仅力大无穷，还十分勇敢。西塔纳见国王和古南铁匠不说话，以为要责怪自己，赶紧保证道："我一定会驯养一条更懂事的狗，送给古南教父。"古南对此不以

为意，他是吃惊西塔纳的与众不同，并庆幸大狼狗没有伤到他。

国王的一个大臣说道：“你要想成为爱尔兰最勇敢的将军，必须遵守诺言！”

“我看这位小勇士需要一个新名字！”国王说道。

“不如就叫古古林吧，这个名字有历史感。”古南说。

就这样，西塔纳改名叫古古林了。没过多久，小古古林就把亲自驯养的一条狼狗送给了古南。古南发现这条狼狗能按照主人的指示完成不少事，顿时就惊呆了。

古古林一天天地长大了，变得越来越强壮。国王送给他一支长矛、一个铜盾牌和一把剑，还允许他挑选一辆战车。古古林经过一番精挑细选，选出了一辆最强的战车。

没想到，在他七岁生日的那天，战争爆发了。古古林以北爱尔兰骑士的名义，和国王及士兵们一起参加了这次大战，这是他有生以来第一次参战，他也是所有骑士中年龄最小的一位。

醋罐里的夫妻

德国

从前，有一对夫妻生活在醋罐里。醋罐里又酸又臭，空间又狭小，日子一久，丈夫就抱怨妻子："都是你的错，否则我们怎么会住在醋罐里呢？"妻子毫不相让，说："不，都是你的错！"就这样，他们争吵起来，把罐子里搅得天翻地覆。

一只金鸟听到醋罐里的动静，探头问道："你们在做什么呢？"

妻子回答："唉，我们不想继续住在醋罐里了，要是能和别人一样住在房子里，我们就心满意足了。"

金鸟听了这话，便带着这对夫妻来到一栋崭新的房子里。房子的前面和后面各有一个精致的小花园。金鸟对他们说："如今，你们拥有了这栋房子，一定要彼此恩爱，知足常乐。需要我帮忙时，你们就可以拍三下巴掌，嘴里喊‘宝石厅里的金鸟！阳光下的金鸟！无处不在的金鸟！’。我听到你们的呼唤，就会飞来。”说完，金鸟扑腾着翅膀飞走了。

夫妻俩高兴极了。一想到再也不用住在酸臭的醋罐里，他们就感到非常满足。

遗憾的是，这种满足只持续了很短一段时间。这对夫妻去邻居家里串门时，发现邻居家的庄园宽广雄伟，不但有特别大的花园和宽敞明亮的马厩，还有一望无际的辽阔田地。他们还雇了许多工人，负责耕种、照看牲畜等。这让他们对小房子越来越不满意了。

一个阳光晴好的早晨，这对夫妻心有灵犀地同时拍了三下巴掌，嘴里念叨着：“宝石厅里的金鸟！阳光下的金鸟！无处不在的金鸟！”

金鸟听到了呼唤，“嗖”的一声出现了，问：“你们想得到什么？”

“唉，”这对夫妻不约而同地叹息着，“这所房子实在太小了。我们想要一处庄园，有花园、马厩以及田地，这样我们就满足了。”

金鸟眨了眨眼睛，什么也没说，带着他们来到一处庄园前，庄园周围良田千亩，牲畜满圈，还有无数雇工。金鸟说：“从今往后，这里的一切都属于你们了！”

这对夫妻喜出望外，一蹦三尺高。整整一年，他们每天都欢天喜地的，再也没有那些乱七八糟的想法了。然而，一年之后，他们又觉得不满足了。因为他们进城时，发现那些生活在城里的人打扮时髦，住着高楼大厦，享受着安逸舒适的生活，就十分向往。于是，妻子对丈夫说：“你喊金鸟吧，我不想住在乡下了，我想住到城里！”丈夫说：“亲爱的，你来喊吧！”

妻子没有推辞，立即拍了三下巴掌，喊道：“宝石厅里的金鸟！阳光下的金鸟！无处不在的金鸟！”

金鸟飞来了，问：“你们又想要什么？”

妻子叹息着说：“我们不想当农村人了，要是能成为城里人就好了。”

金鸟眨巴着小眼睛，一句话也没说，带着这对夫妻来到城里一栋最漂亮的房子中。这房子装饰得非常奢华，屋里摆着五斗橱和大衣柜，里面放满了款式新颖、质地考究的时髦衣服。这让这对夫妻高兴得合不拢嘴了。遗憾的

是，这次只过去了很短的时间，他们就又厌倦了普通百姓的生活。他们的想法出奇一致：“我们要是能和贵族一样住在华丽的宫殿里，出行时骑着高头大马，或者乘坐最豪华的马车，还有穿着统一制服的侍者跟在身侧，那该多么气派啊！我们现在所有的这些东西，只是小市民才会看中的破烂东西，真正的贵族根本不稀罕这些。”

妻子对丈夫说：“这一次，轮到你召唤金鸟了。”

无奈之下，丈夫只好拍了三下巴掌，喊道：“宝石厅里的金鸟！阳光下的金鸟！无处不在的金鸟！”

金鸟又飞来了，问：“这一次，你们又想叫我做什么？”丈夫说：“我们想成为贵族。如果成为贵族，我们就彻底心满意足了。”金鸟眨巴着小眼睛，气愤地说：“你们真是贪心不足，没完没了！我可以让你们成为贵族，但你们还是不会满足！”说着，金鸟带着这对夫妻来到一座富丽堂皇的宫殿里，这里有骏马、豪华马车和无数仆人。这对夫妻如愿地成了贵族，每天都乘坐马车四处兜风，无所事事，游手好闲，消磨着时光。

有一次，这对夫妻去观看了一个盛大的庆典。庆典上，国王和王后穿着金线编织的衣服，坐着金光闪闪的马车，文武百官前呼后拥，夹道的老百姓热烈欢呼着并真诚地致敬。这让他们羡慕不已，回到家里后，他们就决定要当国王和王后。他们一起拍响了巴掌，声嘶力竭地喊道："宝石厅里的金鸟！阳光下的金鸟！无处不在的金鸟！"

金鸟飞进了窗户，有些厌烦地问："说吧，你们还想要什么？"这对夫妻异口同声地回答："我们要当国王和王后，这是我们的最后一个愿望。"金鸟全身的羽毛都竖了起来，它拍打着翅膀，瞪大了眼睛，说："你们这两个贪得无厌的家伙，永远也不知道满足。好吧，我会让你们成为国王和王后。但是，你们一定还会提出更过分的要求！"

于是，这对夫妻做了国王和王后，每天都接受文武百官的朝拜。他们坐在高高的宝座上，下达着最严厉、最无情的命令。他们永不知足地搜刮着奇珍异宝，金银珠宝多得数不胜数。可是，他们还不满足。

丈夫说："我想拥有更大的宫殿！"

妻子说："我们应该成为皇帝和皇后。"

"不！"丈夫当即表示反对，"我们应该成为教皇！"

"哎呀，这些都不能让我们感到满足！"妻子喊道，

“我们……”

妻子的话还没说完呢，一只巨大的黑鸟从窗户中飞了进来，它的眼睛里燃烧着怒火，犹如火轮一般。它大叫一声，震得地动山摇：“你们只配住在又酸又臭的醋罐里！”

“轰”的一声巨响，豪华的宫殿消失了，这对夫妻又回到了狭小逼仄、充满酸臭味的醋罐里。从此之后，他们将永远住在里面，直到死亡。

那些不知足的人啊，真的应该好好吸取一下这个教训。

公理的地位

德国

从前，有一位有钱有势的伯爵。他的城堡建造在高高的山顶上，库房里堆满了成箱成箱的金银珠宝。为此，他修建了高高的城墙，并且在城墙四角上设有岗楼，还在墙外挖了宽阔深邃的护城河，他的城堡可谓固若金汤。他常常骄傲地说："在这个国家所有的爵臣中，我的地位最显赫，我的城堡最高最牢固，我库房里的黄金最多最重，无人能与我相比。"

有一天，伯爵去巡视领地，发现地界之外的山脚下有一处农舍，背靠青山，面朝原野，周围绿树环绕，环境十分优美。房屋虽然简陋，但院落整齐干净，仓库前堆着高高的草垛，畜栏里饲养着各种家禽牲畜，还有一眼水井和一道漂亮的篱笆墙。伯爵一眼相中了这处院落，就命人喊

来主人，高傲地对他说：“我喜欢你的田庄，愿意出高价买下它。”

农舍主人拒绝道：“伯爵大人，实在对不起，这处田庄是我祖辈传下来的，我也准备在这里安度晚年，并作为遗产留给我的子孙后代。所以我真的不能把它卖给您。”

伯爵见主人拒绝了，气得声嘶力竭地吼叫起来：“你这个不识抬举的家伙！你可知道，我是最显赫最尊贵的伯爵，你居然敢拒绝！明天早晨之前，你必须答应我的要求，否则你一定会后悔的！”说完，伯爵便扬长而去。

农舍主人无奈地摇了摇头，叹息道：“我只要坚持不卖，伯爵就不能强取豪夺。”

次日清晨，伯爵早早地又来了。他在离农舍很远的地方大声喊道：“喂，农夫，你已经想明白了吧？快把房子卖给我！”

农舍主人礼貌地对伯爵行礼，回答道：“伯爵大人，昨天我就已经明确表示过，我不能卖掉这个田庄。”

伯爵不屑一顾地哼哼着说：“你既然不愿意卖，那就等着免费送给我吧！”说完，他扬起马鞭，狠狠地抽在了马身上，马儿吃痛，不顾一切地飞跑起来。原来，他要上法庭。

法官们都知道伯爵身份尊贵，一手遮天，所以都对伯爵卑躬屈膝。伯爵怒气冲冲地发号施令：“此时此刻，我不想讲究礼节，只想马上得到那个田庄！”

法官们异口同声地说：“伯爵大人，这只是小菜一碟，我们很乐意效劳！”

法官们传唤来农舍主人，训斥道：“你这个顽固的家伙！伯爵愿意出高价买你的田舍，你居然拒绝了。现在，你要是改变主意还为时不晚，快点答应吧！”

农舍主人说：“我无法顺从。这是我祖祖辈辈的家，我不但要在这里度过余生，我的子子孙孙也都要在这里生活。法官先生们，你们都公正廉明，不能强迫我卖掉房子吧？”

法官们仿佛没有听见农民的话，自顾自地说：“你这个傻瓜，公然与尊贵的伯爵叫板，那就只能通过法律来解决问题了。你要知道，伯爵大人最讲究正义和公理，否则他完全不用花任何钱财就能得到房子。既然你如此顽固，那么我们就来裁决你与伯爵的纠纷。”

农舍主人辩解道：“哪有什么纠纷可言呢？他住他的城堡，我住我的茅舍，我们井水不犯河水。如果他坚持要胡搅蛮缠，那么你们就秉公办理吧。”

一天又一天过去了，法官们坚持不懈地每天都审理“案件”。伯爵派了一个忠诚的仆人配合审理，农民却因为频繁被传唤，田园荒废了，家里乱成一团，但是他并不愿意妥协。

法官们说：“为了公平公正，我们每天都开庭审理此案。现在，你们需要支付本案的诉讼费用。”

农舍主人说："我没有请你们来审理任何案件，你们凭什么向我要钱呢？另外，我也没有钱。"

这时，伯爵的仆人掏出了一口袋沉甸甸的金币，递给法官们，说："这是诉讼费用。你们辛苦了！"

法官们眉开眼笑，判决农民必须把房产无偿交给伯爵。

农舍主人气坏了，愤怒地说："法官先生们，你们这是不负责任，泯灭良心！世界上是有公理的。上天最终会惩罚你们，不管你们是谁，都一样会接受上天的审判！"

法官们哈哈大笑起来。首席法官说："乡巴佬，你到现在还梦想着正义和公理？告诉你吧，公理早就消失了！"

"真是令人难以置信！原来，公理的确存在过，只是现在没有了。"农舍主人叹息道。

"赶快滚回家里，收拾东西搬家吧！"法官们说，"要是惹恼了伯爵老爷，可没你好果子吃。"

农舍主人离开法庭，向着王宫走去。在王宫的附近，有一座全国最大的教堂，他要找这里的敲钟人。

敲钟人住的小房子位于教堂广场边上。他对于农舍主人的到来感觉很奇怪，问道："你是儿子结婚，还是爱女出嫁？需要我敲起欢乐的钟声，让人们都去参加婚礼吗？”

农舍主人摇了摇头，痛苦地讲述了自己的经历，恳求道：“现在，我愿意把所有的钱给你，请你帮忙敲响丧钟，就像国王驾崩一样。敲吧，这是为公理而战！”

敲钟人很同情他，立即敲响了丧钟。钟声呜咽着，响彻全城。全城的人都惊呆了，站在街头议论纷纷：“怎么了？谁死了？要为谁送葬？”

敲钟人仍在一下一下地敲着，充满了悲情。人们全都聚集到了广场上，一边观看着敲钟人敲钟，一边等着国王的旨意。

国王吓坏了，连忙召集大臣：“谁死了？丧钟为谁而响？”

大臣们对此也毫不知情。

国王赶紧派了一位大臣去询问情况。那个大臣费尽了九牛二虎之力，才挤到了钟楼前，他惊慌地问道：“谁死了？丧钟为谁而响？”

农舍主人听到大臣问话，立刻把自己的遭遇大声地讲了出来，最后说道：“公理死了，我们要为公理送终。”

悲愤的人们顿时骚动了，自发地向王宫奔去，誓死要捍卫公理，叫嚣声甚至把钟声都淹没了。大臣吓坏了，火速奔回王宫，向国王报告了详情，并说道：“人们说公理死了，要为公理送葬。他们情绪激动，很快就会抵达王宫。”

国王恐惧得不知所措，大臣们惊慌地关闭了宫门和所有的窗户。首相道：“陛下，要想抚慰愤怒的人们，我们只有一个办法可用。”说着，他悄悄地在国王耳边说了退兵之计。

国王依计而行，来到国民面前，大声地说道：“我善良的子民们！公理永远不会死去，你们要相信，我一定会唤醒暂时睡去的公理，我向你们保证。”随后，国王下令绞死了贪赃枉法的法官和无视法律的伯爵，又宣布田舍永远都属于农民。

听到国王的宣判，人们这才纷纷散去，也很快淡忘了这件事。然而，一切又都恢复了原样，国王依旧掌管着政权，新的法官大人们还是在法庭里审理“案件”，伯爵们仍然在城堡里花天酒地，他们之中没有谁真正地把公理放在至高无上的地位。

数萝卜的精灵

德国

一

从前，在巨人山的深处住着一位山神，掌管着山中所有的财富，并统治着整个地下王国。地下王国的居民都是又矮又小的精灵，他们很擅长打铁。

有一次，山神来到地面上旅行。他站在群山之巅，欣赏着世间秀丽的风光，一眼瞧见了美丽的爱玛公主，顿时就被迷住了，决定抢走公主当妻子。

这天，爱玛公主和好友一起来到森林里游玩。山神觉得自己的机会来了，当他看到她们在小溪中戏水时，就施展魔法，让溪水不停地翻腾，卷着爱玛公主来到了地下王国。尽管山神把最好的一切都给了公主，可是在这个地下王国，她依旧觉得孤独。

为了让公主开心，山神给了她一根魔法棍和十二个萝卜，说：“不管你思念谁，只要用魔法棍打一下萝卜，萝卜就会变成你想的那个人。”

爱玛很想念好朋友们，就把这些萝卜变成了十个最要好的朋友和一只猫、一只狗。有了朋友们的陪伴，爱玛每天都很开心。然而，萝卜渐渐干枯了，朋友们和猫、狗也跟着失去了生命力。

山神在地下王国再也找不到新鲜的萝卜了，只好亲自栽种萝卜。等到萝卜成熟时，公主偷偷挖了一个萝卜。这一次，她把萝卜变成了一只喜鹊，去给她的未婚夫报信：“三天后骑着最快的骏马在五月山谷等我。”喜鹊三天后又飞回公主身边，叫道：“未婚夫在五月山谷里等你！”

这时，山神给爱玛送来许多新鲜的萝卜，并向爱玛求婚了。爱玛说：“你只要能准确地数出地里到底有多少个萝卜，我就嫁给你。”山神高兴坏了，心急火燎地跑到菜地里数萝卜去了。爱玛挑了一个最大的萝卜，把它变成了一匹骏马，策马扬鞭直奔五月山谷。

山神蹲在萝卜地里数呀数，这一畦数完了，却忘了那一畦的数量，到最后只记住一畦的数量，只好回到了宫殿里。他发现爱玛没在殿里，觉得很奇怪。忽然，他听到叽叽喳喳的喜鹊正在谈论爱玛去五月山谷的事。山神急坏了，连忙赶往五月山谷，等到了那儿，爱玛已经离开了。山神伤心欲绝，回到了地下王国。他的好朋友东南西北风得知了这件事，说得世人皆知。人们觉得十分有趣，都嘲笑山神是“留贝察列尔”，意思是数萝卜的精灵，简称“留贝察尔”。

山神虽然十分无奈，但从来没有因此而欺负好人或者穷人。相反，他还经常帮助那些需要帮助的人。

二

在来兴堡，住着一户农民，男主人叫维特，靠着微薄的田地收入，养活着妻子和六个孩子。有一年收成欠佳，维特没能及时偿还欠富人的债，被富人抢走了所有家产，只留下一头小母牛。维特十分气愤，一纸诉状告上了法院。结果，官司败诉了，维特的那头小母牛也被判给了富人。

看着饿得哇哇直哭的孩子们，妻子的心都碎了，泪如雨下。维特决定去妻子娘家借钱。他带了一壶冷水和一根又粗又长的棍子就出发了。当他来到丈母娘家时，他妻子的兄弟一看到衣衫褴褛的维特，非但不愿意借钱，还嘲笑挖苦他。维特有些心灰意冷，决定去求一求留贝察尔，希望能得到他的帮助。

维特走到森林深处，扯着嗓子喊道：“留贝察尔！留贝察尔！”话音刚落，一个浑身长满长毛的黑色巨人就冒了出来。他的胡须很长，一直垂到腰部，眼睛红得像燃烧

着的木炭，手里还紧紧攥着一根铁棍。巨人挥舞着铁棍，冲着维特喊道：“你这个像虫子一样大小的家伙，居然敢这么侮辱我！”

维特不惊反喜，向巨人讲述了自己的遭遇，哭诉道：“世界上只有富人和穷人，我又没兄弟姐妹，只能求助于您了，留贝察尔山神啊，我的孩子都快饿死了。我只要有一百个泰勒[1]，就能养活他们。”山神留贝察尔很同情维特，就带着他进入黑漆漆的山洞，来到了一口巨大的铜锅前，里面全都是泰勒。

留贝察尔让维特随意取用泰勒，但是要留下借条并约定三年内偿还。诚实的维特数了一百个泰勒，留下借条，就离开了。他到集市上买了许多食品，直到深夜才回到家里。妻子煮了浓稠的粥，浓得足以粘住汤勺，一家人吃得非常饱。从此之后，妻子一直很感念娘家人，但维特始终没有说出真相。这三年里，维特和妻子通过辛勤地劳动，终于攒够了还债的钱。他带着妻子和儿女进山，直奔森林深处而去。妻子觉得疑惑，询问是怎么回事。直到此时，维特才告诉妻子，他被妻子的兄弟赶出了家门，是山神留

① 泰勒，旧时德国的一种货币。

贝察尔帮助了他。

得知这一情况，妻子惊慌不已，说留贝察尔是个可怕的魔鬼。维特坚信留贝察尔是善良的山神。他凭着记忆找到了前往山洞的道路，却发现山洞消失了，留贝察尔也没有现身。他把钱留在岩石下，又担心钱丢了，决定喊留贝察尔的绰号，激他现身。

妻子坚决反对，维特却笑着大喊起来：“留贝察尔！留贝察尔！”突然刮起了一股大风，当年的借条被风刮到了维特的脚下。维特高兴极了，终于还上了债。

后来，妻子想回娘家看看。维特同意了。

然而，却是一个热情的陌生人为他们开的门。原来，维特妻子的兄弟在三年前破产后就不知去向了。从此之后，维特和妻子过上了富足的生活，他始终感念留贝察尔的恩情，常常给孩子们讲关于留贝察尔的故事。

三

在一个小城里，有一个富裕的面包店老板，为人十分吝啬，人们都称他为“蜘蛛老板”。他总是借着帮助穷人的机会，剥削或勒索他们，有时会索要两大车木材，有时会要求穷人免费给他做工。假如真给他两车木材，他又会说："这可不行！你必须再给两车，否则我就去告你！"穷人哪敢去打官司呀，只得再运来两车木材。

有一次，老板向一个穷人订购了几车木材，当穷人不辞辛苦地送来所有木材时，老板却只付给他一半的钱！穷人惊讶极了："这不是我们约定好的价钱！"

"的确不是，但是现在的木材就是这个行情。如果你不愿意，就把这些木材拉走吧，我不要了！"老板开始耍无赖。

"三更半夜的，我怎么把木材运走？再说我家里都揭不开锅了，孩子都在挨饿，您就发发善心吧！"

"就算是大公无私的太阳，也没法可怜每一个人！"老板冷漠地说。

穷人拿着钱，坐在雪橇上，无奈地对老板说："看来，你的确是'蜘蛛老板'！你等着瞧吧，总有一天你会后悔的！"

穷人用这些钱仅买到一些粮食，连给孩子买少量糕点的钱都没有了。路上，他看见一个衣衫单薄的人正在步行赶路，就主动邀请那个人坐在雪橇上。那个人看着穷人愁眉不展的样子，说：“善良的人，你怎么看起来不开心呢？”

“没有值得开心的事情啊！”穷人生气地嘀咕着，把整件事情讲给了那个人听。

“放心吧，世界上还是好人多，我会惩罚面包店老板，让他永远也忘不了这个教训！”那个人说笑着，便从飞驰的雪橇上跳了下去，仿佛融化在黑夜中一样消失了。

第二天，一个樵夫主动找上门来为面包店老板劈柴，而且只要能扛在肩膀上的一捆木柴作为报酬。老板觉得这是打着灯笼都找不着的好事，就高兴地答应了。樵夫把右腿取了下来，然后用脚劈柴，一下子就劈开了一百块柴，老板惊讶得目瞪口呆。樵夫等把所有的木柴都劈好后，才安装上右腿。

樵夫笑着对老板说：“现在，我该拿走我的报酬了！”说着，他掏出一根又粗又长的绳子，把所有劈好的木柴都放在上面捆好，扛在肩上就走了。老板半天才醒过神来，开始追赶樵夫，却发现樵夫渐渐走远，越来越高大，头都快碰到天了。老板恍然大悟，喊道：“留贝察尔！你是留贝察尔！”

留贝察尔回头冲着老板喊道：“你再敢欺骗穷人，我就要你的命。”

这天早晨，穷人发现院子里堆满了木柴，而且柴堆旁放着昨天的那个人穿的衣服，衣服里有很多金币。穷人顿时明白了：“原来，昨天那个人是留贝察尔啊！”

穷人把多余的金币分给了更穷苦的邻居们，大家都感念着留贝察尔的恩情。那个贪婪吝啬的“蜘蛛老板”却破了产，四处流浪了，再也没有人知道他的消息。

穷鬼的故事

乌克兰

很久以前，有个穷苦的农夫，经常无米下锅。他搞不明白，为什么每天都在辛勤劳作，却依旧不能改变穷困的现状。其实，这都是因为住在他家炉灶底下的穷鬼常常故意跟他作对。不管农夫收获了什么，它们都会进行破坏；农夫稍微顺心些，它们就要给农夫添堵，不是折磨农夫的牛，就是把麦子弄乱，还会让别人家的猪把农夫的菜园拱得乱七八糟。

过节了，农夫弄来了一大块面包和一块黄油，给孩子们打打牙祭。他还拉起了小提琴，为节日增添快乐的气氛。听到悠扬的琴声，全家人都欢快地跳起了舞。突然，他发现有很多奇形怪状的小东西混在孩子们中间跳舞：它们身体很小，胳膊长长的，脖子细细的，小脸丑陋，带着煞气。

农夫一眼认出这些怪东西都是穷鬼，就放下小提琴，想抓住它们。但是这些小穷鬼马上逃到了炉灶底下。农夫灵机一动想出了办法，关心地说：“喂！炉灶底下太拥挤了，住着肯定很难受吧？”

小穷鬼们异口同声地回答：“不，不！炉灶底下很舒服！我们随便住在哪里都可以！”

农夫拿出一个牛角烟盒，一边闻着鼻烟，一边问：“你们可以住在这个牛角盒子里吗？”

“当然，当然！”小穷鬼们争先恐后地回答。

“我可不相信，你们这么多，牛角烟盒怎么能住得下你们呢？”说着，农夫打开烟盒的盖子，放在炉灶底下，离开了。

过了一会儿，农夫又来到了炉灶旁，发现小穷鬼们不见了，询问道：“咦，你们都去哪里了？”

烟盒里发出声音：“啊哈，我们已经在烟盒里了！”

“我不信，你们这么快就都进入烟盒了？炉灶底下一定还有吧！”

“我们全都在烟盒里，千真万确！”

农夫的计谋得逞了，他立刻关上烟盒，把烟盒放在废弃磨坊里的磨盘下压着，说："我家不欢迎你们，你们就永远留在这里吧！"

从此之后，农夫家的生活越来越好，越来越富裕了。

村子里有个财主，嫉妒心特别强。他发现农夫的日子越过越好，马上就要追上他了，顿时气得不得了。他想方设法从农夫口中得知了发家的真相：原来，农夫是因为送走了穷鬼才富起来的。单纯的农夫还告诉了财主他把穷鬼压在磨盘底下的事情。

财主这个开心呀，趁着农夫不注意，偷偷地把那些穷鬼们放了出来，并对它们说："小鬼们，你们的主人很想念你们，快回家去吧！"

小鬼们议论纷纷："之前的主人太狡猾了，居然想出那么阴险的办法。咱们别回去了。这个人真是好心，居然把咱们放了出来，咱们跟他回家吧！"

听到穷鬼们的谈话，财主忍不住叫起来："不要！不要！我不欢迎你们！"

小穷鬼们不顾财主的反对，纷纷跳到财主的身上。财主吓得又蹦又跳，口中不停地喊着："滚开！滚开！赶快

滚开！”但是它们可不理睬财主在说什么，有的钻进财主的口袋，有的吊在财主的头发上，有的抓住财主的衣角……谁也不愿意放手。财主甩不掉这些穷鬼，只好带着它们回家了。

财主一回到家里，小穷鬼们马上从财主的身上跳了下来，四散跑开，钻得到处都是，谁也找不到它们。它们很喜欢这个新家，都不愿意再离开了。财主原本想陷害农夫，却没想到搬起石头砸了自己的脚，霉运不断：牛突然都暴毙了，猪、羊和马都被小偷偷走了，田里的庄稼都干枯了。后来，因为一场突如其来的大火，他的房子也被烧得精光。贪婪狡诈的财主，最终沦落成了乞丐。

小牧童和狼

捷克

有一个小男孩从小就失去了父母，独自一个人艰难地生活着，经常缺吃少穿。有一天，他来到一户农民家，想要留下来当牧童。这户人家并不富裕，只有一匹马，但是农民很贪婪，听小男孩说不要报酬，就收留了小男孩，让他负责照料马匹。

小男孩牵着马去放牧了。临走前，主人再三叮嘱他："放牧的时候，你一定要小心，千万照顾好马，别让它被狼吃掉了。"小男孩牢记着主人的话，觉得把马拴在哪里都不放心，于是就把缰绳拴在了自己脚上。但是他还不放心，又冲着森林中喊道："狼呀狼，求求你千万不要吃掉我的马！"这么喊完，他才放下心来，安心地看着马儿吃草。看着看着，他就睡着了。

狼本来还不知道有马在吃草，可是听到了小男孩的喊话，就跑了过来。趁着小男孩睡着了，扑上去就把马吃掉了。小男孩一觉醒来，发现脚上的缰绳轻飘飘的，这才发现马不见了。他急哭了，忧心忡忡地回到主人的家。

“马呢，马去哪里啦？”主人厉声问道。

“我太倒霉啦！只是一眨眼的工夫，狼就吃掉了马。”小男孩哭着说。

“狼吃掉了马，怎么不吃掉你呢！”主人咬牙切齿地说。当天晚上，他就将小男孩捆在四轮车上，丢到了草地上。小男孩恐惧极了，连哭带喊地呼救着。

一群强盗经过草地时听到了小男孩的呼救声，循声找来，带走了四轮车和小男孩，并让他负责生火做饭，干一些杂事。就这样，小男孩有吃有喝了，和强盗们相处得也很好。

有一天，强盗们计划去抢劫一个富翁。由于路途比较远，带着小男孩比较麻烦，强盗们就把他关在一个大桶里，还为他准备了好几天的食物及一些钱。另外，强盗们担心小男孩会被憋死，还细心地在桶上挖了好几个洞，挂到一棵高大结实的树上之后，就离开了。

小男孩很害怕，他想：如果没有人经过这里，我就得死在桶里了。正当他满心忧伤时，一条恶狼从附近经过，闻到了熏肉的香气。它快步跑到大树底下，几下就蹿到了树上，对着木桶上的窟窿嗅来嗅去。可是窟窿太小了，恶狼的大脑袋钻不进去，它就把尾巴塞进了窟窿里，希望能扫出来一些食物碎末。

“啊哈！”小男孩想，“机会来了，这是恶狼的尾巴！”想到这里，小男孩马上用两只手抓住了狼尾巴。恶狼吓了一跳，还以为自己的尾巴卡住了，拼命挣扎起来。但是，小男孩牢牢地抓住，根本不放手。恶狼一咬牙，就从树上往下跳，连人带桶都拽到了地上。桶摔碎了，小男孩重获自由了。恶狼早就吓破了胆，一获得自由，头也不回地跑走了。

小男孩看着食物和钱币，高兴地喊道：“啊哈，我有钱啦，我可以养活自己啦，不用再给人家当牧马人了！”说完，他离开了森林，在一处村庄定居下来，过起了安稳平静的生活。

国王和编筐人

希腊

从前，有一个国家，大臣们总是对国王说国家富强，百姓安居乐业，很少会提到那些不好的事情，这让国王根本不了解百姓生活的真实状况。

为了了解民情，国王瞒着大臣们微服私访。他扮成老百姓的样子走在大街上。忽然，他听到巷子深处传来了竖琴的响声，就循着琴声来到了那家人门口，然后敲开了门。

“晚上好啊！”国王和房子的主人打招呼。

“欢迎您，快请坐！”主人十分热情，不但邀请客人进屋，还准备了大麦酒和食物。

国王觉得那些东西难以下咽，只吃了一点点，就和主人攀谈起来，问他是做什么工作的，生活过得好不好。

“先生，”主人说，“我靠着编筐养活九口人，还要偿还欠款和利息。”

国王很疑惑：一个筐子顶多能卖五十兰普塔①，这家的主人如何靠卖筐养活九口人，并且偿还欠款和利息的呢？想到这儿，他又问：“你欠了很多债吗？你到底靠什么生活呢？”

编筐人笑了，领着国王走进旁边的一间屋子，指着躺在床上的两个老人说：“看看吧，这就是我的债主——我的父母。他们辛辛苦苦地抚养我长大，我必须赡养他们。”随后，他又带着国王回到堂屋，指着五个嬉笑玩闹的孩子说：“这些孩子就是我的利息，我现在必须养育他们，这样等我老了，他们才会赡养我。这不是利息，又是什么呢？”

看着国王疑惑的眼光，他继续解释说：“我们夫妻两人，加上五个孩子和两个老人，正好九口啊！”

国王终于弄明白了，就把自己的真实身份告诉了他。编筐人非常震惊，他怎么也想不到国王会来到自己家中。

国王叮嘱道：“除了我之外，不要向任何人讲你刚才

① 兰普塔，古希腊的一种小硬币。

说的话，否则，我就要你的脑袋！”

“遵命，国王陛下！祝您长命百岁！”编筐人对国王毕恭毕敬地道。

国王回到王宫里。第二天上朝时，他指着朝中权力最大的十二位大臣，问道：“你们都自以为聪明，那么谁能告诉我，一个人每天编一个筐，既要还债又要付利息，还要养活一家九口人，他是怎么做到的呢？”十二位大臣面面相觑，不知道国王到底是什么意思。

国王责令十二位大臣三天之内必须给出答案，答对的人将会被封为首相。大臣们猜测这句话肯定是国王微服私访时听来的，就分头去民间寻问，结果同时找到了那个编筐人。

“昨天晚上，你家里有没有来过外人？”

“当然，我到现在还不敢相信，国王居然来到了我家，还和我聊了几句。”

大臣们惊喜地问：“你是否每天都编一个筐，既要还债又要付利息，还需要养活九口人？”

“的确。”

“那么，这句话是什么意思呢？”

“国王叮嘱我不能告诉除了他以外的任何人。”

“给你十镑钱币，你可以说了吧？”

“不行不行，”编筐人拒绝道，“我不能讲。”

大臣们迫不及待地想要从编筐人口中得知答案，就成倍地增加，先是一百镑，很快就涨到了一千镑。编筐人第一次见这么多钱币，忍不住心动了：好家伙，哪怕砍了我的头，家里人也能靠这些钱过上好日子了。想到这儿，编

筐人收下了这笔钱，把答案告诉了大臣们。

三天之期到了，大臣们争先恐后地回答了国王的问题。国王心想：肯定是编筐人泄露了答案。于是，他赶紧派人传唤编筐人。

“你答应过我，不当着任何人说出这句话！”国王怒气冲冲地责问编筐人，“你没有遵守约定，我有权砍掉你的脑袋！”

“尊敬的国王陛下，祝您长命百岁！”编筐人镇定地说，“您的确嘱咐过我，我也没有失信，我的确是当着您的面才说出这句话的。”说着，编筐人掏出一千镑钱币来，一边指着钱币上的国王头像，一边说：“看看吧，这些都是您啊！一次，两次……足足有一千张，所以整整见了您一千次面，然后才说了那些话。”

听到编筐人的诉说，国王怒气全消，非常佩服编筐人的聪明机智，说：“你可真聪明呀，当我的首相再合适不过了。”

就这样，国王撤掉了十二位大臣的职务，让编筐人担任了首相。

白百合

葡萄牙

很久以前，有一位美丽善良的女孩，叫阿丝赛娜。阿丝赛娜很小的时候，妈妈就去世了，她和爸爸相依为命，住在农村的一处小房子里。小房子前面有一块空地，旁边有一条小河，这里风景秀丽。阿丝赛娜是一个对生活充满热情的女孩，在空地上栽种了许多花花草草，把这里打造成了一个美丽的小花园。每天清晨，她都早早起床，精心地照顾这些花草，还小心翼翼地给它们浇水。正因为如此，村子里的人都称呼她为“花仙子”。

有一年发生了罕见的大旱，接连几个月没有下一滴雨，小河干涸了，地皮裂开了。每当刮风时，地面上的沙土就会随风飞扬，发出“沙沙沙”的响声。动物们迁徙到了有水的地方。地面上的草呀，树呀，全部被晒得蔫头耷脑，有些都已经枯死了。

为了让花花草草们存活下来，阿丝赛娜每天清晨很早就起床，去井边打水，回来浇灌院子里的植物。水井离家很远，提着一桶水回到家时，阿丝赛娜往往累得筋疲力尽。浇灌完花草后，她还要接着做家务活！一整天下来，阿丝赛娜常常坐在门口就睡着了。

有一天，一位老人从阿丝赛娜家的门前经过。他看见阿丝赛娜坐在门口，喊道："好心的姑娘，请给我一碗水喝，行不行啊？天气实在太热了，我的嗓子都要冒烟了。"

阿丝赛娜努力地睁开眼，笑着对老人说："老人家，当然没问题！不过，您能先来我家歇歇脚吗？我这就去井里打水给您喝，请您稍等片刻吧！"

尽管阿丝赛娜浑身疲惫，但依旧迈开沉重的步伐走向水井。看着阿丝赛娜的背影，老人想：这个孩子真坚强，真善良。过了很久，阿丝赛娜才提着满满一桶水回到家里："老人家，让您久等了，我这就去拿水杯！"说完，阿丝赛娜就离开了，很快就拿着一个类似于大酒盅的玻璃杯回到老人身边。这个玻璃杯非常漂亮。阿丝赛娜盛了满满一杯清凉的井水给老人喝。

“哦，这水真甜啊，好喝！我这辈子，还是第一次用这么漂亮的杯子喝水呢！”老人“咕嘟咕嘟”喝完杯子里的水，开心地说。

阿丝赛娜说：“这个玻璃杯是我妈妈的遗物，虽然很漂亮，但是很容易摔碎，所以我也不常用。”听了阿丝赛娜的话，老人好奇地拿着玻璃杯在桶边碰了碰，看到底会不会碎。但是，老人的手一直在颤抖，居然真的把杯子打碎了。

“啊呀！”阿丝赛娜和老人不约而同地喊了起来，遗憾地互相看了看。但是，阿丝赛娜马上恢复了平静，安慰老人："别担心！我们可以再买一个一模一样的，您千万别担心。"听了阿丝赛娜的话，老人感动地说："这个杯子这么珍贵，却被我摔碎了……不过，明天早晨，你会在院子里发现一个惊喜，到时你会完全忘记此刻的悲伤。那时，你就会知道作为一个美丽善良的姑娘，会得到怎样的回报。"说完，老人拿着玻璃杯的碎片离开了。

次日清晨，阿丝赛娜果然看到了惊喜：院子里有一个非常漂亮的玻璃杯，玻璃杯周围盛开着一大片白百合。在阳光的照射下，白百合发出璀璨夺目的光彩，多么美丽、多么芬芳、多么鲜活！

很快，周围的人都来欣赏阿丝赛娜的白百合花，更多人知道了阿丝赛娜的美丽和善良。

"这些花可真漂亮！""我们从未见过这么好看的花，从来没有！""这花叫什么呢？""和阿丝赛娜叫同一个名字！""嗯，好极了！就叫阿丝赛娜（白百合）吧！"

时至今日，在葡萄牙的田野里，白百合依然是最美丽动人的花！

国王的驴耳朵

塞尔维亚

从前，国王特拉扬拥有一支庞大的军队，统治着整个帝国。他的宫殿非常豪华，宝库里堆满了财宝。但是，国王并不快乐。这是为什么呢？原来，国王长着两只驴耳朵，又尖又长，难看极了。为了掩盖驴耳朵，他精心设计了一顶帽子。但是每次理发，他的驴耳朵都会完全暴露在理发师面前。为了避免被理发师说出去，国王理完头发后都会下令杀死理发师。那些毫不知情的人还以为所有的理发师都被留在王宫里，成为国王的私人理发师了呢！但是，当人们发现每一个理发师在进入王宫之后都消失得无影无踪时，便开始议论起来。有人认为国王要组建理发师军队，有人认为那些消失的理发师已经不在人世了……这种猜测传播的速度很快，在很短的时间内，全国的理发师都恐惧不已，寝食难安。走在大街上的任何一个人，如果失魂落魄，脸色苍白，那么他一定是个理发师。

恐惧笼罩在每一个理发师的心头，原本热闹喧嚣的理发店，现在变得一片死寂，他们都担心厄运会降临到自己的头上。

有一天，厄运降临在一个老理发师的头上。这个老理发师装起了病，躺在床上浑身颤抖。老理发师骗过了国王的士兵，也骗过了他的徒弟。看到师父生病了，徒弟不顾生命危险，自告奋勇要替师父进王宫。他知道自己这一去凶多吉少，但决定不惜一切代价也要自救。

国王看着年轻的徒弟，忍不住皱起眉头，说："你就是理发师吗？太年轻了！"

"我是理发师的徒弟，尊贵的陛下。我的师父身患痓疾，卧床不起，所以我代替他来为您理发。"徒弟一边回答国王的提问，一边拿出剪刀和剃刀。

国王坐在椅子上，心存疑虑地任由年轻的徒弟为他理发。徒弟心灵手巧，动作非常轻柔。很快，国王就昏昏欲睡了。毫无疑问，年轻的徒弟也知道了国王的秘密。他强忍着心中的震惊，为国王理完发，就开始收拾东西准备离开。国王突然从睡梦中醒来，警惕地问道："小伙子，你理发的时候看见什么使你惊讶的东西了吗？"

"尊敬的陛下，借着您睡觉的机会，我认真观察了您的长相，发现您五官端正，是个不折不扣的美男子。"年轻人回答。

国王高兴极了，赏赐了十二个金币，并且说下次还让年轻人来为他理发。师父看到徒弟安然无恙地回来了，惊讶得从床上一跃而起，问："你怎么回来了？发生了什么事情？"

"没什么事情。"年轻人回答。

"你不是去给国王理发了吗？理完发，又发生了什么事情？"

"我按照您平日里教的给国王理发，他高兴地赏赐给我十二个金币，还预约了下次理发的时间。"

师父又询问了一些其他事情，徒弟除了隐瞒了国王的驴耳朵，把他见过的都一五一十地告诉了师父。从此之后，国王每次都让年轻人去给他理发，而且每次都赏赐十二个金币。国王越来越喜欢年轻人，但是年轻人却越来越感到恐惧。他把关于国王耳朵的秘密始终深深地埋藏在心里，从来不敢向任何人吐露。但是，只要他闭上眼睛，那双驴耳朵就会浮现在他的脑海里。他的心情越来越沉重，人也日渐消瘦。而其他理发师因为不再担心去给国王理发而送命，都变得快乐起来。

师父察觉出年轻人的变化，就问他有什么心事。年轻人十分忧郁，不愿意说出实情。在师父的再三追问下，他决定坦白："师父，有一个秘密一直藏在我心中，无时无刻不在折磨着我。如果我说出去，就会丢掉性命；如果我始终守着这个秘密，我就永无宁日。"

师父想了想，说："你可以把秘密告诉我吗？我保证守口如瓶。"

年轻人摇摇头。

"那么你去找神父忏悔吧！"

年轻人继续摇头，眼泪簌簌而下。

"既然这样，你还可以把秘密告诉大地。你先挖掘一个深坑，然后对着它说上三遍秘密，再用土把深坑掩埋起来。这样你就放心了吧，因为大地是不会出卖和背叛任何人的！"

徒弟觉得这是个好办法。于是，他在田野里挖了一个巨大的深坑，趁着周围没人，把心底的秘密对着深坑连续说了三遍：“国王长着驴耳朵！国王长着驴耳朵！国王长着驴耳朵！”说完之后，徒弟觉得心中压着的那块大石头似乎被搬走了。他埋上坑，兴高采烈地回家了。

几个星期过去了，从年轻人挖坑的地方长出了一棵又高又大的树，树干高耸入云，树叶浓密茂盛。一个放羊的孩子从树上折下一根枝条，把枝条的外皮弄得松动，抽掉了木心，做成一个简易的管状哨子。他把哨子放在嘴边吹了起来，哨子发出了奇怪的声音：“国王长着驴耳朵！”

其他孩子感到非常新奇，纷纷抢过牧童的哨子吹了起来，他们惊讶地发现，不管是谁吹，哨子都在说“国王长着驴耳朵”。孩子们觉得有趣极了，每个人都做了一个哨子，吹着哨子，赶着羊群回家了。顿时，大街小巷都响着同样的哨声：“国王长着驴耳朵！”从傍晚到天黑，就这么短短的时间里，全城的人都知道了国王长着驴耳朵。刚过三天，这个秘密传遍了全世界。

国王暴跳如雷，马上命人传唤年轻的徒弟。他质问道：“你在外面到底说了我什么？你这个该死而又可恶的家伙！”

“我没有说任何话，尊敬的陛下。”年轻人回答。

“你可真是胆大包天，居然敢当着我的面说谎！现在，全世界的人都知道了我的秘密，都在对我的秘密议论纷纷！”一想起自己被耻笑，国王更加暴怒，他挥舞着宝剑，恨不得当即就杀死年轻人。

年轻人赶紧跪在地上求饶：“尊敬的陛下，我发誓没有向任何人说起你的秘密，我只是告诉了大地……”年轻人把自己挖坑说出秘密的事讲给了国王听。国王震惊不已，不相信这件事情是真实的。于是，他带着几个士兵押解着年轻人去田野里一探究竟。

他们来到大树下，树上所有的枝条都被人们折下来做口哨了，只剩下最后一根枝条。国王命令卫士折下枝条做成了小哨子，一旦吹响，哨子就会发出清晰的声音：“国王长着驴耳朵！”

不管是士兵吹，还是年轻人吹，都是如此。国王无法解释这件怪事，把口哨狠狠地扔在地上，无奈地叹气道：“唉！在这个世界上，没有任何丑事是能够瞒住别人的！”

男孩和熊妈妈

保加利亚

从前，在一座大山里住着一只贪婪的熊妈妈。每当有村子里的人来到山上，它都会进行袭击。不但如此，它还常常下山去捣乱，搞得村子里鸡犬不宁。

村民们对熊妈妈深恶痛绝，既不敢下地，也不敢去放牧。他们决定想办法捉住熊妈妈，或者把熊妈妈吓走。然而，一切都是徒劳，熊妈妈依然我行我素。

有一天，一个牧童路过村子，看到村民们忧心忡忡的，就问："你们为什么而烦恼呢？"

有人把熊妈妈为非作歹的事说了一遍。男孩说："这简单，我一定会帮你们抓住它的。"

"别吹牛皮啦！"人们对牧童的话不以为意，"我们村里那些比你更身强体壮、勇敢无畏的年轻人都拿熊妈妈没办法！你一个小孩子能有什么办法！”

“的确，我既没有他们强壮，也没他们勇敢。”男孩说，“但仅凭力气和勇气是远远不够的，我还需要做点儿其他事情才能活捉熊妈妈。”

“你真是疯了！”

“等到你真的活捉熊妈妈时，再吹牛皮也来得及。”

“好吧！”牧童说着，如同最勇敢的战士一样走向熊妈妈居住的山中。

熊妈妈和熊儿子居住在一间荒废已久的小木屋里。男孩悄无声息地靠近小木房，透过墙上的缝隙瞧向里面，又认真地听了听。显而易见，熊妈妈不在家，因为屋子里静悄悄的。他开始敲门：“咚、咚、咚！”

熊儿子打开门，发现是个男孩，惊讶地问：“喂！你找谁呀？你快走吧，我妈妈会一口吞掉你的！”

“我害怕极了，”男孩说，“但是我没有其他办法。我太饿了，已经顾不上害怕了。我失去了父母，只能给人家放牧来养活自己。现在，人们都很害怕你的妈妈，不敢放牧，我就失业了。你真是个好心的孩子，请给我一点吃的吧，为了报答你，我会给你讲故事的。”

小熊给了男孩一些食物，男孩吃得饱饱的，就开始讲故事。当讲到最精彩之处时，男孩突然停了下来。

“接着讲啊！”小熊请求道。

“不，我必须离开了。”男孩说，“我害怕你的妈妈会吃掉我！”

小熊太喜欢听男孩讲的故事了，它请求男孩不要离开，把刚才的故事讲完。

“好吧，”男孩说，“我先去阁楼上藏起来，等你妈妈回来时，你一定要让她答应别伤害我。如果她同意了，我就继续为你讲故事。”说完，男孩躲到了阁楼上。

很快，熊妈妈回来了。小熊向妈妈哀求道：“妈妈，今天有个牧童来乞讨，他给我讲了特别好听的故事。但是，他害怕你会吃掉他。等到男孩再来时，我请求你千万别伤害他，让他留下来陪我吧，这样我就不孤独了。”

“好吧，我不会伤害他的。”熊妈妈答应了小熊的请求，“假如他真的会讲很多故事，我也很想听一听呢。”

男孩听到熊妈妈的话后，就从阁楼上走了下来，继续讲故事。整整一夜，男孩都在讲故事。熊妈妈也很喜欢听故事，决定让男孩留下来，和它们一起生活。

男孩在熊妈妈家里住了好几天，每天一边给熊妈妈讲故事，一边考虑着如何抓住熊妈妈。最终，男孩想出了一条妙计。等到熊妈妈外出后，他在屋顶上弄了几个洞。等到下雨天，雨水就从洞里灌入房子里，使得房间里没有任何干燥的地方了。

熊妈妈生气极了，不停地埋怨老天爷。

男孩对熊妈妈说：“熊太太，别生气了，我会为你建造一所新房子。”

男孩拿着斧头，带着铁钉，走进树林中。他砍了许多棵大树，花了好几天的时间才建造了一所新房子。其实，这所新房子是一只下面带着轮子的大木箱，大木箱非常结实牢固。

过了几天，又下雨了。男孩热情地邀请熊妈妈和小熊："新房子已经盖好了，咱们搬过去吧！"

等熊妈妈和小熊爬进大箱子后，男孩立刻拿出大铁锁锁好了门，推着箱子走向村子里。熊妈妈恍然大悟，气得暴跳如雷，但是男孩毫不理会，吹着口哨朝村子走去。

村民们看到男孩把熊妈妈带回村子里，都挥着器械跑过来，想要杀死熊妈妈。这时，男孩说："我说到做到，活捉了熊妈妈。我希望你们放了熊妈妈和熊儿子，熊妈妈已经表示愿意悔改了。"

村民们都答应了男孩的请求。

熊妈妈和熊儿子自由了，它们跟在男孩后面朝村外走去。熊儿子一直纠缠着男孩，让他继续讲故事给自己听呢。

村民们议论纷纷："牧童说得对，要想抓住熊妈妈，不但要勇敢，有力气，而且还要……"朋友们，你们知道还需要什么吗？

一棵白菜

罗马尼亚

有一对老夫妻住在地中海的北岸，以打鱼为生。每天，渔夫都撑着一条破船去海上打鱼，老太婆则留在家里做家务。海上常常刮起狂风，掀起巨浪，渔夫的破船根本经不住折腾。他的渔网也破败不堪，只能捕捉几条很小的鱼，任何一条大鱼都能撞破渔网。渔夫做梦都想拥有新船和新渔网，这样就能捕更多的鱼，老两口的日子也会好过一些。但是一切都是空想罢了。

日复一日，年复一年，老两口就这样靠吃鱼维持生活。他们一天三顿都吃鱼，早上煮鱼吃，中午蒸鱼吃，晚上熘鱼吃。有一天，老太婆实在无法忍受了，对渔夫说："亲爱的，能吃点其他东西吗？哪怕一点儿也行，真的不想再吃鱼了！"

渔夫的眼泪簌簌而下。这么多年了，妻子自从嫁给他，天天在家辛苦地操劳家务，从年轻少女熬成了如今白发苍苍的老婆婆，却从来没有吃过什么好东西，真是太对不住她了！

老太婆又说："邻居家的白菜看起来很好吃，咱们弄一棵来吧，我真的不想吃鱼了。"

渔夫很为难："这怎么行？那不是咱们的呀。要不，咱们明年也种些白菜吧！"

"但是，我现在就想吃白菜！"老太婆坚持己见。

渔夫很烦躁，生气地吼道："我不想跟你说了，我告诉你，我没有办法，我只能给你吃鱼！"

今天，是他们结婚几十年来第一次吵架。他们没有吃饭就睡觉了。渔夫躺在床上辗转反侧，想着老太婆的种种好处，根本睡不着：这么多年来，老太婆和自己风雨同舟，患难与共，我却一直没让她过上好日子，真是太对不起她了。

渔夫深感愧疚，看着身边熟睡的老太婆，决定找时间去邻居家偷一棵白菜。

第二天傍晚，他对妻子说："我去维修渔船，以确保明天能正常出海。有可能会修到很晚，你早点睡吧。”说完，他就拿着工具去修船了。

天黑后，渔夫离开破船，朝邻居家的白菜地走去。海边的菜地都围有栅栏，可以预防野兽搞破坏。渔夫站在篱笆边上，观察着周围的环境，发现四周无人，只有海浪的呼啸声，似乎在说：“趁着没有人，赶紧去拔吧！”他悄无声息地钻进菜园，看到了一棵棵硕大紧实的白菜。他弯下腰正准备拔起一棵大白菜，突然瞧见菜地西头似乎有个女人正弯着腰检查白菜呢。

晚上雾气很浓，再加上距离很远，渔夫看不清楚那人是谁，还以为是邻居家的女主人呢，吓得大吃一惊，来不及拔白菜，撒腿就跑。

渔夫胆战心惊地跑回家，刚一进门，老太婆也气喘吁吁、神情紧张地跑了进来，仿佛受到了惊吓一般，脸色看起来发青。渔夫心想：为了满足你的心愿，我大半夜跑到邻居家偷白菜，险些被女主人逮着，你还有心思出去玩？他生气地责问老太婆：“你去哪了？”

老太婆吞吞吐吐地说：“我去邻居家园子里偷白菜了，却没想到撞见人了。”原来，在渔夫觉得对不起妻子而辗转反侧睡不着的时候，老太婆也在寻思：男人整天在海上奔命，我留在家里一分钱都挣不到，还和男人吵架，太不应该了。老太婆越想越愧疚，与渔夫做出了同样的决定。

渔夫问：“那么，你偷到白菜没有？”

“没有，我正准备弯腰拔白菜时，忽然看见邻居家的男主人在地头上，吓得我撒腿就跑了。”老太婆说。

“什么？”渔夫纳闷地问，“你看清楚是男主人还是女主人了吗？”

“我很确定就是男主人，弯着腰观察白菜呢！”老太婆言之凿凿。

渔夫突然想到了什么，追问道：“你是从哪个小门进入菜园子的？男主人在哪里？”

老太婆委屈地回答：“我是从西门进入的，男主人蹲在菜园东门。”

渔夫猛地拍了一下大腿，说：“那可不是邻居家的男主人，而是我呀！我正好在东门菜地边准备偷白菜，我还以为你是邻居家的女主人呢！”

他们正说着，忽然听见有人敲门，门口传来邻居家女主人的声音。他们以为事发了，女主人找上门了，既惊讶又慌张。

渔夫胆战心惊地打开门，不知道该对邻居说什么，只好呆呆地站着。

女主人笑着说："没有影响你们休息吧？我想和你们商量点事情。"

"什么事情？"老夫妻俩疑惑不解。

女主人说："我们家常年吃白菜，全家人都吃腻了，都想换换口味。你们能不能给我一条鱼？"

渔夫点点头，说道："当然可以，当然可以！"他从鱼篓里拿出好几条鱼，慷慨地塞到女主人的手中。

女主人说："你的鱼也是辛苦捕捞来的，我不能白吃。我从地里拔了一棵最大的白菜，送给你们，以后咱们经常交换着吃，好吧？"说完，女主人拿着鱼开心地走了。

老夫妻俩呆呆地站在原地，半天都没说话。渔夫叹息道："咱俩真是榆木疙瘩脑袋啊，竟然没有想到可以交换，去偷白菜不成，还险些吓掉了魂。看来，做人一定要诚实啊！"当晚，他们炖了半锅白菜汤，美滋滋地吃得肚子溜圆。

从此之后，每当想吃白菜的时候，老夫妻俩就拿着鱼去邻居家换白菜；邻居也经常拿着白菜过来和他们交换鱼。他们两家礼尚往来，相处融洽，日子过得更有滋味了。

牧鹅少年马季

匈牙利

十八世纪时，在匈牙利德布勒格有个叫马季的少年。他聪明勇敢，喜欢无拘无束的生活。他养了一群鹅，其中有十六只是小鹅，有两只是母鹅，还有一只是公鹅。他天天都拿着树枝去牧鹅，日子过得逍遥自在，但是母亲很担心他不能养活自己。

夏末秋初，十六只小鹅都长得膘肥体壮，马季决定把它们赶到城镇上卖掉。他带着母亲为他准备的大面包，挥动着细树枝，赶着鹅群来到集市。果然，这里的价格比在乡下高了一倍多，而他的鹅是整个集市上最好的。他带着鹅群找到了一个好位置，等着买主光顾。突然，集市上骚动起来，商贩们都抱着货物逃向北边，马季的鹅受到了惊吓，不停地拍打着翅膀。

马季瞧向南面，原来是一个财主带着家丁耀武扬威地来了。家丁们抢了很多东西，就像打猎归来一样收获满满。这个财主正是恶霸德布老爷，人们见了他都像遇见瘟神一样，躲得远远的。但是，马季对此浑然不知，面对德布老爷的询价，他依然报出了市场价。

德布老爷责问道：“你怎么敢按市场价把这些鹅卖给我呢？”

“必须这个价，亲爹来了也不行。”马季分毫不让。

“哎呀呀，”德布老爷说，“你真是好大胆！告诉你，从来没有人敢和我讨价还价呢！给你半价，卖不卖吧？”

“不卖！”马季一口否决。

德布老爷气坏了，吩咐家丁抢走了马季的鹅，还狠狠地打了他二十五棍，说这是付给他的鹅钱。马季不服气，叫嚷着要让他付出三倍的代价。德布老爷让家丁又打了马季三十大棍。马季昏死过去后，被扔到了郊外去喂野狗。当天夜里，马季死里逃生地回到了家里。从此，他忍气吞声地学起了本事，内心一直想着如何报复。

几年时间过去了，马季长成了大小伙子。一天，他听说德布老爷正在建造新宅院，于是换上木匠的衣衫，来到了德布老爷的府邸。德布老爷正在为盖房子的事发愁呢，听说来了位木匠，高兴得不得了。

德布老爷指着院子里的木材问道：“这些木料怎么样？”

马季说：“太差劲了。”

德布老爷也这样觉得，所以打算去森林里选一些上等木材。他当即带着马季和仆人们去了森林里。马季一边走，一边在一棵棵大树上做好标记。德布老爷则吩咐仆人们伐树。就这样，仆人们都在伐树，而德布老爷和马季走到了丛林的深处。马季指着一棵大树，说：“德布老爷，你量量这棵大树有多粗，适不适合做房梁？”德布老爷兴致勃勃地伸着胳膊抱住了那棵树。马季瞅准机会，抓住了他的手，用绳子捆了起来，又抓了一把苔藓塞住了他的嘴，然后抽出牧鹅的棍子，狠狠地揍了他一顿！临走时，他掏走了德布老爷口袋里的钱，并说：“我就是那个牧鹅少年马季，你还记得吗？我发过誓，要让你付出三倍的代价，等着吧，我还会来找你的。”

仆人们砍完树，迟迟不见德布老爷回来，就去森林里寻找。当找到德布老爷时，他们都吓了一跳，赶紧抬着他回家了。德布老爷卧病在床，不断地呻吟道：“那个恶棍是牧鹅少年马季，还要来找我两次。”为此，他派人一边四处请医，一边寻找马季。

很快，马季得知了消息，又装扮成医生的样子，混进了德布老爷的府邸。他看了看躺在床上的德布老爷，先是装模作样地全身检查了一遍，又观察了许久，摇了摇头。

德布老爷吓坏了，有气无力地问：“医生，我是不能痊愈了吗？”

过了好一会儿，马季才点点头："放心，我会尽力给你治。"

接着，他吩咐厨娘去烧水，又把所有的仆人派出去采药。等屋里只剩下他们俩时，马季抽出棍子，又劈头盖脸地打了德布老爷一顿，然后把抽屉里的钱和珠宝翻了出来，说道："我不是医生，我是牧鹅少年马季！记住，我还会再来一次。"

德布老爷又挨了一顿打，病情自然更加严重了。等仆人们带着草药回来时，马季早走了，只剩下德布老爷哼哼个不停："他是牧鹅少年马季，不是医生。"

后来，德布老爷花费了大量的金钱聘请医生，终于痊愈了。从此之后，他总是带着许多仆人，严加防范。可是，时间一长，他就把这事儿淡忘了。

这天，镇子上又逢赶集日。马季化装成马贩子，进城打探消息。他听说德布老爷的脚有点瘸，平时出行不管是乘坐马车还是步行，身边总有家丁寸步不离。马季一边闲逛着，一边思考着办法。

突然，他听到一个人在夸自己的马跑得快，立刻想到了一个主意。他对卖马人说："只要你按照我说的做，我就高价买你的马。”

卖马人同意了。马季说：“待会儿，你看到德布老爷过来时，你就大声喊：‘我是牧鹅少年马季！’然后骑马疾驰，再到指定地点等我即可。”卖马人答应了。

没过多久，德布老爷真的乘坐马车过来了。卖马人策马跑了过去，大喊一声：“我是牧鹅少年马季！”

德布老爷一听到这个名字，就气坏了，疯狂地喊道：“追！快追！谁抓住这个恶棍，我就给谁两枚金币！”结果，仆人和马夫都去追赶了。

马季一看机会来了，就钻进了马车，说：“他是假的，我才是牧鹅少年马季。”一听这话，德布老爷一下子晕倒在了座位上。马季把他捆起来，又暴揍了一顿，翻出所有的钱币后，说：“这是最后一次了！”

从此之后，德布老爷不敢听也不敢提起马季这个名字了。不过，马季再也没有来找过他。

小指娃娃

匈牙利

从前，有一个女人，育有两个儿子和三个女儿。谁知，三个女孩在花园里玩耍时，一条五头的龙抓走了小女儿，一条七头的龙掳走了二女儿，一条十二头的龙带走了大女儿。当她的两个儿子去寻找时，又被龙撕成了碎块。

女人痛苦极了："唉，我的命可真苦啊！我再也没有儿女了！"

突然，有个细细的声音说："妈妈，我会帮助你的，不要伤心了。"

女人吓了一跳，惊讶地问："谁在说话？"

"是我，妈妈，我也是您的儿子。"

女人仔细寻找，发现了一个和拇指差不多大小的娃娃。

"妈妈，您为什么伤心啊？"小指娃娃问。

女人把事情的经过告诉了小指娃娃。小指娃娃让她不用担心，自己一定找回哥哥、姐姐们。然后，他在铁匠铺里定做了一根一百六十斤重的棒槌，扛着就出发了。

小指娃娃先找到了五头龙的家，它的家在四只铜鹤脚上转动，进本进不去。小指娃娃挥舞棒槌，打断了一只鹤脚，房子这才停下来。小指娃娃找到了小姐姐，自我介绍了一番。这时，五头龙从四十里以外丢来一根两百斤重的棒槌，砸开了门。小指娃娃抓着那根棒槌扔到了八十里之外。棒槌从五头龙的头顶飞过，五头龙害怕极了。

五头龙回到家里，邀请小指娃娃吃石头面包。小指娃娃拿起甘蔗刀把石头面包切碎，吃得一点儿都不比五头龙慢。五头龙刚想喝酒，小指娃娃就把酒倒掉了。于是，他们开始决斗了，小指娃娃只用了三个回合就打败了五头龙，并砍下了五头龙所有的头。

小指娃娃安顿好小姐姐，又去救二姐了。他来到一所在四只银鹤脚上转动的银房子前，打断了一只鹤脚，房子停了下来。

这时，离家很远的七头龙感受到异常，从八十里之外的地方扔回来一根四百斤重的棒槌。小指娃娃把棒槌扔到

了一百六十里之外。棒槌飞过七头龙的头顶，七头龙害怕极了，赶紧回到家里。后来，他们进行了一番恶斗，小指娃娃砍掉了七头龙所有的头。

安顿好二姐后，他又去解救大姐了。小指娃娃来到一座在四只金鹤脚上转动的房子前，砸断了一只鹤脚后，走进了屋里。大姐给了他一块神奇的头巾，擦一下脸就能够恢复力气。大姐还叮嘱小指娃娃，一定要阻止十二头龙喝金溪里的水，否则它就会力大无穷，无法战胜。

这时，小指娃娃把十二头龙扔回家的重达八百斤的棒槌，扔到了三百多里之外的地方。当十二头龙回到家里时，和小指娃娃在金牧场上进行了决斗。每当感到疲倦时，小指娃娃就用头巾擦一下脸，马上就会恢复力气，几个回合后，就把十二头龙压在了地上。十二头龙请求去金溪里喝水，小指娃娃拒绝了，要砍掉龙头。十二头龙求饶道："饶了我吧，我能够救活你的哥哥们。"小指娃娃不信。十二头龙说："他们的碎片装在了桶里，用金条下埋藏的一根树枝就能救活。"听了十二头龙的话，小指娃娃毫不迟疑地杀死了它，然后按照它的办法救活了哥哥们。

小指娃娃带着两个哥哥和三个姐姐朝家走去。路上，两个哥哥嫉妒小指娃娃，想夺走属于小指娃娃的一切荣誉。他们设计把小指娃娃绑在了大树上。没想到，小指娃娃背着大树回家了。他把两个哥哥关在了地窖里，要求他们必须流出一百只桶的眼泪，才能离开地窖。

随后，小指娃娃出去打工了。一个富人雇他从森林里往外运木头。报酬是一根用十二张牛皮编织的鞭子，以及每天六磅①肉。小指娃娃挥着鞭子，赶着十二头牛拉的车进入了森林，把牛放开后就去装木头了。谁知，等他干完活，发现牛不见了。小指娃娃拔起了森林里所有的树木，才发现是熊把牛吃了。

小指娃娃从路过的猎人那打听出了熊窝的所在地，就跑了过去。他拔掉了熊窝前那棵又高又大的树，又用牛皮鞭子狠狠地抽打熊，熊疼得哇哇直叫唤，马上服软了。于是，小指娃娃赶着十二头熊拉的大车，把木材运回去了。富人听到那骇人的鞭子响，赶紧出来了。当他看到十二头熊拉着车时，心里十分嫉妒，决定除掉小指娃娃。他派小指娃娃拿着十二袋糠去龙的磨坊里加工。龙可不愿意听从使唤，小指娃娃就掏出鞭子抽龙，龙只好屈服了。

小指娃娃回家时又抽响鞭子，把整幢房子都震动了。一连几天，大家都不理睬小指娃娃，也不给小指娃娃安排工作。原来，富人在和家人商量着除掉小指娃娃的办法。

这天，富人让小指娃娃去找魔鬼讨债，把几年前借给

① 磅，英美制重量单位，1 磅约合 0.45 千克。

魔鬼的那些麦子折算成十二袋金子要回来。富人坚信，小指娃娃这次一定有去无回了。谁知，小指娃娃把魔鬼狠狠地教训了一顿，很快就带着十二袋金子回来了。路上，小指娃娃还战胜了拦路抢劫的老鬼，并拆掉了车轮，让老鬼代替。

来到富人家门口时，小指娃娃又抽响了鞭子。富人从窗户里看到老鬼和十二袋金子时，吓得不敢开门，要求小指娃娃马上带着老鬼和金子离开，永远不要回来了。

就这样，小指娃娃带着金子高高兴兴地回家了。路上，他放了老鬼，经过铁匠铺门口时，还留了一袋金子给铁匠。从此之后，小指娃娃和一家人幸福地生活在了一起。

头长鲜花的人

匈牙利

很久以前，在七个大洋的彼岸，再经过七七四十九个国家的地方，有一位国王。在宫里，国王有一个洗澡间，他每天清晨起床都会去洗澡。有一天，他发现澡盆里只有很少的水。第二天，他发现澡盆里一滴水也没有，他根本没法洗澡。他认为这是仆人们的过失，就狠狠地痛骂了仆人一顿。但是，仆人们一再保证，他们头天晚上就放满了水。国王命令一名士兵夜里看守澡盆。没想到，澡盆里的水又被用光了。

国王想出了一个好办法，他让仆人在澡盆里倒满了巴淋柯酒[①]，代替洗澡水，看看到底是谁在洗澡。第二天清晨，仆人发现澡盆里睡着一位英俊的骑士。他全身上下长

① 巴淋柯酒，用果子酿造的烈性酒。

着鲜花，就连长长的头发上，也缠绕着许多鲜花。

趁着满身鲜花的骑士还没睡醒，仆人们赶紧去向国王禀报情况："是一个头上长满鲜花的骑士用掉了洗澡水，我们抓住他了！"

国王急着去查看情况，匆忙中只穿了一只靴子。

"你是谁？"国王问。

"我是众神之王！"长满鲜花的骑士回答。

尽管如此，国王还是下令，命仆人们把骑士关入一间地下室里。骑士将会因为他的罪行，受到这个国家的国王和邻国国王的惩罚。

国王的小儿子才十岁。他看到仆人们把全身长满鲜花的人关进地下室，便偷偷地进去，和众神之王攀谈起来。众神之王允诺把长满鲜花的帽子送给男孩，男孩找到钥匙放了众神之王，而获救的众神之王突然消失了。

很快，邻国的国王和大臣、侍从赶到了，他们都想亲眼看看众神之王长什么样子，但是地下室里空空如也。得知小儿子放走了众神之王，国王一气之下把王子送到了遥远的国度里，交给王子的教父管教。

国王给王子准备了许多钱，带了一些吃的，又派了一名随从和一名车夫。万万没想到，走了一段路后，随从和车夫商量了起来，想杀了王子后，自己冒充王子。王子吓坏了，先后以三百金币和六百金币的条件暂时保住了性命。当他们路过一条大河时，随从提议：把王子扔到河里。王子恳求他们放过自己，并答应让随从当王子，车夫当随从，自己则当车夫。随从同意了。

等他们到了那个国度，身为教父的老国王设宴为教子接风洗尘，随从带着车夫尽情享受这一切，而真正的王子则在马厩里干着活。干完了，他吹了一会儿笛子，才去睡觉。老国王听到“车夫”的笛声，很想见一见“车夫”。冒牌的王子怕事情被拆穿，不允许“车夫”再吹笛子，还告诉老国王：“那是个狂妄自大、爱扯谎的家伙，常常说自己能牵来一头小金牛！”

老国王本来很欣赏“车夫”的笛声，现在却觉得他太荒唐、太自大了。于是，老国王让“车夫”牵来小金牛，否则就要绞死他。王子听了很发愁，无奈之下想跳河自尽。

正当王子准备跳入河中的时候，一个非常英俊的人站在岸边叫住了他。王子把自己的遭遇告诉了他，却没想到那个英俊的人就是众神之王。在众神之王的帮助下，真王

子找到了一头用金绳拴着的小金牛，送给了老国王。老国王相信他有真本事，邀请他参加宴席，但是冒牌王子扣下了请柬。

这天晚上，孤独苦闷的王子又吹响了笛子。老国王让冒牌王子去找他过来吹笛子。冒牌王子走进马厩，狠狠地揍了王子一顿，强迫王子闭嘴，不然就要他的命。随后，冒牌王子在老国王面前诋毁王子："陛下，那个说谎的家伙不肯来，说他还能牵来母金牛，还自称比国王更高明！"

老国王又对王子下了命令，要他立刻牵母金牛来。王子忧心忡忡，只得动身去找母金牛。王子来到河边，那个头上长满鲜花的众神之王又出现了，帮助王子找到了母金牛。老国王再次邀请王子参加宴席，但是又被冒牌王子和冒牌随从拦下了。他们对老国王说：“那个不知天高地厚的家伙又说大话了。他说他能牵来公金牛！”老国王相信了，命令王子再把公金牛牵来。

这回，头长鲜花的众神之王把王子领到了自己的宫殿，给他穿上了漂亮的衣服，还送给王子一对鸽子。两只鸽子分别站在了王子的左右肩上。众神之王对王子说：“老国王正在宴请宾客，你就坐在宾客中间，等到音乐停下来时，就大声说：‘请各位安静，这两只鸽子会告诉你们实情的。’”

王子牵着公金牛回到王宫，按照众神之王的安排，先把公金牛拴在王宫的柱子上，自己则勇敢地走进大殿，坐在了宾客中间。等到音乐声停下来时，两只鸽子果然把整件事情讲了一遍。

老国王气坏了，下令把冒牌王子和冒牌随从关进了大牢。他走下宝座，拥抱并亲吻了真正的王子。不久后，老国王又把公主嫁给了王子，并举办了盛大的喜宴。

金跳蚤

法国

玛若莉住在法国的一座小城里。她家境贫穷，和妈妈、妹妹租住在一个没有窗户的小房间里。她们穿不暖，吃不饱，瘦得皮包骨头，还天天被成群结队的跳蚤吸血。妈妈觉得很对不起女儿们，常常一边垂泪，一边祷告，希望女儿们能早日得到幸福。

一天夜里，玛若莉梦见幸福来到了她们家。次日清晨醒来，玛若莉看到床上有很多金光闪闪的跳蚤。她伸手抓了一把跳蚤，发现跳蚤是金子做的。她欣喜若狂地摇醒妈妈，说："妈妈，妈妈，快看呀，快看呀，这些都是金跳蚤！"

"金跳蚤？怎么可能！"妈妈睁开惺忪的睡眼，看了一眼，"啊！金跳蚤！真的是金跳蚤！"

妈妈马上起床，捡起金跳蚤，准备去集市上卖掉，再买一些食物。可能是因为饿久了，还没走到门口呢，她突然觉得眼前一黑，一头栽倒在地上。

玛若莉冲过去扶起妈妈，惊恐地喊道："妈妈，妈妈！你怎么了？"

妈妈虚弱地说："好孩子，妈妈一点儿力气都没有了，这些金跳蚤来得太迟了。"

玛若莉安慰妈妈："妈妈，我去卖金跳蚤，你留在家里休息吧。"

"好吧，我可怜的孩子。"妈妈似乎连点头的力气都没有了。

玛若莉小心翼翼地捧着金跳蚤，来到城东珠宝店出售。店主虽然是全城首富，却贪心不足，总是想方设法地坑害别人，昧着良心赚钱。他一看到衣衫褴褛的玛若莉走了进来，马上喊道："赶紧滚出去，要是把我的客户吓跑了，我就宰了你！"

玛若莉受到这样的羞辱，当即就想转身离开，但是一想到妈妈和妹妹正等着她卖了金跳蚤买东西回家吃呢，勉强笑着说："先生，我有金跳蚤要卖。"说着，她把手里的金跳蚤给老板看。

“啊，金跳蚤！快请进，快请进。”珠宝商立刻堆满了笑意，“小姑娘，我买下所有的金跳蚤，每个一个法郎[①]，如何？”他猜玛若莉一定不懂行情，故意压低了价钱。一想到可以卖几十法郎，玛若莉高兴得一蹦三尺高：“太好了，太好了！”

因为担心玛若莉改变主意，老板很痛快地付钱给玛若

① 法郎，2002 年以前法国的法定货币单位。

莉，还嘱咐道：“小姑娘，不管你有多少金跳蚤，都可以卖给我。”

玛若莉拿着钱应了一句“好吧”，就高高兴兴地去买食物了。

这天，玛若莉和妈妈、妹妹品尝了许多没吃过的食物，还穿上了新衣服。她们再也不用担心挨饿受苦了，连睡觉都踏实了许多。虽然跳蚤们还是会来叮咬她们，但是想到如果没有跳蚤，她们就没有现在的幸福生活，所以她们很欢迎跳蚤光顾。关键是次日清晨，她们能得到很多金跳蚤。

玛若莉每天都去找珠宝商卖跳蚤，这让珠宝商很纳闷：她从哪里得到那么多的金跳蚤呢？因此，他就拐弯抹角地向玛若莉打听。

玛若莉是个诚实的小姑娘，没有意识到珠宝商的居心叵测，就把真相告诉了珠宝商。然而，她不知道，厄运降临了。

有一天，玛若莉正和妈妈、妹妹一起吃饭，几个彪形大汉闯进她们家，气势汹汹地说：“喂，珠宝商购买了这间房子，你们赶快搬家吧！”

玛若莉着急地问妈妈："妈妈，这可怎么办？金跳蚤怎么办？"

"傻孩子，"妈妈笑着安慰女儿，"做人不能太贪婪。咱们已经有足够的钱过日子了，搬家就搬家吧！"就这样，妈妈带着两个女儿搬到其他地方去住了。

当天晚上，珠宝商就来到小房子里睡觉了，他迫不及待地想要得到更多金跳蚤。半夜时分，那些跳蚤果然光顾了，拼命地叮咬珠宝商。珠宝商浑身又疼又痒，难受极了，但是一想到明天早晨就能得到很多金跳蚤，他咬紧牙关继续坚持着。

天终于亮了，珠宝商浑身上下被跳蚤咬得红肿。可他顾不上检查自己的身体状况，从床上一跃而起，满屋子寻找金跳蚤。但是，屋子里一只金跳蚤都没有。珠宝商沮丧地回到家里，不过一想到自己以每只一法郎的价格收购了很多金跳蚤，他感觉十分欣慰。然而，当他打开保险柜想看看那些金跳蚤时，却没想到有无数只跳蚤从保险柜里蜂拥而出，跳得到处都是。原来，他从玛若莉那里收购的金跳蚤全都活了。

珠宝商看着这么多跳蚤，心痛得都无法呼吸了。

豆孩子

法国

很久以前，有一对善良的老夫妇都已经一百岁了，头发像雪一样白。每当听到邻居家传来欢声笑语时，他们就希望有孩子围绕在身边嬉笑打闹；看着做不完的家务，他们就希望有孩子能够帮助他们干活……但是，他们一直都没有孩子，因而经常伤心难过。

一天黄昏，老夫妇面对面地坐在餐桌旁剥蚕豆。每隔一段时间，老婆婆就会数一数盆里的蚕豆，忍不住叹息："唉！如果这些蚕豆都变成小孩子，那就太好了！"谁知，老婆婆话音刚落，盆里的蚕豆就都变成了小孩子，有男孩，也有女孩。他们在家里嬉笑打闹，上蹿下跳，还称呼老婆婆为妈妈，让老婆婆为他们准备食物，准备洗澡水，还让老公公为他们当裁判，判断谁对谁错。家里顿时乱成了一锅粥，老夫妇经不住吵闹了。老婆婆着急地喊道：“真想这些孩子变回蚕豆啊！”谁知，她话音刚落，桌子上的孩子真的变成了蚕豆，而地板上的孩子却四处躲藏，不想变回蚕豆。

老夫妇手忙脚乱地找遍了房间，刚把找到的孩子放回盆里，他们就又变回了蚕豆。终于安静了，老夫妇又继续剥蚕豆。剥着剥着，老婆婆懊悔起来：“咱们可真傻呀，应该留下一个豆孩子啊。至少他可以帮忙剥蚕豆啊！”老婆婆话音刚落，一个细弱的声音说：“妈妈，我还在这里呢！”

“你在哪里，我看不到你呀？”

“如果你保证不把我放入盆里，我就出来。”

“我保证。”

“我在老鼠洞里呢。”豆孩子一边说着，一边跑出老鼠洞。

老夫妇赶紧小心翼翼地捧着他，放在桌子上。这个豆孩子剥蚕豆十分迅速，蚕豆粒像冰雹一样落入盆里，很快盆子就装满了。

老夫妇为豆孩子起名为豆约翰。豆约翰是一个只有蚕豆大小的小男孩，他精力充沛，十分勤快。在冬季里，他为老夫妇操持家务，并去面包店买面包。村里的人只看到面包在滚动着，却看不到豆约翰，都啧啧称奇。

春天来了，老头儿要去田里耕种。老头儿担心豆约翰遇到危险，不允许他跟着。但是，豆约翰却央求老婆婆让他去地里给老头儿送饭。他的两只手分别举着一只篮子，就出发了。来到小溪旁，他冲着不远处的牧童喊道："喂，牧童哥，帮帮我，我想渡过这条小溪！"

牧童环顾四周，没有看到人，问道："谁在说话？"

"我啊，难道我说的不是话吗？"豆约翰一边说一边挺起了小小的身体，但是牧童还是看不见他。

后来，豆约翰站在一只篮子上，牧童终于看到了他。

豆约翰终于把饭送到了田边，当老头儿在地头的树荫下吃饭时，豆约翰站在马耳朵里，指挥着马儿继续在地里耕地。几个小偷看见马儿独自耕田，就动了贼心，想偷走马。看到小偷后，豆约翰高声喊道："别过来，否则我会把鞭子抽在你们的脸上。"

接着，他又大声喊道："爸爸！爸爸！有小偷……"

老头儿立马赶了过来。惊讶的小偷询问老头儿到底是

谁在说话，老头儿郑重其事地把豆约翰介绍给他们认识。豆约翰生气地握紧拳头，扬起鞭子。小偷们看到豆约翰后，两眼放光，坚持要借用豆约翰几天。看到小偷人多势众，豆约翰怕自己和老头儿吃亏，就答应了小偷的要求。原来，小偷们要让豆约翰帮他们去偷东西！

豆约翰按照小偷的指示，钻进一户人家后，喊道："小偷们，这里有许多金银珠宝，你们想要什么就告诉我。"

小偷们提醒豆约翰小点声，但是豆约翰的声音更大了。主人被惊醒了，抄起家伙去追小偷。豆约翰趁机躲到了仓房，躺在稻草堆里睡着了。次日，仆人给牛添草料，没想到把豆约翰也抱走了。就这样，豆约翰被牛吞进了肚子里。他醒来后，顿时惊呆了，连忙大喊："不要再给我吃草料了！"听到牛说话了，仆人惊讶不已，但是再和牛说话时，牛又一声不吭了。

后来，仆人要给牛喂水，豆约翰可不想被淹死啊，又在牛的肚子里喊道："我不喝水，我一点儿都不渴！"仆人吓得赶紧去向主人汇报情况。主人拿起草料喂牛，豆约翰又在牛肚子里喊道："我不饿，我不吃稻草！"主人很害怕，以为牛被魔鬼附身了，当天就把牛宰了，然后把牛的肚肠扔到了野外。可怜的豆约翰还没爬出来，又被一头饿狼连着牛肠、牛肚一起吞进了肚子。

饿狼太饿了，吃完肠肚又溜到羊圈里偷羊。豆约翰大声喊叫起来：“牧童，牧童，狼来了，快放狗！”

牧童放出了猎狗，狼吓得落荒而逃。后来，狼去偷家禽，又被豆约翰破坏了。狼找不到东西吃，日渐消瘦，只得求助于狐狸。狐狸诡计多端，很快想出了办法，说：“你去找一处树杈，趴在上面，嘴朝下，再使劲挤压肚子，把肚子里那个小东西吐出来就行了。”狼依计而行，真的把豆约翰挤出来了。

豆约翰身上脏兮兮的，赶紧找了个小水坑洗澡。一个提着篮子捡柴的老太婆从这里路过，豆约翰趁机藏到了柴火里。当路过自家门口时，他喊道：“老婆婆，魔鬼就在你的篮子里！”老太婆吓了一跳，没有看见任何人，还真以为是魔鬼在说话呢，吓得把篮子扔在地上就跑走了。

豆约翰从柴火里钻出来，高高兴兴地回到家里，与老头儿和老婆婆团聚了。后来，豆约翰一直和老夫妇生活在一起，直到老夫妇离开人世。

交换工作

瑞典

从前，有一对夫妇，过着平淡简单的日子。丈夫主外，每天都去森林里伐木砍柴，妻子则留在家里洗衣做饭，纺纱织布。由于他们都很勤劳，生活过得还算不错。只不过，时间一长，再和睦的夫妻也难免会有吵架的时候。

这天晚上，丈夫回到家里时全身都湿透了，他坐在炉子旁边擦拭着，抱怨道：“在这个家里，我就是个奴隶命，每天都在外挨冻受累。和我相比，你是多么幸福呀，在温暖的火炉旁做饭，全身都烤得热烘烘的。”

“你真的这么觉得吗？”妻子说，“我的想法正好相反。我每天要干很多活儿，否则你怎么会那么舒服呢。男人都意识不到这一点，根本不知道有女人操持家务的好处。”

“噢！操持家务的好处？”丈夫说，“我每天只能听到女人的吼叫！”

“吼叫！”妻子生气地说，“你在森林里忙活一天，也只是捡回来一些破烂树枝而已，这有什么值得吹嘘的呢？我不但要照顾孩子和牛，还要打扫房间、烤面包、酿酒、纺线、缠线、捻线、漂洗、织布，还要把家里所有破了的衣服都缝补好。要是没有我，你能天天人模狗样地出门吗？”

丈夫和妻子争执不休，一致决定次日调换工作。第二天清晨，妻子拿着斧头去森林里之前，叮嘱丈夫做好家里所有的事情，丈夫却提醒妻子不要用斧头砍到自己的胳膊或腿脚。

俩人各自忙各自的去了。这时，他们的儿子醒了，大哭起来，丈夫使劲晃动着摇篮，孩子却越哭越厉害，他差点把孩子从摇篮里晃出来。最终，他自作聪明地把羽毛枕头放在小孩身上，小孩才停止哭泣。接着，丈夫做了很多奇形怪状的如同黑煤球一样的面包。做完这一切，丈夫去储藏室里拿了一些肉出来，放在了台阶上，又进去倒啤酒。没想到，等他出来时，发现狗把肉叼走了，就抱着啤酒桶去追赶狗，结果，非但没有追上狗夺回肉，反而把啤酒都洒光了。

看着被自己弄得一片狼藉的家，丈夫不由得担心起妻子来，忍不住要哭了。但是他没有时间哭泣，他还要煮晚上吃的蔬菜汤呢！但是，粗心的他把妻子的一件绿色上衣剁碎了，放在锅里煮了起来。接下来，他还需要去泉边取水，还要做奶油。为了节省时间，他决定背着搅乳器去取水，这样等到取水回家时，奶油也就做好了。这可真是个好主意啊！丈夫忍不住得意起来，但他忘记盖好搅乳器的盖子了。等到他来到山泉旁弯腰取水时，搅乳器里的奶油都顺着他的头流入了泉水中，他只得顶着满头奶油沮丧地回家了。

回到家里，他听到牛“哞哞”地叫了起来，才想起自己还没有照料牛呢。他哪里有时间去放牛呢？因为炉子上还煮着蔬菜汤呢，根本离不开人。突然，他发现泥涂的屋顶上一片绿意，就决定在屋顶上放牛。为了防止牛跑了，他还用一根长长的绳子绕过烟囱，一头系在牛的身上，一头系在自己的腰上，这样他就可以一边放牛，一边煮蔬菜汤了。出乎他的预料，牛从房顶上掉了下来，他一下子被绳子拽了起来，头朝下悬在了半空中。

这时，妻子背着一捆荆条回到了家里。一瞧见这情况，她赶紧割断了绳子，牛和丈夫一起掉了下来，牛掉在了地上，丈夫掉在了炉子上。妻子被家里乱糟糟的景象吓住了：储藏室里的肉不翼而飞；啤酒桶里的啤酒一滴都不剩；面包像煤球一样黑；她的绿色上衣被搅成了碎片，在锅里翻腾着；牛差点被摔死；丈夫满脸黢黑。儿子呢？正在羽毛枕头下面憋得脸色乌青，眼看着就喘不上气了。妻子上前抱着儿子，号啕大哭起来。丈夫终于能说话了，流着眼泪喊道：“以后，你还是留在家里吧！”

妻子说："以后，你还是到森林里干活吧。"丈夫不停地点头。

从此之后，他们又都各司其职，干起了原来的工作，再也没有争吵过。

聪明的农夫女儿

瑞典

很久以前，有个人特别穷，和女儿相依为命。他们有一块很小的土地，全靠那点微薄的收入生存。有一天，他在地里松土时，挖到一个纯金的臼。他把臼带回家里，对女儿说："这个臼一定是宝物，我要把它送给国王，因为国王才是这片土地真正的主人。"听了他的话，女儿非常担忧，建议他："爸爸，在没有找到杵之前，我觉得我们还是不要把臼送给国王吧。"

农夫很固执，根本不听从女儿的劝告。他认为把金臼献给国王，肯定会得到回报。直到见到国王以后，他才意识到，女儿是多么明智啊！因为国王看到只有臼，而没有杵，怀疑农夫私藏了杵，所以命令士兵把农夫关进了暗无天日的大牢里。

农夫后悔没有听女儿的劝告，坐在牢里，不停地哀叹自己的愚蠢。看守听见了农夫的话，立刻向国王报告了这一情况。

国王很好奇农夫的女儿到底有多么聪明，便派出侍从给农夫的女儿送了一封信。信上说：“如果你能完成我交代的任务，我就把你的父亲从牢里放出去。你必须来王宫一趟，但是，既不要在夜里来也不要在白天来，既不要走着来也不要乘车来，既不要赤身裸体地来也不要穿着衣服来，既不要走在道路旁边也不要走在道路正中间，既不要吃饱也不要饿着肚子。”

那么，农夫的女儿是怎么做的呢？她在天刚刚亮的时候起床，在身上包裹了一张渔网，然后把渔网套在牛角上，让牛驮着她沿着车轮的痕迹往前走。她起床之后什么都没有吃，只吃了一棵葱。

国王对她的这一巧妙安排感到十分佩服，不仅放了农夫，还娶了农夫的女儿做王后。

不久之后的一天，两个农民分别用牛和马拉着一车粮食来到王宫。他们把车停在王宫门口，正准备卸车呢。没想到，一个农民的马生下了一匹小马驹。小马驹走到牛的旁边躺下，就像依偎着妈妈一样。就这样，两个农民因为小马驹的归属权而吵了起来，他们都认为小马驹应该归自己所有。他们争吵了很久，最后只好找国王来裁决。

用马拉车的农民说：“小马驹当然是马生的，理所当然属于我。”用牛拉车的农民却说：“小马驹躺在牛的身边，当然是属于我的，否则它为什么不去马的身边躺着呢！”国王一时之间不知道应该如何裁决，只得采取拖延战术，说：“这件事情很复杂，我需要时间考虑！”

马的主人找到王后，请王后帮忙裁断是非。王后对他说：“你拿着一根钓鱼竿待在一个山坡上假装钓鱼，一定要让国王看见。”

那个农民遵照王后的旨意，真的拿着钓鱼竿站在山坡上钓起鱼来。国王外出时，正好经过他的身边，惊讶得瞠目结舌：“你真是个傻子，站在干地上怎么可能钓到鱼呢？”

“噢，”那个农民说，“如果牛都能生下小马驹，我为何不能在这儿钓到鱼呢？”

国王恍然大悟，当即裁决小马驹属于马的主人。但是国王得知王后参与了这件事情，就很生气，责令王后离开

王宫，继续去过原来的日子。但是，国王对王后还是有感情的，所以允许王后把宫中最喜欢的东西带走。

临行前，国王为王后举行了一个小小的告别宴会。王后在国王的酒水中加入了一种安眠作用很强的药物，国王坐在那里正喝着酒呢，就不知不觉地睡着了。于是，王后把国王带回了父亲的家里。

国王终于清醒过来，却发现自己置身于一个陌生的地方，当即愤怒地大吼：“这是哪里？我在哪里？这是什么鬼地方？”

这时，农夫的女儿来到国王的面前跪下，动情地说："我亲爱的国王陛下！你还记得你答应过我，我可以从宫里带走最喜爱的东西吗？我的国王陛下，我最喜爱的就是你啊，所以我就把你从王宫里带出来了！"

听到这个回答，国王感动得热泪盈眶。他很庆幸自己能够娶到这么聪明的妻子，也觉得她是最有智慧的王后。他紧紧地拥抱着王后，带着王后又回到王宫里，和王后幸福地生活在了一起。

公爵与仙纸

瑞士

从前，有一个公爵特别富有，最喜欢做的事情就是在世界各地旅行。他去过很多国家游玩，家财很快被挥霍一空，他变得一贫如洗。曾经的狐朋狗友，看到他都假装不认识。他不得不四处做工，勉强养活自己。

有一天晚上，公爵在森林里迷路了，误打误撞来到一间小茅屋里。茅屋里空空如也，只有一个大箱子摆放在角落里。饥肠辘辘的公爵打开箱子想找一块面包充饥，却发现箱子里还有小箱子，小箱子里还有小小箱子……很多箱子套在一起，直到打开最后一个箱子，公爵才找到一张纸条。公爵情不自禁地读出了纸条上的话："快来吧！我的仆人。"他的话音刚落，就听到有人回应："我的老爷，您有什么吩咐？"他环顾四周，发现周围空无一人，他又说了一遍纸条上的话，依然有相同的回应。

公爵说："来一桌美味的食物吧。"没想到，他话音刚落，一桌美味的食物就出现了。吃饱喝足之后，他又要了一张富丽堂皇的床，以及一座高大奢华的城堡。公爵心满意足地睡着了，次日清晨醒来后，他去参观城堡，发现周围不再是森林，而是美丽的花园，花园里还有河流呢！

公爵觉得这么大的城堡和花园得有人打理，又召唤了很多仆人，然后开始享受起幸福的生活了！谁料，他的城堡位于国王的王宫对面，仅一河之隔。国王对于突然出现的豪华城堡既震惊又愤怒，他当即集合军队，派大将军领兵去摧毁那座城堡。

面对突如其来的大军，城堡里的仆人们吓坏了。公爵不慌不忙，拿出仙纸召唤了相当于国王军队的五倍之多的步兵、骑兵和大炮，迎战国王。一看到公爵的军队人数众多，武器精良，大将军和公爵达成了和解，还告诉公爵：国王的女儿特别美丽，和公爵是天生的一对。

送走了将军和国王的军队，公爵对公主念念不忘，就想知道公主到底有多漂亮。他拿出仙纸召唤仆人，让仆人把沉睡的公主带来给他看一眼，再送回王宫，但千万不能惊动公主。他的话刚说完没多久，公主就出现在了他的屋里。公爵一见到美若天仙的公主，当即就爱上了她。

第二天早晨，国王看到那座金碧辉煌的城堡还在原地，当即质问将军为何没有摧毁那座城堡。将军告诉国王："公爵的军队兵强马壮，人数相当于我们军队的五倍，根本打不过。"将军提议国王和公爵交好，国王无奈地同意了。

这时，公主跑来了，把自己的美梦告诉了国王，还说自己要嫁给那个穿着金色斗篷的骑士。国王为难了，哪里能找到梦里的人呢？

正在此时，公爵穿着金色斗篷，带着卫队，前来拜访。国王盛情地款待了公爵。席上，公爵向国王表达了求娶公主的意愿。不料，公主发现年轻的公爵正是自己梦中的人，就悄悄地告诉了国王。国王并没有立即答应，而是要求先去参观一下城堡。这天晚上，那个看不见的仆人可忙坏了，因为公爵想向国王展示自己的宫殿有多么奢华，多么富丽堂皇。

国王参观完公爵豪华的城堡，感到非常震惊，当即答应了公爵的求婚，第二天就为公爵和公主举行了婚礼。公爵对自己拥有的一切感到心满意足，渐渐地不再使用那张仙纸了。一天，那个看不见的仆人说话了：“公爵大人，您现在的财富无人可比，可以把这张仙纸还给我了吗？这关系着我的自由。”公爵觉得自己再也用不到那张仙纸了，就交了出来。谁知，当他交出那张仙纸后，他拥有的一切都随之消失了。

国王得知城堡消失了，公爵成了穷光蛋，当即下令绞死公爵，接公主回王宫。但是，公主已经深深地爱上了公爵，不愿意离开他，要与公爵患难与共。国王气坏了，便命人把公爵吊在了绞刑架上。

太阳落山时，公爵看到森林里驶来七辆装满旧皮鞋的马车，头辆马车上坐着一个穿着灰色衣服、戴着尖顶小红帽的小老头儿。他瞧见绞刑架上的公爵时，忍不住哈哈大笑起来：“你这个傻瓜，想不到会有今天吧？瞧瞧吧，为了实现你的心愿，我穿破了七车鞋。傻瓜，你想要回仙纸吗？哼！你就等着被绞死吧！”老头儿一边得意地说着，一边拿着仙纸在公爵的眼前摇晃着气他。公爵假装垂头丧气，却以迅雷不及掩耳之势抢回了仙纸，喊道：“快来吧，我的仆人！”

小老头儿和马车突然都消失了。公爵的耳边又响起了熟悉的声音："我的老爷，您有什么吩咐？"

就这样，公爵再次得到了失去的一切。这让国王怀疑自己在做梦，搞不明白为什么城堡突然消失又突然出现，为什么绞死的公爵又复活了。但是，不管是公主还是仆从、大臣，都向国王证明公爵从未被绞死，这让国王很庆幸那一切都是他的幻觉。

经历了这次教训，公爵再也不想不劳而获了，他亲力亲为做好每一件事情，得到了国王馈赠的半个国家，成了一位贤明的君主。那名看不见的仆人又来请求公爵放了他，公爵可不想再次失去一切。最终，他们达成了协议，把仙纸埋藏在了地下，这样看不见的仆人就不用再奔忙了，而公爵也可以踏踏实实地继续做自己的事情，过自己的日子。

后来，许多人都听说了关于仙纸的故事，纷纷前去寻找仙纸，但最终都一无所获。

穷人和魔鬼

卢森堡

从前，有个穷人生了很多孩子，日子过得捉襟见肘，比教堂里的老鼠还穷。

有一天，妻子对穷人说："孩儿他爸啊，咱家穷得快要揭不开锅啦！你赶快去找一份工作吧！否则，咱们很快就会饿死的。"

就这样，穷人背着旅行袋，带着妻子烤的饼出门了。

他在路上快步地走着，一个魔鬼迎面向他走来。

"穷人，你要去哪里？"魔鬼问。

"我想试试运气，去找一份工作。你想和我一起吗？"

"当然好啊。秋天到了，麦子熟了，咱们可以去帮忙收粮食，酬劳一人一半。"

他们商量好了之后，来到了一户人家。从早晨到晚上，他们一直在忙着打粮食，魔鬼只要轻轻挥舞胳膊，麦粒就会自动脱离，而可怜的穷人饿得头昏眼花，一天下来根本没打多少粮食。

天黑前，穷人和魔鬼把麦粒和麦壳分开堆好了。这时，主人来检查工作，发现所有的麦子都弄好了，乐呵呵地对他们说："小伙子们，你们只用了一天时间就打完了所有麦子，这简直太棒了。我必须感谢你们啊。"说着，他拿来容器为他们分粮食。

穷人问主人："我可以拿走一些麦壳吗？"

主人笑着说："你想拿多少麦壳都可以。"

穷人把容器里的麦子倒出来，在旁边堆起了一大堆麦壳，问魔鬼："我的好兄弟，你随便挑选吧，小堆大堆随便你要！"

魔鬼看到麦堆很小，而金黄色的麦壳堆很大，说："我干得多，应该拿大堆的。"

就这样，穷人得到了麦子，魔鬼得到了麦壳。

第二天，穷人和魔鬼又去另外一户人家打粮食。这户人家的地更多，打下的麦子堆成了小山。

和前一天一样，魔鬼觉得自己干活比较多，心安理得

地要了一大堆麦壳。

接下来几天，他们帮着好几户人家打粮食。到最后，魔鬼得到了一大车麦壳，而穷人只得到了一小袋粮食。他们分道扬镳，各回各家，都把辛苦工作得到的酬劳交给了妻子。

穷人的妻子把小麦磨成面粉，烤出了松软喷香的面包；魔鬼的妻子也把麦壳碾成了粉，做出的面包却像坚硬的鞋后跟，难以下咽。

魔鬼生气地揍了妻子一顿，怒吼道：“你真是个笨蛋！同样的东西，穷人的妻子烤出了美味的面包，你的面包却根本不能吃！”

妻子不服气，埋怨魔鬼被骗了。

到了星期一，穷人和魔鬼出门找工作时，又相遇了。

魔鬼指责道：“你这个狡猾的家伙，居然敢骗我。”

穷人说：“不能怪我，这可是你先选的。”

魔鬼怒气未消，说：“这一次，咱们不去打麦了。我听说有一群强盗抢了很多头猪，咱们去弄几头吧。我很擅长这个，一定不会再被你骗了！”

穷人答应了。

他们来到了强盗的地盘，悄悄地溜进了猪圈，发现猪圈牢固结实，里面居然有一百多头猪！

“老兄，咱们把丑话说在前面。你刚才就说了，你很擅长这个，我也不愿意吃亏。所以我们还是事先约定好，看看谁该分得什么样的猪吧！”穷人装出可怜兮兮的样子说。

“好吧，”魔鬼说，“你认为怎么分才合理呢？”

穷人提议道：“你把偷来的猪原样丢到猪圈外面，我把偷来的猪的尾巴朝上弯。这样，我们就知道谁偷了哪些猪了，谁偷的猪就归谁，公平吧？”魔鬼表示同意。

穷人和魔鬼大显身手，很快就偷了一百头猪。

魔鬼气喘吁吁地说：“好啦，可以啦，猪圈里的猪都快被偷光了。要是再不走，咱们就会被强盗当场捉住啦！”

他们一起把猪赶到了森林里，魔鬼说：“老兄，你来分猪吧！”

穷人捉住一头猪，看了看猪尾巴，说：“这是我的！”

他又捉住另一头猪，看了看猪尾巴，又说：“这头也是我的。”

他又抓住第三头猪，说：“你看，猪尾巴还是向上弯的，依然是我的！”

每一头猪的尾巴都是向上弯的。魔鬼百思不得其解，最后，他只得到三头病恹恹的猪，因为只有那三头猪的尾巴是直的。穷人赶着一大群猪回到家里，日子过得越来越好。可怜的魔鬼还在四处流浪，不知道怎么做才能改变命运。但是，他明白了一个道理，那就是魔鬼没有人聪明，所以千万不要与人合伙做任何事情。

空心麦子

荷兰

荷兰是一个美丽的沿海国家，这里有一座热闹繁华的滨海城市，那里住着一个年轻漂亮的寡妇。她特别富有，住在最豪华的别墅里，别墅的地板上铺着价值不菲的地毯，墙壁上挂满了名人的画作，就连餐具都是用纯金和纯银制作而成的。她为何这么富有呢？因为她有一支船队！

有一天，她对老船长说："给你一年的时间，率领船队进行全球环游，把全世界最好的东西给我带回来。记住，明年此时，你一定要按时回来。"

老船长航海经验丰富，二话不说就率领着船队出海了。城里的人对此十分好奇，纷纷猜测老船长会带些什么东西回来。这简直成了他们茶余饭后的谈资。

一年之期很快就到了。这天，一个在海边闲逛的人突然发现了老船长的船队，惊喜地叫了起来："大家快看呀，船队回来了！"

人们争先恐后地奔向码头，寡妇闻讯也赶来了，满怀憧憬地看着船队徐徐靠岸，心中暗自窃喜：我可算又出风头了，我将会拥有多少宝贝呀！

船队靠岸后，满头白发的老船长把帽子拿在手里，镇定地走到寡妇面前。

寡妇急迫地问："你给我带回了什么稀罕的东西？"

"夫人，我们用了一年的时间游遍了世界各地，看遍了金银珠宝，但是一直都没有找到您想要的举世罕见的珠宝，也没有找到世界上最宝贵的东西。我非常沮丧，只想赶快结束这趟航程，回到家乡。但是，当我们到达波罗的海的一个港口时，发现岸边长满了绿油油的麦子，风吹麦浪，漫无边际，蔚为壮观。我坚信，这些麦子就是世界上最宝贵的东西！所以，我等到小麦成熟后，装满了一舱舱麦粒回来了。"

"你说什么？"寡妇气得满脸通红，"你这个老糊涂，你值得用一年的时间走遍世界找麦子吗？"

"的确。我用了一年的时间行了几万里路，我坚信小麦就是世界上最宝贵的东西。没有它，我们就无法制造面包，每个人都会被饿死。”船长从容地回答。

“扔掉！全都扔掉！”寡妇歇斯底里地喊叫着，“你赶快从我的眼前消失，从此之后，我再也不想看到你！”

船长一声不吭地离开了。船员们把一桶一桶的小麦倒入了海里。一位白发苍苍的老人用沉稳的声音对寡妇说：“小心啊！这是上帝赐给人类的最宝贵的东西，你就这样丢进海里，一定会受到上帝的惩罚。在这个世界上，不知道有多少穷苦人正在忍饥挨饿！终有一天，你也有可能变成穷人啊！”

“哼！我永远也不会变穷！”寡妇冷笑着摘下手上的宝石戒指，扔进了海里，“就算海水不能归还我的戒指，我也永远不会变穷。”说完，她趾高气扬地走了。

几个月后，寡妇举行了盛大的宴会，邀请了城里所有的富豪。每一个贵妇人都穿金戴银，珠光宝气，尽情地吃喝玩闹。这时，女仆端着鱼盘进来了，上面装着一尾大鱼。寡妇拿着金刀把鱼切开，正准备招呼大家吃呢，突然忍不住惊叫起来：“啊！”

“怎么啦，怎么啦？”大家一瞧见鱼肚子，也都惊恐

地睁大了眼睛。

原来，寡妇当时丢入海里的那枚戒指，此时此刻正在鱼肚子里闪烁着光芒呢。大海还是把戒指还给了这个不知天高地厚的年轻寡妇。

第二天清晨，她还在睡觉呢，一个仆人跑来报告噩耗：“船队在海上遇难了。”

寡妇傻眼了。不过，她不甘心，典当了家中的珍藏，准备东山再起。可是事与愿违，每次都血本无归，最终她沦为了乞丐。那个原本热闹繁华的港口，因为大量的小麦堆积而变成了浅滩，船只再也无法从这个港口靠岸了。一年之后，港口变成了一片麦田，令人惊讶的是，生长出来的麦粒都是空心的。

王子与天鹅

南斯拉夫

从前，有一位皇帝，他只有一个儿子。一天，这个王子偷偷跑出王宫去打猎了，结果在森林里迷了路。他骑着马走啊走啊，看到了一座小木屋，赶紧下马敲门。开门的是一个老人，长着一头雪白的长发，一直拖到地上。老人说：“你要是想住下，就必须成为我的仆人。只要你能干满三年，我不仅放你离开，还会给你娶一个漂亮的妻子。”王子走投无路，就答应了。

第一天早上，老人让王子绕着湖打响鞭，王子没有发现任何异常。

第二天早上，老人又让王子绕着湖打响鞭。中午时分，王子看到一群天鹅飞到湖上，它们蜕下雪白的羽衣后全都变成了漂亮的姑娘，洗完澡之后又穿上羽衣变成天鹅飞走了。

日子一天天过去了，眨眼就到了三年之期。这天，王子正准备去湖边，老人喊住了他，说：“今天之后，你的工作就满三年了。你继续去湖边巡视，等到天鹅来洗澡的时候，偷偷地藏起她们的外衣。你想要的幸福就藏在其中，要认真对待哟。”

王子拿起鞭子又到湖边打响鞭了。中午时分，天鹅们又飞到湖边，变成女子后开始洗澡。等到她们游得远了，王子悄悄地抱起她们的外衣，回到了老人的小屋。很快，少女们就来找老人要衣服了。老人把衣服还给了她们，只留下了那个最美丽的姑娘的衣服。老人让她留在小屋里，其他姑娘都穿上衣服变成天鹅飞走了。老人又把王子带到僻静的地方，嘱咐道：“这个天鹅姑娘是我为你选的妻子。你一定要小心藏好她的外衣，否则她就会变成天鹅飞走，你就再也见不到她了。这个袋子中的金银首饰和宝石，都是我给她的嫁妆。你们一起走吧！”

王子对老人千恩万谢，小心翼翼地把白天鹅的外衣藏在怀里，背着装满珍宝的袋子，牵着姑娘的手，顺着老人指示的方向回家了。

回到王宫，王子把自己的经历讲给了皇帝和皇后听，并且把天鹅姑娘的衣服交给皇后藏起来。他叮嘱道：“母后，千万不要让姑娘拿走她的衣服，否则她就会变成天鹅飞走，一去不复返。”

日复一日，年复一年，王子和天鹅姑娘一直过着幸福的生活。

有一天，王子出去打猎，天鹅姑娘向皇后恳求道：“母后，我很久都没有穿过我的白羽衣了。求求您，让我穿一次吧，我向您保证决不飞走！”皇后拒绝了天鹅姑娘的请求。

过了几天，王子又去打猎了，天鹅姑娘又来恳求皇后：“母后，我发誓决不飞走。求求您，让我穿一下吧，我穿着自己的衣服会更漂亮。”皇后依然拒绝了天鹅姑娘的请求。

王子再次出去打猎时，天鹅姑娘还不死心，又来央求皇后：“好母后，您是世界上最好的妈妈。看在王子的面上，把我的外衣还给我吧，我保证一步也不离开皇宫。穿上自己的衣服，我会更漂亮，王子一定会更喜欢我的。母后啊，他可是您唯一的儿子啊！”

这次，皇后心软了，答应了天鹅姑娘的请求，把白羽衣拿了出来。天鹅姑娘穿上白色的羽衣，马上变成了白天鹅，一边振翅高飞，一边喊道："母后，再见了，去玻璃山就能找到我！"

当天晚上，王子打猎回到王宫，皇后把事情的经过讲给了王子听。王子的心都碎了，马上骑着马穿越森林，去找那位白发老人。来到小屋前，他敲响了门。白发老人打开了门，一见是王子，疑惑地问道："我的孩子，你找我做什么？"

"老人家，您好，"王子道，"我想向您打听一件事情，您听说过玻璃山吗？"

"我的孩子，我掌管着世间三十二路风，"老人说，"只要世界上真的有玻璃山，我的风就能把你带去。"

傍晚，一路风回到小木屋向老人请安："晚上好，我的主人！"

"晚上好，我的仆人！你知道玻璃山吗？"

"知道，但是我从未亲眼见过。"

过了一会儿，北风怒吼着回到小木屋，在老人的脚前接连打了三个滚，说："晚上好，我的主人！"

“晚上好，我的仆人！”老人回答，“你看见过玻璃山吗？”

“当然，我就是从玻璃山回来的。”

“那好，你明天把这个年轻人带到玻璃山。”

第二天清晨，北风背起还在酣睡中的王子就去了玻璃山。王子睡得很沉，北风把他带到了玻璃山脚下时，他还在呼呼大睡呢！王子醒来之后，发现已经到了玻璃山，开心得不得了，立刻就爬山了。谁知，他好不容易爬到半山腰，却又滑了下来。他又往上爬，爬到比半山腰更高一些的地方，就又滑下来了。他用了很长的时间，耗尽了所有的体力，才爬到山顶。

山顶上有一间小屋，里面住着一个老太婆。王子彬彬有礼地打招呼：“老奶奶，您好啊！”

“我的孩子，你是怎么来到这里的？”

“老奶奶，我是在命运的指引下才来到这里的。”王子说，“我来寻找天鹅姑娘，她是我的妻子，就住在玻璃山上。您知道她在哪里吗？”

“啊，我的孩子，你找对了。不过，我这里有三百个长得一模一样的天鹅姑娘。如果你能从她们之中认出你的妻子，就能带走她；但是如果你不能认出你的妻子，我就会杀了你。”

王子无所畏惧，因为他深爱着天鹅姑娘，如果不能找到天鹅姑娘，他宁愿去死。

老太婆吹响号角，天空中飞来一大群天鹅。它们一落在地上，就都变成了美若天仙的姑娘。她们全都围绕在王子的身边，老太婆带着王子从每一个姑娘的面前走过，不停地问：“这是你的妻子吗？”

王子一直在否认，当走到一个最漂亮的姑娘面前时，老太婆问：“这个姑娘是你的妻子吗？”那个姑娘带着淡淡的笑意，趁着老太婆没有留神，冲着王子偷偷眨了眨眼睛。

“是，她是我的妻子。”

“你确定吗？”

“确定。”

“你真的确定吗？”

“真的确定！”

老太婆朝着其他姑娘挥了挥手，她们都变成天鹅飞向了天空，只有王子的妻子依然站在那里。她小声地叮嘱王子："除了我给你送的饭，不要吃任何人送的饭，也不要喝别人送的水。"

老太婆对王子说："尽管你认出了你的妻子，但是你只有为我完成三件事，才能带走你的妻子。第一件事：天黑之前，你必须把远处那座山搬到玻璃山的旁边。"

王子虽然知道自己力量有限，无法在一天的时间里搬动一座山，但是依旧一声不吭拿着工具开始挖山了。中午时分，一个小男孩送来了午饭，王子说："我不吃！"

过了一会儿，妻子为王子送来了午饭，看到王子痛苦绝望的模样，心疼地对他说："亲爱的，快吃饭吧，吃完饭就美美地睡一觉，不用担心大山的事儿。等晚上回去，老太婆问你搬完山了没，你就假装特别生气地告诉她：'搬完了，我饿得能吃掉你，赶快给我做饭吧！'"

王子记下了。由于疲惫不堪，他吃完饭躺在草地上，很快就睡着了。天鹅姑娘请来姐妹们和三十二路风帮忙，轻轻松松地把那座山搬到玻璃山旁边了。夕阳西下，王子睡醒了，发现那座山已经被搬走了。他既惊讶又开心，拿着工具朝小木屋走去。

距离小木屋还有一段距离时，他就生气地喊道："老

太婆，做好晚饭了吗？”

老太婆打开门，阴着脸问道：“山搬完了吗？”

王子按照妻子教的，怒气冲冲地回道：“搬完了，我饿得能吃掉你，赶快给我做饭吧！”

老太婆有些狐疑，远远看了一眼，发现那座山真的搬走了。她没想到王子这么有本事，一瞧见他怒气冲冲的样子，赶紧去准备晚饭了。

第二天早上，老太婆让王子去另一座山上砍倒所有的树，再锯成段，码放好。一直到中午，王子连三棵树都没有砍完，最后在妻子的帮助下完成了任务。回到小木屋时，他还和前一天一样生气地和老太婆要吃的。

第三天，老太婆让王子去收麦子，再把麦子脱成粒，磨成面粉，到时候再做成面包，让王子带着路上吃。最终，王子又在妻子的帮助下完成了任务，回到小木屋时，又对着老太婆怒吼着：“我已经完成了第三件事，你赶快安排人抬面粉，给我做面包。”

老太婆很害怕，让王子当天夜里去马厩里照顾牲口。王子早就听妻子说一定要勇敢地反击一切进攻，他英勇无畏地战胜了所有男仆，驯服了所有牲口。天刚蒙蒙亮，王子就来到小屋旁砸老太婆的门。

老太婆吓坏了，赶紧打开门。她没想到王子这么厉害，决定打发王子快快离开。她指着自己的马群，让王子挑选脚力。王子听从妻子的话，从马群中挑选了两匹又瘦又小的马。这让老太婆目瞪口呆，心疼得不得了。原来，这两匹马看似瘦小，实际上都是传说中的飞马，能够振翅翱翔。

就这样，王子和妻子骑着飞马回到了王宫，从此之后过着幸福快乐的生活，再也没有分开过。

面包里的金币

丹麦

很久以前，有两个放羊人，一个叫哈努，一个叫尼罗。他们从小一起长大，亲密无间，不管有什么事都会一起商量。

有一天，一个庄园主带着牧人赶着数不清的羊远远地走来。尼罗羡慕地道："如果我有那么多羊该多好啊……那么多羊，我连想都不敢想……此刻从我们眼前经过的这个人，该多么富有啊！"

哈努点点头，道："的确，他一定是个有钱人。但是，我觉得我们现在还年轻，不应该想这些。到年老时，我们应该会有点钱的。"

尼罗说："啊！我不赞同你的想法。年老时才有钱还有什么用呢，就该趁着年轻力壮的时候有钱，这样就可以尽情享受，快乐地生活。”

尼罗话音刚落，一个身材矮小、头戴小红帽、慈眉善目的老人突然出现在他们面前，笑眯眯地拿着一枚金币放进一只红色的钱袋里，说：“尼罗，这是送给你的礼物！这个钱袋里的金币永远也用不完，每当你想用钱的时候，只需要把手伸进钱袋里，就能抓出来很多金币。但是，你一定要记住，切勿花掉我刚刚放进去的这枚金币，否则钱袋里就再也没有钱了。一定要记住啊！”

老人转身告诉哈努：“哈努，我不送钱给你，但是我要叮嘱你几句话。记住：你一定要学会一门手艺，等到你学成手艺的时候，你所有的愿望就都能实现了。”

老人说完就消失不见了。哈努始终牢记着老人的话，拜了一个铁匠为师，学习打铁的手艺。尼罗从钱袋里拿出了很多金币，一边周游世界，一边做生意。后来，他赚了很多钱，成了一个远近闻名的大财主。

尼罗为自己建造了一幢富丽堂皇的房子，每天晚上都举办盛大的宴会，花钱如流水一般。即便如此，他依然有用不完的钱财。后来，他娶了富人家的女儿，过起了更阔绰的生活。妻子不明白尼罗为何有这么多钱，就不停地追问尼罗。但尼罗对于红钱袋的秘密始终守口如瓶。这让妻子更加好奇，也让妻子缺乏安全感。妻子生怕尼罗的钱有一天会花光，就开始偷偷地存起钱来。

日复一日，年复一年，妻子积存了很多钱，屋子里都放不下了。她就把钱藏在院子里的一棵松树的树洞里。谁知，妻子没过多久突然病逝了。这一下好了，包括尼罗在内，没有人知道她藏钱的秘密。

尼罗过惯了奢华的生活，整日的大手大脚，却不知道什么时候花掉了钱袋里那枚生钱的金币。这样一来，尼罗的红钱袋子再也不能变出钱来了。他的家境渐渐没落，不得不变卖家产还债，最终沦为了乞丐，开始了走街串巷的乞讨生活。

这时，哈努已经成为一个非常优秀的铁匠了。他每天都辛勤地工作着，娶了一个穷苦人家的女儿为妻，还有了好几个孩子。他们有吃有穿，尽管没有很多钱，但是快乐而又满足。哈努为家人盖了一处院落，恰好在尼罗住宅的旧址上，那棵尼罗妻子藏钱的大松树依旧茁壮地生长着。

有一天，哈努正计划着砍掉松树，打造一些家具。四处流浪的尼罗敲响了哈努的门，哈努热情地招待尼罗，但是并没有认出尼罗来。经过交谈后，他才知道眼前这个衣衫褴褛的男人居然是尼罗。他们各自讲述了分手之后的经历，不由得感慨万千。尼罗对哈努说："亲爱的朋友，我还记得这是我家的旧址，你看看这棵松树，我曾经在靠近树根的地方，刻下了花纹呢！"

哈努很好奇，正好要用这棵树做家具，于是拿起斧头三下五除二就砍倒了这棵空心的松树。谁知，树干倒下后，树洞里掉出了很多金币。哈努和尼罗都很惊讶，哈努说："尼罗，这棵树是你家的，这些金币也是你家的，你把金币都拿走吧！"

但是，尼罗无论如何都不肯收下这些金币。哈努让妻子做了一个特别大的面包，把金币藏在面包里，又把面包作为干粮让尼罗带走了。次日清晨，尼罗毫不知情，带着沉甸甸的大面包离开了哈努的家。

尼罗越走越觉得面包太重，他累得浑身大汗，就去路边的一户农家讨水喝。热心的农民请尼罗喝啤酒，却分文不取。尼罗觉得过意不去，就留下了面包代替啤酒钱，悄悄离开了。

这家农民的妻子非常高兴，因为他们曾经从哈努家借过面包，连忙让丈夫把这个黄灿灿的面包送到哈努家偿还了。

哈努的妻子不知道为何给尼罗的面包兜兜转转又回到了他们家，就暂时保存着金币，打算等再次见到尼罗的时候还给他。然而，尼罗没过多久就去世了，这些金币理所当然成为哈努家的了。

哈努终于实现了年轻时的愿望，到了年老时成了有钱人。

和巨人比赛

挪威

很久以前，有一位穷困的农民，家里欠下了很多债务。农民渐渐老了，且体弱多病，可是他的三个儿子全都很平庸，没有一个有出息的。为了偿还欠债，农民只好让儿子们去森林里伐树，卖木材。

可三个儿子都不想去，农民花了很长时间才说服他们。大儿子最先去伐。他走进森林中，选了一棵高大的冷杉。正准备砍时，一位高大魁梧的巨人出现了，叫嚣道："你胆敢砍伐我的森林，我就把你打死！"大儿子听了巨人的话，吓得扔掉斧头，飞奔回家。他气喘吁吁地讲述了事情的经过。农民对大儿子说："巨人之所以恐吓你，就是因为你是胆小鬼。我去森林里伐树时，巨人从来不敢露面。"

第二天，二儿子去森林里伐木，才砍了几斧头，就和大哥一样被巨人恐吓住了。二儿子吓得扔掉斧头，飞奔回家，甚至比哥哥跑得还快呢！父亲看到二儿子也跑回家了，生气地说：“巨人之所以恐吓你，就是因为你是胆小鬼。我年轻时去森林里伐树，巨人从来不敢露面，更不敢恐吓我。”

第三天，三儿子阿斯凯皮尔坦要去森林里伐木了。

两位哥哥对弟弟冷嘲热讽：“你这位大人物连门都没出过，今天一定会马到成功！”

阿斯凯皮尔坦丝毫不理会哥哥们的挖苦和嘲笑。他请求妈妈为他准备一口袋食物。家里没有现成的吃的，妈妈就架起锅，为阿斯凯皮尔坦做了一锅干奶酪和黄油。阿斯凯皮尔坦把干奶酪和黄油放在背包里，就出发了。

阿斯凯皮尔坦刚刚砍了几斧子，巨人又来了，气势汹汹地吼道：“你胆敢砍伐我的森林，我就把你打死！”

阿斯凯皮尔坦没有像两个哥哥一样逃回家，而是拿出背包取出奶酪，当着巨人的面用力压挤奶酪，把奶酪里的乳清都挤出来了。

他盯着巨人的眼睛，无所畏惧地吓唬道：“如果你不马上闭嘴，我就把你像挤这块石头一样，挤出汁来！”

“亲爱的年轻人，饶了我吧，求求你千万不要这么做，我会帮你伐木的。”巨人吓得苦苦哀求道。

听到巨人说愿意帮助自己伐木，阿斯凯皮尔坦饶恕了巨人。巨人力气很大，伐木很快，仅用了一天的时间，他们就伐了足够多的木材。

天黑了，巨人邀请阿斯凯皮尔坦：“你回我的家吧，我家比较近。”

阿斯凯皮尔坦接受了巨人的邀请，和巨人一起回到家里。巨人去生火，他去提水。但是巨人的水桶实在太大太重了，他根本拿不动。他说：“这些水桶像顶针一般大小，毫无用处。要不，我把整个水井搬来吧，这样更方便！”

“亲爱的，千万不要这么做。你可是个好人，一定要大发慈悲。”巨人说，“我不能失去那口水井。我去提水，请你负责生火吧！”

很快，巨人提来了水，然后熬了一大锅麦片粥。

“喂，”阿斯凯皮尔坦说，“我想与你比赛喝粥，你敢和我比赛吗？”

“好啊。”巨人毫不迟疑地回答，他坚信自己一定能够取胜。阿斯凯皮尔坦和巨人坐在桌子旁边，准备开始比赛。阿斯凯皮尔坦把皮背包提前藏在了衣服里，喝粥时，偷偷地把大量的粥都倒入了背包里，而他只喝了很少的粥。当背包里装满了粥，他拿出一把锋利的刮刀，在背包上划出一个很大的洞，这样他再往背包里倒粥时，粥就会从洞里流出来。巨人不知道阿斯凯皮尔坦在做什么，喝了很多粥之后，巨人终于把勺子放在桌子上，求饶道：“哎呀，我再也吃不下去了！”

阿斯凯皮尔坦说："这可不行，我还没有半饱呢！你要学学我的样子，用刀在肚子上划一个洞出来，这样你就可以喝更多的粥了。"

"把肚皮划破，难道不会痛吗？"巨人问。

"不会，不会，放心吧，一点儿都不痛。"阿斯凯皮尔坦回答。

巨人深信不疑，也拿起刀，在肚子上划出一个大洞，结果很快就一命呜呼了。之后，阿斯凯皮尔坦拿着巨人的金银财宝，运着木材回家了。他为爸爸偿还了债务后，还有不少剩余，一家人的生活越来越好了。

乡下医生

立陶宛

从前，有一个贫穷的农民，拉着一车白桦木材去市场上叫卖。

一个财主上前问他："你这一车稻草想卖多少钱？"

"老爷，这可不是稻草，而是白桦木材啊！"

财主二话不说，举起鞭子狠狠地抽在农民的背脊上，继续问道："告诉我，你这一车稻草想卖多少钱？"

农民吓得浑身发抖，说："您说多少，就卖多少，一切都看您的意思。"

财主以稻草的价格买了一车木材，高兴极了。

后来，农民牵着一头小牛去市场上卖，又很倒霉地遇到了那个财主。

财主问农民："你这头山羊想卖多少钱呢？"

“老爷，这可不是山羊，这是一头牛啊。”

财主又抽出鞭子，狠狠地抽在可怜的农民身上，继续问道：“告诉我，你这头山羊到底想卖多少钱呢？”

“老爷，随您高兴，您想给多少钱，我就卖多少钱。”

财主以一头山羊的钱买下了农民的牛。农民哀求道：“好心的老爷，请您允许我割掉牛的尾巴作为纪念吧，这样，我会记得自己真的拥有过一头牲口！”

财主不假思索地答应了农民的请求。

“谢谢您给了我这条尾巴，好心的老爷！”农民一边说一边快步走开了，走到离财主有一段距离的地方，他冲着财主喊道：“老爷，你打了我两次，等着吧，我坚信，你会挨三次打呢！”

财主气坏了，抓着鞭子又要去打农民。农民根本不给他机会，转眼就跑得杳无踪影了。

过了一段时间，财主想安装一架风车磨坊。农民得到消息，就刮掉了胡须，把自己打扮得和木匠看上去毫无两样，带着斧头、锯子等工具，来到财主的建筑场地找活儿干。

财主就让农民和他一起去森林里挑选木料。到了森林边上，财主让一个仆人留下来看马车，带着另一个仆人和农民朝森林深处走去。一路上，农民装作认真地观察树木的模样。等看到一棵高大粗壮的白桦树时，忽然拍了拍自己的口袋，喊道：“哎呀，真倒霉！我忘记带最重要的软尺了！”

财主说：“没事，让仆人去拿。”

仆人去拿软尺了，只有财主和木匠在一起。

“仆人怎么一去不返了呢！”过了一会儿，木匠说，“哦，我突然想到一个量树的好方法。老爷，您张开双臂把树抱住，感觉一下树木的粗度，然后再张开手臂，我用手指测量出胳膊之间的距离，不就可以了吗？这样就不耽误干活了。”

财主也觉得这是个好主意，就张开双臂量树。农民大喜，一下子就抓住了财主的双手，拿绳子捆绑起来，然后拿出了怀里的牛尾巴，问财主：“知道这是什么吗？”

“牛尾巴。”财主吓坏了，胆战心惊地回答。

“你这个笨蛋知道这是牛尾巴啊，我还以为你根本分不清楚牛尾巴和山羊尾巴呢！”

农民拿起牛尾巴狠狠地抽打财主，又指着大树问财主："那么，你知道这是什么吗？"

"白桦树。"

"你这个笨蛋，我还以为你分不清楚稻草和白桦树呢！"

他又拿起牛尾巴，用尽力气抽打了财主一顿。临走之前，农民对财主说："你已经挨过一次打了。记住，你要挨三次打，所以你还欠着我两次呢！"

仆人回来时，发现财主被绑在树上，已经奄奄一息了。他把财主救回家，财主不敢走漏风声说是农民打了他。他甚至拒绝接受当地医生的治疗，就这样卧病在床。他派人去考那斯和维尔纽斯市请来了医生，只有这样才能不把自己的糗事透露出去，可是医生们都不知道他的病情为何如此严重。

这时，农民得知了财主请医生的事儿，就粘上白胡子，穿上长袍，在一个小玻璃瓶里装满了腌卷心菜的咸卤，又在另一个小玻璃瓶里装满了甜菜汁，还准备了三颗种子，冒充医生去给财主治病了。

他见到财主后，故意仔细地查验了一番，问道："您是被牛尾巴打伤的吗？"

财主很奇怪：多少城里的医生都对我的病束手无策，

这个乡下医生可真是神医啊，他一定能把我的病治好！于是，就点了点头。

“必须把洗澡间烧得热烘烘的，只有发一身汗，你的病才能好。”医生说。

财主赶紧命令仆人们按照医生的话去做，把洗澡间烧得热烘烘的。仆人们把财主送进了洗澡间，医生也带着药品进来了。他把那三颗种子和玻璃瓶交给仆人，说：“你们把这些药兑在一起，坚持不停地搅拌，直到水变白了，拿来给老爷搓身子，病就治好了。”

此时此刻，洗澡间里只剩下医生和财主了。医生把牛尾巴拿出来，问财主：“这是什么的尾巴？”

“山羊的尾巴，山羊的尾巴！”财主一见到牛尾巴，立即惊恐地喊叫着。

“你可真是个不折不扣的笨蛋！这明明是牛尾巴呀！你等着，我来教你如何区分牛尾巴和山羊尾巴！”说着，他拿起牛尾巴，狠狠地抽打了财主一顿，直把财主打得身上没有一块好肉。

临走之前，农民对财主说：“你记着，你要挨三次打。现在已经挨过两次了，还欠着我一次呢！”

财主再次让人去请医生来，他知道无法隐瞒自己被农民打了的事实，就把真相告诉了医生们。这次医生们知道了病根，很快就制定了医治方案。病好了之后，财主担心农民再次报复，出门时都会带着大量的仆人。

农民听说财主康复了，还准备去教堂做感恩祈祷，就找到了一个茨冈人[①]。他对茨冈人说道："你帮我把财主身边的仆人引走，我会付给你一个卢布当作报酬。"

---

① 茨冈人，对吉卜赛人的别称。

茨冈人答应了，他早就看财主不顺眼了，更何况还有钱赚呢！

茨冈人打扮成农民的样子，骑着快马提前到达矮树林里，等着财主露面。他一瞧见财主的四轮马车远远驶来，就喊道：“你已经挨过两次打了，还欠着我一次打呢！”

“把他捆起来，活活打死！”财主以为是农民来了，对仆人们发号施令。

仆人们都去追赶茨冈人了，但是茨冈人骑着快马转眼之间就跑得无影无踪了。这时，农民从矮树林后面现身，把财主从四轮马车上拽了下来，从怀里掏出牛尾巴问道：“喂，老爷，这到底是什么的尾巴呢？”

“别再问啦！别再问啦！”财主吓得瘫坐在地上，泪流满面地求饶着，“只要不把我打死，你就随便打吧！”

农民又用牛尾巴狠狠地抽打了财主一顿。临走之前，他对财主说：“我已经要回了木材和牛的账，与你两清了。但是，我可治好了你那令人讨厌的老爷病，记着，你还欠着我的债呢！”

从此之后，财主再也不敢到处欺凌他人了。

中外民间故事

非洲民间故事

竹马书坊 / 编著

古吴轩出版社

图书在版编目（CIP）数据

中外民间故事. 非洲民间故事 / 竹马书坊编著. --
苏州 ：古吴轩出版社，2021.3
ISBN 978-7-5546-1662-8

Ⅰ. ①中… Ⅱ. ①竹… Ⅲ. ①民间故事—作品集—非洲 Ⅳ. ①I17

中国版本图书馆CIP数据核字（2020）第239309号

责任编辑： 蒋丽华
见习编辑： 张雨蕊
策　　划： 村　上　张卫忠
内文插画： 柳玲玲
封面插画： 画儿晴天
封面设计： 侯茗轩

书　　名： **中外民间故事（非洲民间故事）**
编 著 者： 竹马书坊
出版发行： 古吴轩出版社
地址：苏州市八达街118号苏州新闻大厦30F　　邮编：215123
电话：0512-65233679　　传真：0512-65220750
出 版 人： 尹剑峰
印　　刷： 唐山市铭诚印刷有限公司
开　　本： 880×1230　1/32
印　　张： 18.5
字　　数： 301千字
版　　次： 2021年3月第1版　第1次印刷
书　　号： ISBN 978-7-5546-1662-8
定　　价： 98.00元（全3册）

目录

阿玛创世

相传，世界是由最高天神阿玛创造的。阿玛见世界上空空荡荡，漆黑一团，非常不满意。他随手抓来了泥团，先搓成一个大的圆球，又搓成一个小一点的圆球，最后又搓了许许多多更小的圆球。他把这些泥球放在火里，煅烧了整整三年半。当圆球被烧成白热化状态时，阿玛用八根红线把最大的圆球围绕起来，放到天空中，最大的圆球变成了光芒四射的太阳。阿玛又用八根白线把小一点的圆球围绕起来，放到天空中，小一点的圆球变成了皎洁美丽的月亮。做完这些之后，他又把许许多多的更小圆球抛掷到天空中，这些圆球就变成了数不胜数、闪闪发光的星星。

做完这一切，阿玛又用一团黏土捏成了一个圆球，再把它压扁，抛到了空中，这便是地球。虽然有了太阳、月亮、星星和地球，阿玛还是感到孤单寂寞，因为世界上没有任何活的生物，毫无生机，整个世界死气沉沉的。他决定把大地作为自己的妻子，创造出成双成对的生物来，再让它们自己繁衍下去。

谁知，意外出现了。大地妻子没有生出成双成对的生物来，只生了一个像豺狼一样的孩子，取名叫伊乌鲁左。后来，她又生下了一个孩子，名字叫诺莫：他一半为蛇形，一半为人形，长着一双红色的眼睛、一条分叉的舌头、八对柔软的肢体，没有关节，通体滑腻；全身覆盖着一层短毛，闪闪发亮，如同水的颜色。阿玛任命他为水神，掌管世上的海洋、江河、雨露；同时，也让他担任太阳之火神。

诺莫见自己的大地母亲全身赤裸，并且不会说话，非常难过，就用天上的植物纤维给大地母亲编织了一条裙子。这种纤维裙子凝聚着神灵之气，藏有让人说话的神奇功效。大地母亲有了这条裙子，不再赤身裸体，并且获得了说话的能力。

可是，依乌鲁左不仅长相丑陋，还有一副坏心肠，做了许多坏事。大地母亲为他耗尽了精力，身体一天天衰弱，逐渐变得贫瘠、干旱，奄奄一息。天神阿玛发现妻子的变化之后，决心拯救她。阿玛和诺莫商量了一番后，诺莫决定牺牲自己来拯救大地母亲。诺莫的血肉降落的地方立即长出了茂密的森林和青翠的草地。阿玛降下了大雨，为大地注入精力。大地重获新生，又孕育了八个子女。他们都是雌雄同体，可自体受孕。这时，阿玛又把诺莫的碎尸块搜集起来，用天土粘接在一起，重新复活了他，并安排他和另外八个子女带着各种动物、植物、矿物、工具等一起下降到世间。

诺莫降临世间后变成了鱼身，从此生活在江河湖海之中。那八人也按照旨意，依次降临到大地上。第一个降临世间的是铁匠。他随身携带着铁匠用具，还从天庭偷来了火种，那是打铁时少不了的。谁知，当他降到地面时，不小心被打铁的工具砸伤了脚。从此，人的手脚就有了关节。其他几个原始祖先——皮革匠、挖土匠等也相继带着自己的器具来到了凡间。

但第八个祖先没有遵守下凡时的次序，抢在第七个祖先前下凡了。第七个祖先非常气愤，他变成了一条巨大的蛇，凶猛地去咬其他七个祖先，并把他们从天上带下来的种子撒得到处都是。其他七个祖先联合起来，杀死了巨蛇，吃掉了他的身体，将蛇头埋在了巨坑之下，上面又压了一块石板。天神阿玛不忍心见到自己的子女有任何伤亡，又把第七个祖先复活了。

后来，八个原始祖先创建了八个部落，他们相互传授本领，共同生活。从此，人类在广袤的大地上迅速地繁衍起来。

神的特使

莱克巴是马乌利扎最小的儿子，也是众兄弟中最聪明机灵的一个，所以深得父亲的喜爱。但他总是仗着聪明和宠爱搞一些恶作剧，令人十分头疼。

一次，马乌利扎想要举办一场音乐舞蹈比赛，天上、地下、海里的诸神都来了。他们一个个都上场大显身手。轮到莱克巴了，只见他手握一根短笛，轻轻地横在口边，吹了一首优美悦耳的曲子。一曲终了，他又跳起了舞。只见他尽情地跳着、舞着，直看得诸神如痴如醉、似颠若狂。就连马乌利扎也身不由己地摇头晃脑，手舞足蹈起来。

比赛结束，莱克巴的音乐和舞蹈才能使他获得了极大的成功，一举夺得了第一名。马乌利扎赐给他最高的荣誉，封他为众神的“翻译”。原来马乌利扎传授给各个子女的语言各不相同，以免他们相互交流，互相干扰。现在，马乌利扎让莱克巴既通晓马乌利扎的语言，又通晓各兄弟的语言，派他自由出入各兄弟的王国，把各国的事态汇报给自己。诸兄弟都把他视为马乌利扎的特使，不敢有所隐瞒和怠慢。就这样，莱克巴的地位高过了各兄弟诸神。

但是，莱克巴并没有认真地执行任务，而是利用特殊身份，在各兄弟王国之间挑起争端，把事情搞得一团糟。

马乌利扎把管理大地的权利交给了达佐得日，然而赫维得奥对此心怀不满，他认为这个位置应该是他的。有一年，天下大旱，急需一场雨水。马乌利扎派莱克巴通知赫维得奥去行云布雨，赫维得奥发牢骚道：“父王就是偏心，处处袒护达佐得日，把最好的位置给了他，却要我来为他服务。”

莱克巴一听，立即装出同情样，挑唆说：“对呀，我也替你不服气，那位置本该是你的，你一边管理大地，一边调整雨水，还都是顺手的事儿，两不耽误。可现在……依我看，你就不要行雨了，让大地尝尝干旱之苦吧。这样，人们一定会聚集起来，把情况反映到父王那儿，说不定父王会责怪达佐得日不尽职，把他撤了，让你去做大地之神呢！”赫维得奥一听，这真是个好主意，便把风雨雷电收了，回家睡大觉去了。

莱克巴又急急忙忙地飞到马乌利扎那里，启禀道：“父王，赫维得奥说，天上的存水也不多了，他正忙着造水呢。如果现在把这点存水化成雨，天庭就会没水喝了，怎么办呢？”

马乌利扎一听，不满地说：“怎么回事？他为什么不多制造一些水呢？为确保天国用水，让他暂不布雨，加快造水的进度！”莱克巴答应着，转身走出宫去。他心中暗自好笑，觉得能看一出好戏，就无所事事地到处游逛去了。

迟迟不见降雨，大地上的旱情更加严重了。江河干涸了，地面裂开了，树木干死了，禾苗枯焦了，不少动物也渴死了，人间简直成了地狱。越来越多的人开始抱怨：“自从达佐得日做了大地之神后，天上就一滴雨也未下过，他可真是个瘟神。但愿他早一点离开这儿吧！”很快，马乌利扎得知了人们的抱怨，立即召来莱克巴，命令他去查看一下大地干旱的情况。

莱克巴朝着人间飞去，途中遇见了一只小鸟，他故意跛着腿对小鸟说：“小鸟啊，我的腿摔伤了，飞得太慢了。我着急去传达父王的旨意，你飞得快，就代我去传达吧。请通知达佐得日，命他立即燃起一大堆篝火，告诉他这是父王的命令。另外，当篝火开始冒烟之时，你要大声地鸣叫，我听到后就知道你完成了任务，我便可以返回天国交差了。”小鸟对于一位神祇的话深信不疑，更不敢怠慢，立即去通知达佐得日了。

达佐得日正在为大地干旱久不下雨而焦急，一听到父亲的信使到了，连忙出来迎接，却发现并不是自己的兄弟莱克巴，而是一只小鸟，觉得非常奇怪。小鸟向他转述了莱克巴的话，这让达佐得日更加疑惑了，但是他又不敢不从，便收集柴火，点燃了一大堆篝火。小鸟一见烟火冒起，立刻大声鸣叫着飞走了。莱克巴一听到鸟鸣，立刻返身朝天空飞去。他故意慌慌张张地去见马乌利扎，焦急地喊道：“不得了了！大地已经干得着起了火，地上的一切生命都有可能被烧死。一旦大火蔓延开来，只怕天国也要遭难了！”

马乌利扎一听，大吃一惊，赶紧飞出宫殿，向人间看去，只见大地之上大火熊熊，直冲云霄，不由得怒吼道：

“达佐得日干什么去了？他是怎么当这个大地之神的？”他又连忙吩咐莱克巴：“快去叫赫维得奥行云布雨，把天上的雨水通通降下去，一定要灭掉大火！赫维得奥对自己的工作太不尽职了！”

赫维得奥听说父亲发火了，一下子睡意全无，赶紧飞到大地之上行云布雨，下了一场大雨，浇灭了大火，也解除了旱情。达佐得日和赫维得奥遭到了马乌利扎严厉的训斥。兄弟俩被骂得垂头丧气，一声也不敢吭。而这一切的作俑者——莱克巴，强忍着笑意，宽慰着马乌利扎，并为两个兄弟说情，最终这件事才过去了。

后来，马乌利扎还是弄明白了事情的真相，

就把莱克巴的特权收回了。莱克巴没有什么事做，便常常偷跑到下界行骗。他用神通变出来一条毒蛇，藏在通往市场的道路旁。当人们进出市场时，就会被毒蛇咬伤。这时，莱克巴就会出现，为被蛇咬伤的人提供蛇药。这样一来，治好伤的人就会给他许多报酬，他借此机会发了大财。

马乌利扎发现莱克巴太难管了，而他知道的东西又太多，加上他会的秘语也多，担心他会泄露天机，从而导致世间大乱，就把他的双目弄瞎了。

从此以后，莱克巴成了一个终日生活在黑暗中的盲人，再也不能到处乱跑了。

雅达巴的故事

很久很久以前，水神和智慧之神叶亚居住在叶里多市。有一天，他觉得自己太孤单了，就利用神通造了一个人当儿子，并给儿子起名为雅达巴。叶亚神赋予了雅达巴聪明才智，雅达巴也很认真地为叶亚神工作。叶亚神所居住的神殿面对着大海，雅达巴每天都会驾驶帆船出海，为叶亚神捕鱼。

有一天，雅达巴像往常一样出海了。谁知，南风不约而至，它挥舞着像鸟儿一样的翅膀，猛烈地吹起来，掀起了三尺高的大浪，把雅达巴的帆船吹翻了。

雅达巴掉进了大海里。他非常生气，狠狠地诅咒道：“你这好没道理的南风，净做一些惹人厌的事情！我一定要把你的翅膀折断，让你再也不能兴风作浪。”他的话音刚落，南风的翅膀真的折断了，海面上顿时风平浪静。

过了几天，天神亚努觉得很奇怪，就问巨人伊拉布拉特："南风已经七天没有刮了，到底是怎么回事呢？"

伊拉布拉特回答说："我的主人啊！这是因为叶亚神的人类儿子雅达巴把南风像鸟一样的翅膀折断了。"

亚努神很生气，要抓雅达巴前来问罪。

身为智慧之神的叶亚立刻知悉了这件事，赶紧喊来雅达巴，告诉他祸事来了。为了避免雅达巴丢掉性命，叶亚给了他一些忠告，让他牢牢记住。叶亚神说："从现在起，你要把头发留长，还要穿上丧服，表示你正在服丧。当你到达天上亚努神的宫殿前时，塔莫斯神和其斯几达神一定会问你为什么要穿丧服，你就说是为了在这个国家中消失的塔莫斯神和其斯几达神而穿的。这样一来，他们就会很高兴，肯定会在亚努神面前替你说好话。你千万要记住：亚努神可能会请你吃死亡面包，你千万不能吃；也许他会请你喝死亡之水，你也不可以喝；也许他会拿出众神的衣服，你也不可以穿；也许他会拿出香油，让你涂在身上，你也不要涂。你千万要记住这些事情，不然我也救不了你。"

没过多久，亚努神的使者就来了。他们以折断南风鸟翼的罪名，把雅达巴押到了亚努神所住的地方。

到了亚努神的宫殿门口，雅达巴果真见到了塔莫斯神和其斯几达神。他们询问雅达巴为什么穿着丧服。

雅达巴假装没有认出两位大神，故作伤悲地说：“这是因为在我们的国度，塔莫斯神和其斯几达神突然不见了，所以我就穿上了丧服。”两位大神听了很高兴，决定跟着雅达巴一起去见亚努神，等一有机会就把他救下来。

亚努神见雅达巴来了，审问道：“雅达巴，你为什么要折断南风的鸟翼？”

雅达巴恭敬地回答说：“尊敬的亚努神啊！我可没有动手。你不知道，我每天都在为叶亚神捕鱼。谁知，可恶的南风一下子吹翻了我的小船，害得我掉进了大海里，于是我就在心里诅咒了南风一句，谁知道就应验了呢。”

这时，塔莫斯神和其斯几达神开口了，他们纷纷表示：“这么看来是南风做得不对，雅达巴不过是发了句牢骚，没想到会变成现实。”亚努神想了一下，也觉得错不在雅达巴，就想赐予他一些特别的礼物，为南风的无礼和自己的鲁莽而道歉。于是，他命令侍从搬出一些珍贵的礼物。

首先，侍从端来可以长生的食物给雅达巴，但是他没有吃；接着，侍从又拿来生命之水请他喝，但是他没有喝；然后，侍从们又拿出各式各样的神的衣服，他也没有穿；最后，侍者拿出香油，他也没有涂在身上。

亚努神看到这种情形，觉得非常奇怪，遗憾地问雅达巴："为什么你不肯吃不肯喝，也不肯用这些东西呢？"

雅达巴没有吭声。

亚努神感叹道："你知道吗？你失去了做神的机会。唉，人果然还是人啊，你还是回到地上去生活吧。"

雅达巴谨遵叶亚神的话，让自己失去了变成神的好机会。亚努神很同情雅达巴，就想办法让他在叶亚神所在的叶里多市拥有了一些特殊的权利，雅达巴的日子过得很不错。

雷神的礼物

雷扎是天上掌管电闪雷鸣的雷神，他的眼睛化为满天繁星，眨动之间就会形成一道道闪电，他的怒吼则是轰鸣的雷声。他所到之处，必定伴随着暴风雨。

那时，大地上空无一人，也没有野兽。雷扎派了两个人来到人间，这两个人是男人穆伦加和女人穆维娜姆布吉。他们来到大地上生活，繁衍了很多子孙后代，大地上变得越来越热闹。这些人过着最原始的生活，吃的是树上的野果，喝的是河里的水。

雷扎住在天上，一直默默地关注着穆伦加和穆维娜姆布吉，以及他们的后代。看到他们的生活比较艰辛，雷扎就想送他们一些礼物，改善一下他们的生活。他找来三个大南瓜，去掉了里面的瓤，做成三个空盒子，然后把自己精心挑选的礼物放了进去，叫蜂鸟把礼物送给他们。临走前，雷扎再三叮嘱蜂鸟：“在没见到他们之前，千万不能把盒子打开！”蜂鸟答应了。

那时候，蜂鸟还不叫蜂鸟这个名字，身体也不像现在这样娇小。相反，它体形庞大，翅膀展开后遮天蔽日，一天能轻轻松松地飞几万里。蜂鸟带着礼物出发了，它对盒子里的东西非常好奇：“这里面究竟是什么呢？雷神为什么不让我看呢？我偷偷看上一眼，应该不会出什么问题吧？”它刚想打开盒子，突然想起了雷神的叮嘱，赶紧停下了。

又飞了一会儿，蜂鸟又忍不住了，心想：“我只瞧上一眼，雷神肯定不会知道的。”于是，它打开了第一只盒子，发现里面装的是玉米、甘蔗、花生、棉花等作物的种子；它又打开了第二只盒子，发现里面装的是香蕉树、枣椰树、咖啡树等各种树木的根。蜂鸟想：“雷神可真是奇怪，这些普通植物的种子、树根有什么好保密的呢？”蜂鸟盖好盖子，不想看第三只盒子了，它认为第三只盒子里肯定也不会有什么好东西。然而，就当它准备重新上路时，第三只盒子突然动了一下，一下子挑动了蜂鸟的好奇心。蜂鸟抑制不住心中的激动，再次把雷神的话抛到了九

霄云外。它刚把盒子盖掀开一条细缝，里面的疾病、死亡和猛兽倏地从盒子里跑了出来，飞向四面八方。蜂鸟吓坏了，赶紧去盖盖子，但为时已晚。一眨眼工夫，疾病、死亡和猛兽就都消失得无踪无影，一齐降临大地，开始祸害人间了。

蜂鸟知道自己闯了大祸，它把三只盒子——当然有一只已经是空的了——交给穆伦加和穆维娜姆布吉后，就偷偷地躲了起来，没敢回到天上复命。

收到雷神的礼物后，穆伦加和穆维娜姆布吉非常高兴，他们把各种粮食的种子和树木分发下去，全部种上，从此过上了自给自足的日子。然而，他们也遇到了前所未有的灾难——承受着来自疾病、死亡和猛兽的威胁：有的人染上了恶疾，痛苦不堪；有的人寿终正寝，死了；有的人被猛兽夺去了生命……新的灾难吓得人们惊慌不已，纷纷向天神祈祷求助。

雷神雷扎听到了来自大地上的祈祷声，这才得知蜂鸟没有听从自己的吩咐，擅自打开盒子，放走了疾病、死亡和猛兽。他非常愤怒，发出了一阵阵雷鸣般的吼叫，双目之间流动着耀眼的闪电，一下子就发现了蜂鸟的藏身之处。雷扎对蜂鸟吼道："你不听警告，擅自打开盒子，你要为自己的行为付出代价。从今日起，你会变成世界上身体最小、飞得最低的鸟儿，所有的鸟儿都可以欺负你、打压你，你唯一的安乐之所就是花心。现在，你就前往人间吧！你所放走的一切灾难，你都将亲自领受一番。"说罢，雷神大手一挥，把蜂鸟打落在地。紧接着，蜂鸟庞大的身体迅速地变小，最后小得只比蜜蜂大一点。从那以后，蜂鸟便有了“蜂鸟”这个名字。

雷扎惩罚了蜂鸟后，亲自降临人间，教导人们如何躲避灾难。他教人们建造房屋，以躲避凶禽猛兽的袭击，防风御寒；他教人们学会生火，吃烤熟的食物，减少疾病的发生；他教人们学习加工皮革，缝制衣服，抵御严寒，人类因此增强了体质，减少了死亡。雷扎还教会人们炼铁，制造矛、斧、镐等工具，用来打猎、伐树和耕种土地。人们在雷扎的帮助下，远离了猛兽和灾难，重新过上了好日子，大地上又充满了欢声笑语。

仙女福丽莎

从前，有一个人娶了两任妻子。前妻在孩子很小的时候就去世了。他新娶的妻子带来了一个女儿，要比他的女儿大一些。谁知，新妻子的心肠很坏，常常虐待他的小女儿。

有一天，她派两个孩子到河边打水，可是，给的工具却不一样：给大女儿的是一个研钵，给小女儿的却是个筛子。大女儿很容易地打到水回家了；小女儿把筛子放进水里，打了好多回，一滴水也打不起来，累得筋疲力尽。她的手一松，筛子就掉进河里，被水冲走了。

小女儿非常害怕，水没打回去，还丢了工具，回家后肯定会被后母责罚。于是，她就顺着小河去追那筛子。追着追着，迎面走来一个人，她请求道："求求你，帮我把筛子捞起来吧，谢谢你。"

"行，你先给我洗洗衣服，捉捉头上的虱子，剃剃头，再刮刮胡子。我就帮你去捞筛子。”那个人说。

小女儿照着做了。等她把这些活儿全部干完了，那人指着前面说：“你看，那边来人了，你去求求他，他会帮你从小河里捞起筛子的。”

于是，小女儿又去请求刚来的那个人。那个人也叫她干了同样的活，可是等到她把活干完了，那个人也不帮忙，又让小女儿去找别人。一连求了几个人，人人都是这样。最后，第七个人对她说：“你去敲这户人家的门。一边敲，一边喊‘哦！福丽莎！幸运的人儿啊！我找你来了’。这样，你会有意想不到的收获，快去吧！”

小女儿按照他的话上前敲门，边敲边喊：“哦！福丽莎！幸运的人儿啊！我找您来了。”

福丽莎听到敲门声，来到门口，说：“谁使我高兴，我就让他快活；谁要找我的麻烦，我就生他的气。”接着，她又问：“你愿意从门里进来呢，还是从阴沟里进来？”

“好太太，”小女儿说，“您要我从哪儿进，我就从哪儿进吧！”

福丽莎就让她从门里走了进来，然后又问：“你要坐丝绸垫呢，还是坐针毡？”

“好太太，您看怎么合适，就怎么办吧！”

福丽莎就让她坐在丝绸垫上，然后又问：“我该用什么来招待你呢？宰一只狗还是杀一只羊？”

“好太太，您给我什么，我就吃什么。”

福丽莎宰了一只羊给她吃，然后又问：“你爱喝粥呢，还是爱吃面包？”

“都行！您瞧着办吧！好太太。”结果，小女儿得到了小麦面包。

第二天早上，福丽莎去看小女儿，对她说：“我想把你带到一间屋子里去，一间里面都是蛇，一间里面都是金子，你要进哪间？”

“您让我进哪间，我就进哪间。”

仙女福丽莎带小女儿走进一间屋子，里面有许多金子。她装了满满一口袋金子，送给小女儿，然后又问：“你是准备从大门出去呢，还是从阴沟出去？”

“我都照您说的办，好太太。”

福丽莎打开了门，送小女儿出去了。小女儿带着金子回家了。家里的小狗一见到她就叫起来：“汪汪汪，小主人带着好东西回来了！”

小女儿走到父亲跟前，把带来的金子全都给了父亲。后母一见到金子开心坏了，就问小女儿：“你是怎么得到这些金子的？”小女儿把事情的经过详细说了一遍。后母牢牢地记在心里，叮嘱自己女儿明天照着做，一定要得到更多的金子。第二天，后母又让两个孩子去打水。这一次，她把筛子给了亲生女儿。

可是，大女儿和妈妈一样坏。她打不上水来，就发了一通脾气，直接把筛子扔到了河里。筛子随着河水漂流，她就沿着河岸跑，想把筛子捞上来。妹妹经历过的事情，她全都遇上了。那些人叫她洗衣服、剃头等，她什么也不肯干，还骂人家。最后，她去敲福丽莎的门了。

福丽莎打开门，问道：“你想从门里进来，还是从阴沟里进来呢？”

“当然从门里进。”

“你要坐丝绸垫还是针毡？”

“当然坐丝绸垫。”

事与愿违，福丽莎让她从阴沟里爬进来，并坐在针毡上，也没有给她羊肉和面包吃。

第二天早上，大女儿要求到那间放着金子的屋子里去。福丽莎却把她推进了满是蛇的屋子里，还用袋子装了一条蛇，让她背着从阴沟里钻出去。

大女儿回到家，小狗立刻就叫了起来：“汪汪汪，小主人带着蛇回来了。”

母亲气坏了，打了小狗一顿，说：“那个孩子带好东西回来，难道我的女儿就带蛇回来吗？”

大女儿把袋子交给了妈妈。她们把口袋打开，伸进手去摸金子，结果都被蛇咬伤了。没过多久，歹毒的母女俩全都死了。就这样，小女儿和父亲靠着那些金子，过上了幸福的日子。

太阳和月亮

传说在遥远的天国有一位国王，他有两个儿子，大儿子叫月亮，二儿子叫太阳。由于王后去世得早，两个王子都是国王抚养长大的。

一天，国王得了重病，他觉得自己快不行了，就把两个儿子叫到病榻前。他看着年长的月亮，又看看年幼的太阳，有气无力地说："我怕是活不久啦。我死后，你们兄弟二人各得一半财产。"说完，国王又嘱咐月亮道："月亮，你是哥哥，而且已经成家了，一定要照顾好年幼的弟弟。弟弟的财产暂时由你代管，等他成年后，你再如数交给他。"月亮一口答应下来。

没过多久，国王就死了。太阳按照父王生前的安排，住在哥哥月亮的宫中。但是，月亮并没有履行承诺，他和妻子想霸占整个天国，也想私吞弟弟的财产，每天都祈祷着、盼望着弟弟太阳发生意外。他们对待太阳像仆人一样，动不动就对太阳又打又骂，还不给太阳吃，不给太阳穿。

时光如梭，太阳在哥哥的虐待下顽强地长大了。这天，太阳想要回自己的半个天国和应得的财产，摆脱哥哥的束缚。但是月亮矢口否认，他说："父王从没说过要咱们平分国家和财产，他去世时，你还小，你肯定记错了。再说我是长子，理应继承父王的一切，谁要想夺走一分，他就得死！"

太阳看到哥哥不仅想独吞天国和财产，还想置自己于死地，连夜逃到了相邻的国家，过起了隐姓埋名的日子。他听说邻国的国王正在招聘牧羊人，就去应聘了。他腿脚勤快，把羊儿养得又肥又壮，很快就赢得了王宫中所有人的好感。国王最宠爱的小女儿非常喜欢太阳，有意嫁给他。国王知道以后，也觉得太阳非常靠谱，就欣然应允了他们的婚事。

到了此时，太阳觉得不能再隐瞒自己的身份了，就一五一十地把自己的经历告诉了国王。国王听说太阳是邻邦的王子，喜出望外，马上命人筹备婚礼，将小女儿嫁给了太阳。婚后，国王为太阳夫妇准备了丰厚的礼物以及大批的牛羊，并安排军队一路护送他们回国省亲。

回到久别的故土，太阳高兴坏了。而他的哥哥月亮听闻失踪多年的弟弟突然回来了，感到十分惊恐，不知该如何是好。太阳见到月亮后，对月亮以礼相待，并没有提起往事，也没有要回财产的意思，反而把带来的礼物和一部分牛羊赠送给了月亮。

月亮得到礼物并不高兴。他一想起太阳拥有成群的牛羊以及年轻貌美的新娘，就特别妒忌，又动了加害太阳的心思。

一天，月亮看到太阳正在山坡上放牧，就走过来说："弟弟，牛羊总是吃草可不行。我知道那边的山坳里有个盐坑，咱们可以挖点盐来喂牛羊，这样它们长得更健康。"太阳没有怀疑哥哥的用意，跟着哥哥来到了山坳里。他一看到盐坑，二话不说就跳下去挖盐。谁知，他刚挖了几下，月亮就把事先堆放在坑边的大石头推了下去，把太阳活活砸死了。

月亮一边哭一边跑回王宫，装作十分悲伤的样子对弟媳说："这可怎么办呀？我弟弟下到盐坑中挖盐，结果盐

坑塌方了，他被石头砸死了。”太阳的妻子大惊，立即赶到盐坑旁，看到丈夫的尸体后，她放声痛哭起来。突然，她想起小时候王宫中的巫医曾向她传授过起死回生之术，便想试验一番。她找人把丈夫的尸体弄回家，悄悄地取了丈夫的一块肉，放到一个干净的大葫芦里，然后安排了丈夫的丧事。

从那天起，她每天都往葫芦里面放一些牛肉和羊奶，再念一段谁也没听过的咒语。没想到三个月后，葫芦自动裂开了，太阳竟从里面走了出来。他一步一变化，很快就恢复成原来的样子。妻子欣喜若狂，激动得泪流满面，询问到底是怎么回事。太阳把自己被害的经过告诉了妻子。妻子很害怕，为防止月亮再次加害太阳，她把太阳关在房中，不让他出门，也不让任何人接近他。

根据天国的传统习俗，弟弟去世满一年后，哥哥可以迎娶弟媳。因此，在服丧的这段时间里，月亮非常开心，早早地做好了迎娶弟媳的一切准备工作。他准备举行最盛大的宴席，并向自己的文武大臣、有权有势的贵族、友邦的王族贵戚等都发了婚礼请柬，还派送使者带着礼物和请柬去邀请未来的岳父、岳母。

到了婚礼那天，各个国家的国王和全国各地的贵族名流都拿着请柬，带着礼物，坐着豪华马车来了。月亮满面春风地站在宫门口，迎接各位宾客。美酒佳肴都已摆上了桌，鼓手和乐师们卖劲地演奏着，舞者和歌者卖力地表演着，皇宫里到处洋溢着喜悦的气氛，好不热闹。

这时，新娘的父亲走到舞台上，做了一个手势，场面顿时安静下来。他清了清嗓子，环顾四周，然后高声宣布："今天，是小女的大婚之日，首先感谢各位宾客的到来。我宣布——婚礼仪式现在开始，有请新娘。"老国王的话音刚落，掌声就如雷般地响了起来。

伴随着掌声，新娘穿着洁白的礼服缓缓地走了出来。客人们从最开始的期待，到羡慕，到最后全都惊呆了。因为在美丽的新娘身旁还站着一个男子，只见他披着锦袍，腰间挂着宝剑，昂首挺胸，雄姿英发，赫然就是已经死去的太阳！

美丽的新娘挽着太阳的胳膊走上了舞台，本来寂静的场面一下子沸腾起来。此时，站在舞台中央，身穿精美礼服、头戴白色王冠的月亮傻了眼，一下子瘫坐在了地上。

太阳向在场的宾客讲述了自己的所有遭遇，从父王的

遗言，到被迫出走，再到被害而死，一桩桩一件件都细说了一遍。人们都惊呆了，难以相信月亮国王竟然做出了这样天理难容的事情。他们无不义愤填膺，高声怒吼道："处死月亮！处死月亮！"

太阳摆了摆手，示意人们安静。他心平气和地说："不管他做了多少错事，我都会原谅他，毕竟他是我的哥哥；但是他的恶是无法获得原谅的，所以我必须惩罚他。我建议把他放逐到天边，为天国守夜。"人们被太阳的善良、正直感动了，纷纷起立鼓掌，全都赞同太阳的办法。

从此，天国由太阳治理，从早到晚，忙个不停；而月亮终年待在天边，为天国守夜。

水妖拉法拉

据说在绿河里有一座漂亮的城堡，城堡里住着一个水妖，名字叫拉法拉。水妖有一头火红色的长发，还有一个名叫伊加拉的女奴。

有一天，水妖带着女奴爬上了绿河边，在金沙滩上玩耍。这时，国王安特里阿姆巴胡阿加看见了她们。正当他伸手去抓拉法拉时，她纵身跳入了绿河，女奴伊加拉也跟着跳入水中。国王十分惆怅，闷闷不乐地回到了位于小山岗上的行宫里。

第二天，他去找巫师占卜。国王说："我看见两个非常漂亮的姑娘，我想娶其中一个为妻，但她们跳入水中，被波浪淹没了。"

巫师丢开占卜用的谷粒，说："孩子啊，这两个姑娘住在绿河的河底，没有我的帮助，你是找不到她们的。"

“我该怎么办呢？”国王问。

“先找一个从来没唱过歌的牧民，把他同五个金币一起交给我。”

“好，”国王回答说，“我马上派人去找。”

“这枚驱邪符给你，你带着它躲在沙里。等姑娘走到岸上，头发上的水晒干后，你抓住她们的头发就可以了。”

国王照巫师说的把一切都准备好了，然后藏进了绿河边的沙里。不久，拉法拉同女奴从水里游了出来，躺在沙滩上晒日光浴。国王看到她们的头发已经晒干了，悄悄地从沙里爬出来，一把抓住了拉法拉的头发。

“我想和你结婚。”他对拉法拉说。

拉法拉一句话也没说，国王误以为她是哑巴。国王带着她朝王宫走去，路上不断地向百姓们宣告：“百姓们，她就是住在绿河中的拉法拉，她将成为我的妻子。”

百姓们问：“她的父亲是谁？她的母亲是谁？她一直住在绿河里吗？她来自哪里呢？”

这些问题把国王问懵了，他不知道该怎么回答。拉法拉和伊加拉一句话也不说，好像一动不动的石头或干树枝一样，人们都摇着头走开了。

就这样，国王和拉法拉结婚了，日子过得很幸福。后来，拉法拉还为国王生了一个儿子。

有一天，国王外出了，拉法拉独自留在王宫中照顾孩子。突然，小王子大声哭起来，拉法拉赶紧把他抱在怀里，用手轻轻拍着，唱着歌，哄小王子睡觉。她的歌声像小银铃发出的声音，非常好听。恰巧，国王的一个女奴听见了。当国王回来时，女奴告诉国王："我的主人啊！当你不在时，我突然听到王后在唱歌，她的声音像只小银铃。"

"你能对这话发誓吗？"国王的眼睛瞪得很大，质问道，"她真的会唱歌吗？"

"真的！"女奴认真地说，"我发誓，她会唱歌。"

国王在女奴的掩护下，藏到了拉法拉旁边的桌子下。这时，孩子又哭了，拉法拉果真唱了起来。

国王惊喜极了，一下子从桌子下面蹿了出来，叫道："拉法拉啊，原来你会说话啊！"

拉法拉突然又变成了哑巴，国王用尽一切办法让她再次说话，但拉法拉始终不吭声。国王发火了，骂她，但她依旧一声不吭。一气之下，国王打了拉法拉。

这时，拉法拉哭了，泪水不断地流下来。突然一声巨响，国王发现拉法拉的眼泪变成了一股巨流，滔滔不绝地朝着绿河奔去。拉法拉和伊加拉纵身跳入巨流之中，顺着巨流游向了绿河。

国王吓坏了，赶紧抱起儿子，去追妻子。

“拉法拉，水妖！拉法拉，水妖！你回来吧，我给你世界上最珍贵的东西！我的儿子，我的父亲和母亲！”他喊道。

拉法拉回应道：“安特里阿姆巴胡阿加！安特里阿姆巴胡阿加！你的儿子，你的父亲和母亲，不是给我的礼物！”

国王又追着、叫着：“拉法拉！拉法拉！绿河的女儿！我给你我的儿子、父亲、母亲，再加一百个女奴和一千头牛！”

拉法拉答道：“安特里阿姆巴胡阿加！安特里阿姆巴胡阿加！这一切都不是给我的礼物！”

这时，拉法拉和伊加拉已经来到了绿河的中央。河中有一条巨大的鳄鱼，正在保护着水下的城堡，只不过它的眼神看起来十分忧郁。拉法拉对它说：“鳄鱼，亲爱的鳄鱼！你是睡觉没醒还是在做梦？为什么绿河的女儿回来了，你还不打开城堡的门呢？”

鳄鱼听到拉法拉的声音后，一下子清醒了。它急忙游了过来，驮着水妖和女奴游过了七道围墙。当他们游到大门口时，门自动打开了，等他们进去后，门又马上关闭了。

周围大大小小的鳄鱼都游了过来，它们都高兴地说：

“太好了！绿河的女儿终于回来了！”

这时，国王安特里阿姆巴胡阿加抱着儿子坐在岸上，继续叫着：“拉法拉，绿河的女儿，回来吧，我请你回来吧！你的丈夫知道错了，他在为你伤心！”

他哭了很久很久。终于，两条年纪有几百岁的鳄鱼游来了，它们是拉法拉的父母派来的。

“跳下来吧！”鳄鱼说。

国王安特里阿姆巴胡阿加说：“不，我们会淹死的。”

年纪最大的一条鳄鱼说：“不要怕，我们会保护你们的！”

国王半信半疑，同儿子一起跳入水里，结果他们连衣服也没湿，鳄鱼带着他们来到了一座美丽的城堡前。拉法拉原谅了国王，从城堡里出来迎接他。她唱着歌，声音宛如银铃。她的身后跟着一大群女奴，每个女奴都像拉法拉一样有着长长的头发。

绿河国王和王后很高兴，隆重地迎接了安特里阿姆巴胡阿加和他的儿子。从此之后，国王和儿子留了下来，一家人幸福地生活在了一起。关于他们的幸福就不必讲了，因为是永远也说不完的。

蛇神

从前，在一个村庄里住着一位樵夫，他和妻子育有一儿一女，儿子是哥哥，女儿是妹妹。他们的女儿不但长得好看，心地也十分善良。可是，他们的儿子却连女儿的一星半点也比不上，不仅粗鲁野蛮，还十分自私。好在樵夫夫妇持家有道，一家人的日子过得很舒坦。

日子一天天过去，兄妹两人渐渐长大了。樵夫夫妇进入了暮年，身体一天不如一天。这天，樵夫从森林里干完活回来，觉得浑身疲惫，什么也没吃就躺在了床上。他觉得自己大限已到，就把家人叫到身旁。他有气无力地对儿子说："我就要死了。你是想继承我的财产，还是想得到我的祝福呢？"

儿子想也不想，立刻回答道："财产。"

樵夫看着心爱的小女儿，问了同样的问题。

女儿悲伤地说道："亲爱的父亲，如果一定要选的话，我宁愿得到您的祝福。"

听了妹妹的话，哥哥长舒了一口气。樵夫什么也没说，吃力地将手放到女儿的头上，给予了她最美好的祝福。之后，他便去世了。没想到，樵夫的葬礼举行后没多长时间，他的妻子也患了重病，一病不起，很快就撒手人寰了。

父母刚去世没几天，哥哥就提出和妹妹分家，他说："根据父亲的遗言，所有的财产都是我的，你把所有东西都归拢好，我要搬走。"原来，哥哥看不上这处破院子，早买了一处豪华的宅院。

妹妹没有办法，只好照哥哥说的去做。哥哥雇了一些人搬东西，他真的打算把所有的东西都搬走，一件也不给妹妹留下。村里人见小伙子把屋子全都搬空了，忍不住劝道："好歹给妹妹留点儿东西吧，不然她怎么生活呀？"哥哥担心人们说一些不利于自己的话，就留给妹妹一个做饭的罐子、一根杵和一个臼，极不情愿地说："根据父亲的遗言，我继承所有财产，妹妹得到祝福，所以她无权得到任何东西。但是，我依旧大发慈悲，给她留下了三样东西。”

邻居无话可说了，他们大部分都是穷人，也给不了妹妹太多的帮助。只能在借用妹妹的杵和臼之后，给她留上一些粮食。这些粮食仅仅够妹妹点饥，根本填不饱肚子。

这天，妹妹饿得实在受不了了，就把屋子里里外外上上下下找了个遍，希望能找到哥哥遗落的东西，拿出去换点粮食。然而，她除了在角落里找到一粒南瓜子之外，一无所获。她想了想，决定把它种在后院的井旁。谁知，她把种子种下后，刚浇完水，种子就钻出了嫩芽，然后瓜秧像被施了魔法一样，见风就长，很快就爬满了院子，紧接着就开花结果了。

狠心的哥哥听说邻居使用妹妹的杵和臼时，会送一些粮食给妹妹吃，很气愤。当天夜里，他把罐子、杵和臼全部夺走了。姑娘绝望极了，实在不知道该怎么生活下去。突然，她想起了白天种的南瓜，上面已经长了瓜，过上一段时间就会成熟了。现在，这些南瓜就是她全部的希望了。

第二天天刚亮，姑娘就爬了起来，迫不及待地来到后院，发现有几个南瓜又大又圆，已经成熟了。“太棒了！”

姑娘觉得自己太幸运了，忍不住大喊了一声。她把南瓜摘下来，背到集市上去卖，不一会儿就卖光了。她买了一些吃穿用的东西，就回家了。第二天早上，她再去后院时，发现又有几个南瓜成熟了。当她把这些南瓜背到集市上时，人们很快就买走了所有的南瓜，因为这些南瓜太好吃了。神奇的是，每天早上妹妹都能收获几个成熟的南瓜，南瓜多得仿佛永远也摘不完。没过多久，妹妹就积攒了一

些钱，买了更多的生活用品，还储存了一些粮食，日子渐渐好了起来。

世上没有不透风的墙，妹妹卖南瓜的事儿很快被哥哥刚娶的媳妇知道了。新嫂子便让人去买了几个南瓜尝尝。当妹妹得知是嫂子要吃南瓜时，怎么也不肯要钱。当天晚上吃饭时，哥哥得知南瓜是妹妹送的，不由得妒忌起来：“看来妹妹靠着卖南瓜赚了不少钱，都开始白送人了。”想着想着，他对妻子说道：“我一定要把她的南瓜秧砍了。当初她只要父亲的祝福而不要钱，她不能拥有这些东西。”

第二天一大早，哥哥果然拿着镰刀来了。他在门口大喊道：“妹妹，你种的南瓜在哪儿呢？我要看看！”

“你看它干什么？它就长在屋后的井旁边。”妹妹听到哥哥的喊声，一边回应着，一边打开了门。

哥哥进了门二话不说，朝着后院跑去。妹妹吓坏了，她担心哥哥毁掉南瓜，赶紧跟了过去。

那棵南瓜秧已经长成一片南瓜田，结了很多南瓜，飘着阵阵瓜香。妹妹赶到时，哥哥正一边挥舞着镰刀砍瓜蔓，一边恶狠狠地说：“我要砍断这些该死的瓜蔓，再砍了它的根。你的院子里不配长这么旺盛的植物。”

妹妹冲过去，伸手护住南瓜秧，大声叫道：“哥哥，你不能这样！你要是想砍断南瓜秧，除非把我的手也砍断！”

哥哥已经被嫉妒冲昏了头脑，一下子就把妹妹的右手和瓜秧一起砍断了。妹妹惨叫一声，跌坐在地上，痛哭不止。哥哥看也不看妹妹一眼，扭头就走了。邻居们听到妹妹的惨叫，纷纷过来探望，都被眼前的一幕吓坏了。他们七手八脚地帮妹妹止住血，包扎好，又帮着妹妹收拾好院子。

妹妹觉得不能再待下去了，疯狂的哥哥指不定还会干出什么事情呢。她简单地收拾了一些东西，强忍着痛，连夜跑到森林里，开始了流浪生活。她吃完所带的东西后，就开始采集野果为食，累了就爬到大树上休息。一天，她坐在大树上，瞧着自己那只残缺的右臂，想起自己悲惨的遭遇，忍不住大哭起来。

这时，这个国家的王子带着侍卫来到森林里狩猎，朝着这棵大树奔来。妹妹听到马蹄声，又见到那么多士兵，赶紧止住哭声，但眼泪却忍不住地往下流。王子来到这棵树下，靠着树干闭着眼休息。妹妹的眼泪一滴一滴地落在了王子的脸上。

王子吓了一跳，猛地站了起来，询问道："下雨了吗？"

一个侍卫回应道："王子殿下，天很晴朗，没有下雨。"其余侍卫也十分好奇，明明天空晴朗，万里无云，落在王子脸上的水滴是从哪儿来的呢？

王子吩咐道："爬到树上去看看。"

那个侍卫爬到树上，发现了正在哭泣的妹妹，顿时被她的美丽惊呆了，都忘了向王子报告。

"你看到了什么？怎么变成哑巴啦？"王子生气地大声喝问。

侍卫回过神来，连忙答道："王子殿下，这里有一位美丽的姑娘正在哭泣呢，一定是她的眼泪滴到了您的脸上。"

王子十分好奇，决定亲自爬上树去看看。他爬到树上，也被妹妹的美貌惊呆了，温柔地问："亲爱的姑娘，你为什么哭泣呢？"

妹妹说："我的经历太悲惨了，不是三言两语可以说完的。您快点离开吧，要是被我那狠心的哥哥发现，一定会伤害您。"

王子安慰她不要害怕，然后和侍卫把她安全地带下树，又将自己的外套罩在妹妹的身上，把妹妹裹得严严实实的，带着妹妹回到了王宫里。

到了王宫，王子派婢女带着妹妹去沐浴梳洗。等妹妹打扮一番后，更加楚楚动人了。王子抑制不住自己的爱慕之情，下定决心要娶她为妻。妹妹将自己的经历讲给王子听，王子听完后更加同情和爱慕她了，深情地对她说："不用害怕，这里是王宫，没有人能伤害你。我现在就去告诉父王，我要娶你为妻。"

国王和王后听王子说要娶一位来历不明的姑娘，都很生气。王子说："你们只要看到她那美丽的面容，就会知道她是一个好人。"国王和王后来到妹妹休息的房间，想看看妹妹的真容。

妹妹见到国王和王后，温柔地笑着向他们行礼。果然如王子所说，国王和王后一见到妹妹，就喜欢上了她，马上同意了王子和妹妹的婚事。

妹妹和王子结婚了，婚礼十分盛大，人们震惊于新娘的美貌，更疑惑她为何缺少右手。一时之间，坊间都在谈论和妹妹有关的事情。

幸福快乐的日子过得总是很快，王子和妹妹的儿子出生没多久，国王便派王子去边疆视察，而妹妹的哥哥来到了这座城市。他早已挥霍完了家产，沦落成了乞丐。听说王子和断臂新娘的故事，哥哥认定王子的妻子就是自己的妹妹，因而跑到王宫去求见国王。

这个狠毒的哥哥真的见到了国王。他对国王说：“国王陛下，我告诉您一件事，这事关系到王子的安全。王子带来的那个断臂女子是一个女巫，她利用巫术害死了好几任丈夫，她的右手就是因为处罚而被砍断的。请您赶紧杀了她吧，要不然王子就危险了。”

国王一听，吓得大惊失色，赶紧叫来王后商量。王后非常担心王子的安全，但不想伤害儿媳，就建议国王把儿媳和孙子驱逐出去。赶走儿媳和孙子之后，国王派人在城外堆了两座假坟，用来哄骗王子。那个心肠狠毒的哥哥因此得到了一大笔钱，还在王宫周围买了房子，做起了买卖，很快就成了富人。

可怜的妹妹带着儿子流落到了森林里，只剩下一个喂食婴儿的小罐子，其他什么东西都没有了。天渐渐变黑了，到处都是树叶的簌簌声和猫头鹰骇人的叫声，偶尔还有几声猛兽的吼叫，吓得妹妹胆战心惊。直到天空泛白，她才把一颗悬着的心放了下来。

正当她发愁该怎么办时，一条蛇从草丛里游了出来。蛇一边朝他们快速游来，一边高喊着救命：“求你救救我，让我藏到那个小罐子里吧，我正被仇敌追杀呢。”

妹妹十分惊恐，但还是把罐子放到了地上。蛇迅速地爬进罐子，盘在罐底，低声说：“如果你让我避免日晒，我就会保护你不受雨淋。”

还没等妹妹开口，从草丛里又游出来一条大蛇，高昂着头，充满敌意地问：“喂，你有看到一条蛇爬过去吗？”

妹妹吓得浑身哆嗦，用颤抖的手指向森林的另一头，结结巴巴地说：“朝那……朝那个方向……游去了。”

那条蛇觉得妹妹不像在说谎，迅速朝着森林深处游去了。

过了好一会儿，罐子里的蛇问：“它走了吗？”

“已经走远了。”妹妹回答。

蛇从罐子里爬出来，询问妹妹为什么会带着孩子在森林里。妹妹把事情的经过说了一遍，哭着说：“我的丈夫不在家，他没办法保护我。我已经没地方可去了。”

蛇说："不用担心，跟我走吧。我会遵守我的诺言。"

妹妹明白，如果继续待在森林里，生死难料，就决定跟蛇走。走着走着，蛇带着妹妹和孩子来到了一个大湖旁。

蛇说："我需要休息一下，你们可以在湖里洗个澡，缓解缓解疲惫。"说着，蛇就在大树下盘了起来，睡着了。

妹妹带着儿子下湖洗澡了。可是，小孩子太淘气了，不停地脚踢手拨地玩水。妹妹一只手根本抓不住他，孩子很快就挣脱开来，漂到了湖的深处。妹妹吓坏了，赶紧在湖里找了起来，可是连个影子也看不到。

蛇被妹妹的悲叫吵醒了，得知孩子不见了，就说："用你的右手去捞，就会找到你的孩子。"

妹妹傻了眼，悲愤地说："你怎么如此残忍？我已经弄丢了孩子，你还要拿我的右手开玩笑。"

"不！这是真的！我没有开玩笑！"蛇信誓旦旦地说。

事已至此，妹妹只好一试了。她跳进湖里，两只手在湖里摸索。突然，她感觉孩子就在她的右手边游动，她一下子抓住了孩子。孩子得救了，令她更加吃惊的是——她的右手长出来了。妹妹太兴奋了，对蛇不停地表示感谢。

蛇说：“我曾许诺，如果你让我避免日晒，我就会保护你不受雨淋。现在，我还没完成诺言呢。”说完，蛇又带着母子俩赶路了。

他们走啊走啊，终于来到了蛇族的领地。在这里，母子俩受到了热情招待，每天都能吃到丰盛的食物。日子一天天过去，妹妹有些想念丈夫了，就向蛇辞行。蛇对她说：“你知道我们都舍不得你离开。你离开时，我的父母肯定会拿出很多珍贵的礼物送给你，但你一样都别拿。你只需要我父亲的戒指和我母亲的首饰盒，有了它们，你的日子就不用发愁了。”

正如那条蛇所说的，当妹妹向它的父母辞行时，它的父母真的拿出了各种珠宝赠送她。妹妹说：“我怎么能拿你们这么多财宝呢？不如把你们的戒指和首饰盒送给我作为纪念吧。”

蛇的父母感念妹妹对儿子的救命之恩，就答应了妹妹的要求，还把使用的方法告诉了她。

妹妹感激地接过礼物，把戒指戴在手上，把首饰盒藏到衣兜里，抱起孩子，跟所有的蛇告别后就离开了。她又经历了一番波折，终于回到了城里，并向人们打听王子的消息。

其实，王子早已经回来了。他从父母那里得知妻儿去世了，在那两座假坟前大哭了一场后，就把自己关在房间里，好几天都不吃不喝。国王和王后十分担心，又不能告诉王子实情，而知道实情的宫人们都不敢说。

这天早上，王子透过窗户看到了一幢漂亮精致的房子，十分诧异，就询问仆人。一名仆人说："我也是才发现的。听人们说，房子的主人是一个漂亮的女人，和她的儿子一起住，家中珍宝无数，仆人万千。"

王子越看越喜欢，心中的忧愁一下子消散了许多，就想去参观一番。他说："去准备一下，我要登门拜访。"

仆人非常兴奋，赶忙去向国王和王后报告。国王和王后一听说这个消息，全都高兴坏了，都认为王子从悲伤中缓过来了。他们安排了护卫车队，带着众多大臣，陪同王子一起去拜访房子的主人。

房子的主人就是美丽的妹妹。她向戒指和首饰盒要了这座房子以及仆人、珍宝等。当听说国王等人到来时，她又向戒指要了几桌丰盛的饭菜，然后就带着儿子亲自站在门口迎接。王子见到妹妹，顿时欣喜若狂地飞奔过去，把

她紧紧地搂在怀里。然后，王子又抱起长大了许多的儿子，亲了又亲。

王子问道：“为什么我父母说你和孩子已经死了呢？”

“进来吧，咱们边吃边说。”她回答道，同时招呼站在门前的那些人一起享用美食。

国王和王后内心十分忐忑，连忙把事情的经过细说了一遍，并说：“我们过去认为你是个恶毒的女巫，真是不应该啊！”

接着，妹妹把她们母子被赶出王宫以后的全部遭遇讲述了一遍。

“我绝不是女巫。那个说假话骗国王的人一定是我的哥哥。”妹妹又把以前的经历，包括哥哥霸占家产、砍断她的右手的事情全部讲了出来。人们听了都十分愤怒，请求国王把这个狠毒的家伙抓起来并处死。

妹妹不忍心，向国王哀求道：“不要处死他，饶了他的性命吧。”

“那就把他从我的国家驱逐出去吧。”国王下令道。

王子还下令任何人都不准伤害蛇类，因为是蛇救了他的妻儿。

从那以后，妹妹再也没见过她那狠心的哥哥，她和王子、儿子在王宫里幸福地生活在了一起。

“木头人”

从前，有一个强盗，他接到一桩生意，替一户人家解决掉一个漂亮的女婴，事后可以得到一大笔钱。

强盗抱着熟睡的孩子朝着荒郊走去。走着走着，小女孩醒了，她看到陌生的环境和陌生的人，哇哇大哭起来。强盗停下脚步，轻言细语地哄着她。很快，女孩儿那娇柔的哭声深深地打动了强盗的心。强盗看着可爱的孩子，陷入了矛盾之中：谋杀无辜，于心不忍；发善放生，钱难到手。这时，草原上突然安静下来，平时能听到的各种声音全都消失了，只剩下孩子无助的哭声，仿佛大自然也在为孩子的未来而担心。

强盗犹豫着，实在难下决心，静静地坐了好一阵子，左思右想，还是拿不定主意。突然，他想到一个好办法，高兴得跳起来，说：“好主意！好主意！听说白蚁窝是魔

鬼出没之地，我把孩子放在白蚁窝前，让魔鬼来收拾她好了！这样，我既能得到报酬，又不会因杀人而受到良心的谴责，岂不是两全其美！”说着，他就把孩子放到了附近的一个白蚁窝旁，然后急急忙忙地跑回村子里，告诉那户人家他已将婴儿杀死并且掩埋停当，索取到报酬后，强盗就离开了。

强盗刚转身离开白蚁窝，白蚁窝内就走出来一位仙女，她抱着婴儿回到了地下宫殿，并抚养婴儿长大成人。

小姑娘一直以为仙女就是她的母亲。直到她到了出嫁的年龄，仙女才告诉她：“孩子，你并不是我的女儿，而是一个普通的人。而今你长大了，你应该回到人间去了。只是有一件事，你要做到。你必须乔装打扮一番，去体味人间百态，这样才能区分好人和恶人，保护自己不受伤害。我用木头为你准备了一副人形的套子，还会教你从里面出来的办法。另外，我再给你一个咒符，当你需要我的时候，只要摸一摸它，我就会出现在你的面前。当面对各种考验时，你一定要坚强勇敢。你的幸福就取决于你的勇气。祝你幸运，我的孩子！”随后，仙女含泪把小姑娘送到一个村子旁。

第二天，年轻的姑娘挨门儿找活干，人们却都对她十分敌视，没有一个人怜悯她，还都叫她“木头人”。这让她初步尝到了人间的冷暖、世态的炎凉。她伤心地哭起来，漫无目的地走着。到了晚上，疲惫不堪的她一头栽倒在哈马底·马纳的院子里。

哈马底·马纳是一个美男子，是很多年轻姑娘追求的对象。他的母亲聆听了“木头人”的不幸，心生怜悯，答

应收她为婢女。马纳回家后，一看见这个肮脏的姑娘就大发雷霆，认为她来历不明，责怪母亲不该收留她。他还冲着“木头人”叫道：“瞧见你这个丑样就讨厌透了！警告你，收起你的坏心思，快点儿给我滚出去，我可不想让家里有你这样一个身份不明的人！”母亲千说万劝，马纳总算同意“木头人”留下来了，但有一个条件：不准她进厨房烧菜做饭。

这天，村子里敲起了锣打起了鼓。“木头人”这才知道马纳要选新娘了。平日里马纳对母亲的孝顺、对村民的友善，她都看在眼中，因此对马纳很有好感，认为他是值得托付终身的人。于是，她请求女主人允许她去参加这个盛会。马纳的母亲平时对小姑娘就很好，答应让她去见识见识，但不许她出现在马纳面前。“木头人”答应了，出了家门后，她朝着村外的树林走去。她躲在一丛茂密的灌木丛后，从套子里钻了出来，摸了摸咒符，向仙女诉说自己的愿望。仙女立刻出现了，用漂亮的服饰将她打扮一番后，什么也没说就消失了。她想让“木头人”自己判断和选择，没有教她下一步应如何去做，因为每个人都要靠自己才能争取到幸福。

“木头人”穿着一身华丽的服装，向鼓声响起的地方走去。她步履轻盈而稳健，显得她更加雍容华贵。她一露面，人们的目光全都集中在她的身上，震耳欲聋的喧哗声、孩子们的吵闹声突然停下来，乐手们也被她的美貌所吸引，甚至忘记了吹打。

现场鸦雀无声，一片寂静。年轻的姑娘从容大方，摆动着身体继续朝前走。她的动作是如此有节奏，以至于人们情不自禁地随着她的动作而左右摆动着脑袋，活像成片的高粱穗子在晚风的吹拂下一齐摇摆。当她走进人群时，人们自动闪开了一条通道。就这样，她一直走到马纳面前。

马纳惊讶极了，他那颗狂喜的心快要跳出胸膛了。他想说话，但只见嘴唇动，却不知道说什么，只是痴痴地看着她。所有人都被她的美貌迷得神魂颠倒。那些年轻的姑娘们竟然也忘了自己是为什么而来的。“木头人”的嘴唇上挂着一丝微笑，用任何人都无法模拟的音乐般的嗓音打破了沉寂：“哈马底·马纳，我可以像其他姑娘一样，试试自己的运气吗？”

年轻人目不转睛地看着她，含糊不清地说：“你……

你……来……你……你……得胜啦。”

很快，年轻人恢复了常态，用一种坚定的语调补充说：“我等的正是你。我预感到你要来，所以，我拒绝了所有的求婚者。欢迎你，我的主宰。”

“木头人”很开心，笑着说：“感谢你在这么多比我长得更美丽的姑娘中选中了我，这是我莫大的荣幸……”

“在我心中，你就像群星中的月亮！在世界上所有的女人中，数你最漂亮！”马纳用颤抖的声音说。

“那是你对我的错爱和宽厚……”

“我的天使，你愿意嫁给我为妻吗？”马纳直截了当地问。

“我愿意嫁给你，但我有一个条件。”

“亲爱的，你的吩咐就是对我的命令，没人会反对。”

“我请求推迟婚期。另外，我离开时，任何人都不许跟踪我，否则，你就再也看不到我啦。”

“遵命，可是，你能留下些什么东西当信物吗？不然我还以为自己是在做梦呢。”

“交换戒指可以吗？这样你就不用担心了吧？”

马纳立刻答应了。他们刚刚交换完戒指，人群中立刻响起了一片赞叹声和掌声。随后，“木头人”在人们的注视下离开了。

没过多久，人们都散去了。只有马纳依然望着远方，在广场上待了很长很长时间。

从这一天起，马纳日日夜夜思念着心爱的姑娘，越来越憔悴。他整天待在广场上，希望已经消失的身影重新出现在眼前。但每天他都黯然而归，这使他越发沮丧难过。马纳从来没有尝到过痛苦的滋味，而今却成了全村最不幸的人。尽管人们纷纷鼓励他振作起来，马纳却依旧无精打采，沉默寡言，动不动就发脾气，对什么都不感兴趣，只喜欢关起门来独自待着。他说，与别人在一起，浮现在他眼前的未婚妻的影像会消失。后来，他再也坚持不住了，不顾家人和朋友的反对，决定去寻找自己的未婚妻。

马纳的老母亲没有办法，只好含泪为他做路上吃的煎饼。这时，“木头人”想帮老人做饼。老人一开始拒绝了，但经不住“木头人”一再恳求，就同意让她做一张。

第二天，悲痛欲绝的年轻人骑马上路，朝姑娘离去的方向飞驰而去。天黑了，他想吃点东西，便掏出了煎饼。这张煎饼恰好是“木头人”做的。马纳在煎饼里发现了一

枚戒指，正是他送给未婚妻的那枚，他被这种情况惊诧得说不出话来。过了很久，他才反应过来，立即翻身上马，按照原路连夜返回，差点儿没把马累死。

天刚露鱼肚白，他就赶回村子，奔向母亲的住室。老人对儿子的不期而归感到突然，以为发生了什么大事。马纳激动地问母亲煎饼是谁做的。老人吓了一跳，不敢讲出实情，生怕马纳得知真相后，会干出一些难以挽回的事情，就一口咬定是她自己做的。马纳哪里肯相信？他用一种哀求的语气恳请母亲说出做饼的人。

老人没有办法，流着泪说出了实情。马纳什么也没说，风一般闯进了婢女住的小屋，他一把把“木头人”抱在怀里，向她郑重地道歉，希望她原谅自己往日的鲁莽和对她的不信任。得到“木头人”的原谅后，他开心地向惊呆了的母亲宣布说：“‘木头人’就是我选中的终身伴侣！”

老人以为儿子疯了，扯着嗓子大喊起来，喊声把全村的人都召来了。

马纳容光焕发，双目炯炯有神，高兴得难以言状，一直把“木头人”搂在怀里，并且请求在场的长者为他们证婚。他言辞十分恳切，长者答应了，为他们证婚，送上了祝福。

婚礼举行之后，不管真心的丈夫如何恳求，“木头人”都不想摘掉她的木头外壳。她想考验他到最后一刻。

马纳知道请求再多次也没用，就想到了一个好办法。

一天夜里，趁着妻子睡熟，马纳在屋子的壁炉里点了一大堆火，然后悄悄地走出房子，锁上门。然后他把眼睛贴在门上，通过门缝观察里面的动静。

屋子里渐渐热了起来，“木头人”被热醒了。她觉得就自己一人在屋子里，没有必要防备，就把木套子摘了下来。说时迟，那时快，马纳猛地闯进来，一把抓起木套子，丢进了火中。“木头人”没办法，只得恢复了本来面貌，并向丈夫诉说了自己的经历。

得知妻子从小不曾见过家人，马纳很心疼妻子，答应为她找到家人。经过一段时间的寻访，马纳终于找到了妻子的家人。没想到，他们家已经遭了厄运，只有她的母亲尚在人世，还被贫穷折磨得无法生存。年轻的姑娘原谅了曾给她带来极大不幸的母亲，对母亲百般孝顺，并把母亲接过来，共同生活。

从此以后，马纳和妻子陪伴着两位母亲过上了幸福快乐的日子。

笨孩子

从前，有一个母亲，生了一个很笨很笨的儿子。

有一次，母亲打发儿子去买根针。笨孩子买完针，举着针回家了。在路上，他碰见了一个提着篮子的朋友，篮子里装满了麸子。

笨孩子问："我把针放到哪里呢？"

"放到我的篮子里好了。"对方回应说。

笨孩子把针放到了朋友的篮子里。快到家门口时，他想把针拿出来，可怎么找也找不到了，只好两手空空地进了家门。

"你买的针呢？"母亲问。

"我把它放在装麸子的篮子里，可找不着了。"

"你是有多笨？"母亲生气地说，"你为什么不把针别在衬衣袖子上呢？"

又一次，母亲让儿子去买奶油，并叮嘱道：“去吧，快一点回来！等着用呢。”

笨孩子风风火火地跑了出去，买了一大块奶油。他想起妈妈之前说过的话，就把奶油放在衬衣袖子里，快速地往家跑。不知什么时候，奶油化了，滴了一路，等他到家时，奶油已经所剩无几了。

“你买的奶油呢？”母亲问。

“我按照您说的，把它放进了袖子里，结果只剩下了一点点。”

母亲非常生气，大声地喊道：“你应该把奶油放在罐子里，这样就不会滴没了。下一次要这样做，记住了吗？”

笨孩子点了点头。

过了几天，母亲得知朋友家的小狗准备送人，就让笨孩子去要一只。笨儿子捉到狗崽之后，把它塞到罐子里，并把罐子盖得严严的，抱着罐子回家了。

母亲见笨孩子回来了，却没见到狗崽，感到很奇怪，问道：“让你抱回来的狗崽呢？”

“我把它放在罐子里了。”

“天啊，赶快打开。”母亲着急地说。

当他们打开罐子盖，发现小狗崽早已没了呼吸。

母亲气坏了，大喊道：“唉，你这个孩子，怎么这么笨！你应该拿根绳子拴住它，并对它说‘走，走’！”

又有一次，母亲让笨孩子去买肉。笨孩子买好了肉，把肉拴在一根绳子上，拖着肉走，还不停地说：“走，走！”一只狗闻到肉的香味，跟在笨孩子身后，把肉吃光了。他拉着肉回到家里时，只剩下了骨头。

母亲见他两手空空，连忙询问：“让你买的肉呢？”

“在绳子上呢！”

“你可真笨呀！”母亲大伤脑筋，无力地叫道，“你说的肉是什么？这几根骨头？”

“可是，您之前就是教我这样做的呀。”孩子感到十分委屈。

母亲非常无奈，伤心地说：“哎，以后你就乖乖待在家吧，什么事儿也不能让你做了。”

葫芦孩子

很久之前，在非洲乞力马扎罗山脚下的一个村庄里，住着一个农妇。她早年丧夫，无儿无女，孤苦伶仃，独自生活。她整天劳累，有时还吃不饱穿不暖。她经常想：要是有个儿女多好啊，不仅能帮我干点儿活，还能和我做个伴！

村子里有个传说，在白雪皑皑的山顶上，住着一位法力无边的神仙，他宅心仁厚，能够体察人间的疾苦，最喜欢扶困解难。因此，每当清晨或傍晚，这个可怜的农妇总会仰望山顶，默默地许下愿望，祈求神仙能赐给她一儿半女。

一年又一年过去了，农妇的虔诚终于打动了神仙。这天，农妇正在葫芦地里锄草，突然不知从哪儿冒出来一个陌生人。陌生人满脸带笑地说：“我是山上那位神仙的使者。神仙让我告诉你，你的心愿他已经知晓啦。你只要悉心照料这些葫芦，日后必有福报。”陌生人说完便不见了。

农妇先是十分惊愕，很快就回过神来，惊喜不已。从这天起，她更加精心地照料地里的葫芦。几周之后，葫芦成熟了，她小心翼翼地摘下来带回家，又掏掉了里面的瓤子，挂在屋檐下晾晒。她特意把长得最好的一个葫芦挑了出来，放在炉灶边，希望干得更快些，以便她早日用来舀水。

第二天，农妇像往常一样，清早就下地了。她刚一离开家，炉灶旁那个葫芦就摇晃了几下，变成了一个小男孩。他跑出屋子，踮起脚，把挂在屋檐下的那些葫芦都摸了一遍。那些葫芦也摇身变成了小男孩，跳到地上来了。他们在屋子里又跑又跳，尽情玩耍。玩了一阵子后，他们开始干活了，有的扫地，有的喂鸡，有的到河边抬水，有的到森林里砍柴。只有基台台，也就是炉灶旁那个葫芦变成的孩子，什么活儿也不干，只笑嘻嘻地看着大家干活。等干完了活儿，他又把孩子们重新变成了葫芦，挂在屋檐下。然后，他自己也回到炉灶边，变回了葫芦。

太阳落山了，农妇劳作了一天从地里回来了。她刚一进门，发现院子里打扫得干干净净，水缸里满满的都是水，炉灶旁整整齐齐地摆放着柴火，不由得纳闷起来。她赶忙跑去问邻居，邻居说：“从早上到下午，我看见很多孩子在你家跑来跑去，忙里忙外，难道他们不是你的亲戚？”农妇举目无亲，根本没有亲戚呀。她回到家，屋里屋外找了一遍，一个人影也没见到。做饭时，她瞧见了灶旁的葫芦，想起前些日子那个陌生人说的话，心中似有所悟：莫非是神仙显灵，派人来帮我啦？

次日早上，农妇照常下地。傍晚回来时，她发现跟昨天一样：地扫了，水打了，连漏雨多日的屋顶也修好了。她又去向邻居打听，邻居说和昨天一样。这时，农妇确信这是神仙显灵了。不过，她还是想亲眼看个究竟。

第三天早晨，她跟往常一样出门了。她假装去地里干活，实际上没有走多远就悄悄地返回了，躲在屋后暗中观察动静。当她发现放在灶旁的那个葫芦变成人，并把其他葫芦也变成人的时候，她真是惊喜交加，再也抑制不住内心的激动，快步跑进院子，搂住几个孩子，欣喜地说：“啊，原来是你们帮我干了活，你们真是好孩子啊！太感谢了！”

孩子们谁也不说话，散开来各干各的活。等干完了活，他们就回到屋里，要基台台把他们再变回去。这时，农妇急忙上前阻止，说：“你们别走啊，留下来做我的孩子吧！”就这样，孩子们都留下来了。他们每天帮农妇耕地、播种、放牛、牧羊。没过多久，农妇家就牛羊成群了。庄稼丰收时，粮食储满了囤，这也让农妇家成了山脚一带最富有的人家。

最初，农妇把这些孩子待如亲子，尽量弄些好吃的东西给他们。渐渐地，孩子们长大了，饭量也不断地增加。农妇给他们的食物还是和之前一样多，每人仅有半个玉米团子。特别是基台台，农妇嫌他整天站在灶边什么活也不干，动不动就骂他，有时连饭也不给他吃。一天傍晚，她在屋里做饭，一不小心被蹲在灶边的基台台绊倒了，饭菜撒了一地。她勃然大怒，对着基台台嚷道：“你这个什么都不干的废物，成天蹲在灶边碍事！再惹我生气，说不定哪一天我把你这个破葫芦踩个粉碎！”

谁料，农妇刚一说出“葫芦”两个字，基台台“咚”的一声倒在地上，立即变成了葫芦的模样。其他孩子闻声都跑进了屋子里。农妇余怒未息，继续尖着嗓子叫嚷：

“你们就知道偷懒，不好好干活，跑回来干什么？真想把你们都变成葫芦，省得老娘天天给你们做这么多饭！”她这样一喊，所有的孩子都“咚”“咚”倒在地上，变成了葫芦。

瞬间，原本热热闹闹、充满生机的家立即陷入一片冷清和死寂。直到这时，农妇才缓过神来，知道自己得罪了神仙，那些孩子都被神仙召走了。她后悔极了，哭着呼唤他们，但葫芦依然是葫芦，根本没人回应她。从此，她又过上了孤孤单单的日子。随着年纪越来越大，身体越来越差，她再也没法劳动了，土地很快就荒芜了，圈里的牛羊也越来越少，原本富裕的家变得破败不堪。最后，她在穷困潦倒中走完了一生。

月宫少年

许多许多年以前，乌干达有一个妇女。她的香蕉园位于一条大路旁，过往行人经常偷她的香蕉。于是，她在香蕉园和公路之间挖了一条深沟，还在沟里插上树枝、木棒、竹签，又在沟顶覆盖上杂草和泥土。她想：有了这个陷阱，一定能抓住那些可恶的小偷。

一天傍晚，酋长家的牧人赶着牛群路过这里。一头牛悄悄地脱离队伍，想溜进香蕉园偷吃，结果掉进了陷阱中，被沟里的竹签扎坏了一条腿。牧人连忙喊来很多人，把牛弄了上来，又把此事报告给酋长。酋长听说后大怒，立即派人将香蕉园的主人叫来，训斥道："你为什么要伤害我的牛？"

妇女连忙道歉，并向酋长解释陷阱的用意。酋长听完后更生气了，他嚷嚷道："什么？原来你不仅想伤害我的

牛，还想谋害我的牧人呀！”说着，酋长命令手下把农妇痛打了一顿，然后说：“你听着，我今天就饶了你。不过，这不代表我会放过你。从今天起，我就等着你的孩子出生。如果是个男孩，我就下令处死他；如果是个女孩，等养到十二岁后，就送到我家里做奴婢吧。”

不久之后，妇人真的怀孕了，生了一个漂亮可爱的男孩。孩子出生那天，雨过天晴，一道异常美丽的彩虹挂在半空中，她就给孩子起名叫穆瑟凯，也就是“彩虹”的意思。为了保护儿子的性命，她谎称自己生了一个女孩。她放弃了香蕉园，想方设法躲过酋长的耳目，搬到一个遥远的地方居住。

几年后，穆瑟凯长大了，非常英俊帅气。他每天都会赶着一群羊到山坡上去放。放羊的时候，他一会儿吹芦笛，一会儿唱儿歌：

小黑羊，小白羊，黑羊白羊不一般。
黑羊身上有白点，白羊身上长黑斑。
啊，它们围着我咩咩叫，
叫得我这个牧羊人心里欢。

太阳啊刚出现，羊儿就离开了圈，

过草地，爬上山，吃得肚儿圆又圆。

小羊羔们蹦蹦跳，回到圈里睡大觉，

哎哟哟，做个美梦啊真奇妙。

小白羊啊，小黑羊，

一边玩儿，一边叫……

等到太阳下山时，穆瑟凯赶着羊群下山，又会唱起另一首儿歌：

太阳落下山，影子长又长，

小伙伴们回家走得忙。

咩咩咩，啦啦啦，

小羊们听我把歌唱。

串串香蕉软又甜，

我把果肉全吃完，

啊，我可爱的小伙伴，

剩下果皮给你玩儿。

光阴荏苒，十二年很快过去了。一天，酋长派人找到妇女，对她说："你的女儿已经十二岁了。酋长让你立即把女儿送到他家去。"

农妇惊讶极了，她没想到酋长会找到她们。她吩咐保姆偷偷把穆瑟凯从山坡上叫下来，把他打扮得同女孩子一样。他对此感到莫名其妙。妈妈哭着把事情的原委对他详细讲了一遍，说："孩子，我没想到酋长依旧记得往事，还派人找到了咱们。我没有别的办法，只好送你去他家啦。你在那里一定要多加小心，谨言慎行！"

为了保护穆瑟凯，妇女让保姆陪着他来到酋长家里。酋长见这个"女孩子"长得很漂亮，十分高兴，命令保姆："好好照顾她，尽快教会她做饭。"

一开始，穆瑟凯一举一动都小心翼翼，唯恐暴露自己的身份。日子一长，他难免麻痹大意。这天，他捡到一根芦笛，想也不想就吹起了那支牧羊小调。经过的人们看到一个女孩子吹芦笛，都感到很奇怪："这是谁家的女孩子？她怎么会像男孩子一样吹芦笛呢？"

这件事被保姆知道了，她赶紧找到穆瑟凯，提醒他要约束自己，千万不要露馅了。穆瑟凯意识到问题的严重性，加倍小心起来。可是，他毕竟是个孩子。没过多久，他又恢复了本性。他看到一群男孩子在玩扔石子、摘李子的游戏，忍不住跑过去一起玩。结果他扔得比谁都远，摘得比谁都多，一点儿也不像女孩子。孩子们回去后，都和父母说了这件事。大家都说："她看起来真不像个女孩子，是假装的吧！"就这样，一传十，十传百，很快就传到了酋长耳朵里。酋长气坏了，他立即下令："告诉女仆，明天一早把穆瑟凯叫来，我倒要看看他是男是女。"

保姆吓坏了，连忙找到穆瑟凯。穆瑟凯坐在院子里发起愁来，他绞尽脑汁想办法，可是始终想不出万全之策。

这时，一只猫头鹰飞过来，落在他的身旁，关心地问道："孩子，你怎么不去睡觉？"

穆瑟凯如实地将自己的遭遇告诉了猫头鹰。

"不用担心，你可以向月亮寻求帮助！"猫头鹰说完就飞走了。

穆瑟凯抬起头来，望着天边清冷的月亮，更加发愁了。

不一会儿，一只小蟋蟀跳到穆瑟凯身边。它"唧唧唧"地说道："我知道发生在你身上的不幸，这一切只有月亮能帮你。你站起身来，伸开双臂，闭上双眼，用心向月亮倾诉吧，它会听到你的请求。”

穆瑟凯照着蟋蟀说的做了，问月亮自己该如何应对酋长。他本来以为这是猫头鹰和蟋蟀的玩笑话呢，没想到他真的得到了月亮的回应。月亮温柔地说：“孩子，如果明天被酋长发现了真实身份，你就难以活命啦。如果你愿意，可以来我这里躲避一段时间！”

穆瑟凯望着遥远的月亮，为难地说：“你住在天上，我怎么上去呢？”

“我可以降一阵雨，造一座彩虹桥，你顺着彩虹桥就能上来啦！”

月亮刚说完话，天上就下起了雨。不一会儿，一道美丽的彩虹桥就造好了。穆瑟凯对身旁的蟋蟀说：“请转告我的保姆和我的父母亲，我去月亮上了。谢谢你。”说完，穆瑟凯就踩着彩虹桥去了月宫。

第二天，酋长派人来找穆瑟凯，却怎么也找不到。他又派出更多的人四处搜查，却没有得到任何关于穆瑟凯的消息。

蟋蟀按照约定，把事情的经过告诉了穆瑟凯的家人。他们得知穆瑟凯躲在月亮上避难时，全都如释重负。每当

他们想念穆瑟凯时，就会在夜晚抬头看看穆瑟凯在月宫中的身影。人们根本不知道怎么回事，但也都发现月宫多了一个孩子的身影，因此就把这个孩子称为“月宫少年”。

渔夫的儿子

从前有姐妹俩，一个希望能嫁给一位国王为妻，另一个则表示自己只要能嫁给渔夫就知足了。后来，她俩的愿望都实现了。嫁给渔夫的女子生下了一个儿子，可是儿子出生没多久，渔夫就去世了。女人辛辛苦苦地把儿子拉扯长大，让他继承了父亲的职业。

这天，小伙子扛着渔网去河边打鱼。他把渔网拉上来时，惊奇地发现网里面一条鱼都没有，却有一只大金鸡和几只小金鸡。恰在这时，首相从河边路过，看到了这些金鸡，就想据为己有。他高傲地说道：“打鱼的，我给你二十镑钱，你把这些金鸡卖给我吧！”小伙子想都没想，斩钉截铁地拒绝了。首相十分恼怒，进入皇宫后，他把渔夫的儿子捞到金鸡的事告诉了国王。不仅如此，他还对国王说：“这个穷渔夫根本不配拥有这些金鸡，只有国王才有资格拥有这些金鸡。”国王认为首相说的有道理，便派人拿着二十镑钱去向渔夫的儿子买金鸡。小伙子没有办法，只好交出了金鸡。

过了几天，心怀怨恨的首相又向国王进谗言，说：“渔夫的儿子既然能弄到金鸡，肯定也能得到其他宝物。”国王信以为真，又派人把渔夫的儿子叫进皇宫，对他说：“你去给我捉一匹飞马来，不然就治你的罪！”

小伙子愁眉苦脸地回到家。他一筹莫展，根本不知道哪里有飞马，也不知道怎么捉飞马，便去请教一位见多识广的老婆婆。老婆婆弄明白事情的来龙去脉后，气愤地说：“国王太不讲理啦。这个差事太难办了，弄不好你会白白送命。在沙漠中心的无人地带就有飞马，你只要带着马鞍子，顺利地安放在它的背上，就能骑着它回来了。只是这一路艰辛异常，你一定要小心呀！”小伙子谢过老婆婆，和家里人告别后，就踏上了寻找飞马的征程。在历尽一番艰苦后，他终于进入了沙漠的中心地带，果然找到了一匹匹飞马。他按照老婆婆的吩咐，顺利地制服了一匹飞马，骑着飞马来到国王面前，将马交给了国王。

过了一段时间，国王又派人把渔夫的儿子找来，对他说：“你做得很不错，竟然真的弄来了会飞的马，我现在想要会唱歌的水和会跳舞的树枝，你去给我找来吧。”渔夫的儿子愁坏了，因为他只在童话故事里听说过这两种东西。于是，他又去请教那位老婆婆。老婆婆更加气愤地说：“国王真是太不讲道理啦！这可比找飞马困难多了，搞不好你就会丢掉小命。会唱歌的水和会跳舞的树枝藏在七条干涸的河对岸。你需要准备一只葫芦和一把锋利的砍刀。到时候，你用葫芦装满会唱歌的水，用刀砍下会跳舞的树枝。记住，做完这一切后要赶快离开，千万不要回头。守护这些宝物的精灵会发出各种各样的声音诱惑你，你只要一回头，就会遭殃。”

小伙子带好葫芦和砍刀又出发了。他走啊走啊，走了很远很远的路，终于穿过了七条干涸的河，到达了对岸。他得到会唱歌的水和会跳舞的树枝后，立即转身往回走。这时，他的耳边响起了奇怪的声音：“回过头来啊，渔夫的儿子！这里有好多宝贝！”他牢记着老婆婆的话，快速地离开了那个危险的地区。没想到，他刚离开，河床里立刻就注满了水。

回去以后，小伙子把会唱歌的水和会跳舞的树枝都交给了国王。国王心想：这个孩子果然很幸运，居然又顺利地完成了任务。

没过多久，国王又想到了一个坏主意，他派人把渔夫的儿子叫来，说："我听说在遥远的地方有一个国家，他们的公主被食尸鬼守护着，我要你把公主带来见我。"

小伙子傻了眼，他哪里听说过这样的事，只好又去找老婆婆。老婆婆一听要找食尸鬼看守的公主，顿时气坏了，她气愤地说道："他这个人真是太不讲道理啦，简直不配当国王。"接着，她对小伙子说："孩子，这次的差事极其危险，简直是九死一生。不过，你是个幸运的孩子，一切都会顺利的。那个公主所在的国家离这里非常遥远，等你到了他们的国家，每走一段路，就会遇到一个食尸鬼。总共有四个食尸鬼：第一个肚子特别大，第二个耳朵特别大，第三个腿特别长，第四个眼睛特别大。遇到它们时，你不要害怕，先给它们洗洗头、理理发，然后静静地坐在它们身边，这样你就会安然无恙。你只要降服它们，任务也就算完成了。之后，你可以前往公主所在的王宫，把她接回来。"

渔夫的儿子谢过老婆婆，告别家人后就出发了。果然

如老婆婆说的那样，他历经千山万水，终于到了那个国家。刚走一段路，他就遇见了那个肚子特别大的食尸鬼。看着正在睡觉的食尸鬼，小伙子大着胆子上前，为它洗了头，理了发，尽管他又累又饿，还是很安静地坐在它的身旁。食尸鬼醒来见到渔夫的儿子，问他来干什么、谁叫他来的。小伙子按照老婆婆的教导一一回答了。

食尸鬼很满意，赞赏道："好！你就像那个把会飞的马、会唱歌的水和会跳舞的树枝弄回去的渔夫的儿子一样有胆量。"

小伙子按捺住内心的激动，假装平静地问道："假如渔夫的儿子来到这里，你会给他什么呢？"

"我给他当随从。"食尸鬼回答。于是，渔夫的儿子亮明了自己的身份。就这样，他成了食尸鬼的主人。食尸鬼知道主人饿了，立刻撒下一些稻谷种子。不一会儿，谷子就长大成熟了。食尸鬼把谷子收割后，碾成米，做成饭，等渔夫的儿子吃饱后，他把剩下的饭、谷梗、谷糠全吃了。之后，他便跟着小伙子一起上路了。

过了一段时间，他们遇到了第二个食尸鬼，它耷拉着大耳朵睡得正香。小伙子像之前一样，给这个食尸鬼洗了头，理了发，然后坐在一旁等它醒来。大耳朵食尸鬼醒了，和渔夫的儿子交流了一番，也成了小伙子的奴仆。后来，小伙子用同样的方法收服了另外两个食尸鬼。

当他们快到王国的都城时，人们发现了他们，以为他们要对自己的国家不利，就商量着要烧死他们。几个食尸鬼很轻松地就知晓了人们的计划。

大耳朵鬼说："我听到他们商量着要烧死我们。"

大眼睛鬼说："我看到他们搭起了烧我们的台子，周围堆满了柴火。"

大肚子鬼说："他们想干什么就干什么吧，别管他们。"说着，它走到河边喝了一肚子水，又回来了。

等到了近前，人们把他们围起来，又把他们抓到台子上，然后点燃了柴火。不等大火烧起来，长腿鬼一脚就踢散了火堆；大肚子鬼把满肚子的河水吐出来，把火浇灭了。

人们看到计划失败了，又商量了新的计策。他们赶紧道歉认错，还准备了上好的宴席招待小伙子和他的食尸鬼奴仆们。可是，大耳朵鬼又听到了他们的计划，大眼睛鬼看到了他们在菜里下毒，大肚子鬼吃光了所有菜肴，长腿

鬼一脚踢翻了桌子。

人们实在没有办法了，这才想起来询问他们来这儿的目的。小伙子说自己只想带走公主，并不想伤害他们。尽管人们不想让小伙子带走公主，但是实在没有办法阻挡他们，只好放他们进城了。国王听说小伙子要带走自己的女儿，又急又气，又惊又怕，一下子死了。大臣们拦着渔夫的儿子，请他等举办完国王的葬礼，选出新的国王后再带走公主。

小伙子觉得这个要求并不过分，就答应了。这个国家选国王的方法是大家坐在一起，让一只口衔神帽的鸟在头顶上飞翔，帽子落在谁的头上，就由谁当国王。巧的是，帽子正好落在渔夫的儿子头上，他便加冕当了国王。

渔夫的儿子不再是另一个国王的臣民了。他同这个国家的公主结了婚，统治着这个国家，还派人把母亲和老婆婆也接到了身边。从此以后，他再也不用辛苦地打鱼了。

兄弟俩

很久以前，在一个村子里，生活着一对老夫妻。老夫妻的两个儿子都已经成年，一家人过得很幸福。

一天早晨，兄弟俩商量着去附近的山林里打猎。他们各自背上一副弓箭和一个大皮袋子，在父母的嘱托中上路了。他们打算去山林的深处，希望能捕获很多猎物，装满袋子。

走呀走呀，他们时不时地就会听到一些奇怪的声音，有时蛇嘶嘶地吐着蛇信从他们脚旁匆匆爬过，有时乌鸦站在树枝上发出凄厉的叫声，有时会传来几声野兽的恐怖叫声……他们互相鼓励着，来到了只有经验最丰富的猎人才敢到达的密林深处。

突然，他们发现了一排倒扣着的罐子，忍不住好奇地走上前察看。

“这是什么呀？”弟弟一边伸手翻弄那些罐子，一边说，“谁会把罐子丢在这么荒凉的地方呢？”

“别碰它们！”哥哥阻止道，“这些奇怪的罐子有可能被人施了魔法，最好别碰它们，不然有可能会倒霉的。”

但是，弟弟一向好奇心重，又比哥哥胆子大，所以他根本不听哥哥的话，而是蹲在地上挨个翻起了罐子。第一个罐子是空的，第二个罐子也是空的……只剩下最后一个罐子了，弟弟觉得这些奇怪的罐子根本没有什么魔力，认为最后一个罐子也和其他罐子一样是空的，就随手把最后一个罐子翻了过来。谁料，一个矮小的老太婆从罐子里面跳了出来，吓得兄弟俩跌坐在了地上，半天都没有缓过神来。

老太婆并没有因为弟弟把她放出来而表示感谢，反而对着哥哥说道：“别站在那儿像只受惊的小羊羔一样发抖啦，我又不会伤害你。跟我走吧，我带你去看一样好东西。”

但是，哥哥还没有从惊吓中缓过神来，对老太婆的话听若未闻，站在那儿一动不动。

“胆小鬼！”老太婆嫌弃地骂了一句，又转向弟弟，让弟弟跟她走。弟弟喜欢探险，二话不说就跟着老太婆走了。

老太婆带着弟弟来到一棵又粗又高的树下面，递给他一把斧子，说：“用力砍这棵树，会有惊喜出现的。”

看着那棵粗壮的大树，弟弟半信半疑，接过斧子，挽起袖子就砍了起来。谁知，他刚砍了一斧子，就从树干里跳出来一头小牛。之后，弟弟每砍一斧子，树干里都会跳出一头牲畜。不一会儿，他的身边就围了一大群牛呀羊呀等牲畜。

这时，老太婆发话了。她指着那些牲畜说道：“甭砍

了，这些都归你了，赶紧把它们赶回家吧！”

“那您怎么办呢？”

“我就待在这儿了。”

弟弟认为老太婆来历不凡，向她表达谢意之后，高高兴兴地赶着那群牲畜往回走。没过多久，弟弟就来到了和哥哥分开的地方。

直到这时，哥哥才回过神来，问弟弟发生了什么事。

“哥哥，你看，这都是刚才那位老婆婆送给我的东西。”弟弟指着那群牲畜，把砍树的事情讲给哥哥听。然后，他们一起赶着牲畜往家走去。

半路上，兄弟俩又渴又累，连牲畜也乱叫着不肯走了。他们环顾四周，没发现水或者多汁的植物可以解渴。哥哥看了一眼不远处的悬崖峭壁，走过去，试探性地朝下面望去，发现悬崖底部有一条小溪。他兴奋地叫了起来：“看哪，下面有水！”弟弟赶忙跑过去，也十分高兴。

哥哥说：“你用绳子拴着我，把我从悬崖边上放下去，等我喝够了，再把我拉上来。然后，我再送你下去喝水。”

弟弟按照哥哥说的办了。哥哥喝完水后，回到悬崖上，用同样的方法把弟弟放了下去。

哥哥手里拽着绳子，看着在谷底喝水的弟弟，又望了望远处吃草的牲畜，脑子里突然闪过一个坏念头。他把绳子扔下悬崖，转过身，赶着牲畜就回家了。

父母见大儿子赶着一群牲畜回家，十分震惊，连忙询问这些牲畜的来历。哥哥把弟弟对他说的话全都告诉了父母，老两口听完后安下心来，露出了开心的笑容。可是，当他们发现小儿子不在时，忍不住担心起来，问道："你弟弟呢？"

"弟弟没有回来吗？他说走累了，不想进山了，中午的时候就先回来了。"哥哥假装惊恐地回答道。

当天夜里，老两口一宿没睡，一直等着小儿子回来。他们十分着急，担心小儿子发生了意外。

第二天早上，村里的妇女在井边打水时，忽然听到一只食蜜鸟正在唱歌。根据经验，跟着食蜜鸟的歌声走，就能找到蜂窝，收获蜂蜜。这些妇女顾不上提水，都急急忙忙地跑回家里，催促丈夫赶紧跟着食蜜鸟去采蜜。男人们带好工具，追着食蜜鸟出发了，兄弟俩的父亲也跟着去了。

食蜜鸟在前面飞，男人们在后面跑。它越飞越远，带着人们穿过一片片茂密的丛林，始终不曾停下。人们觉得太累了，就想停下来歇息，一个人说："这里太偏僻啦，而且跑了这么久，一只蜜蜂也没看到，更何况是蜂蜜呢！我看咱们还是回去吧。"其他人纷纷点头同意。

食蜜鸟好像听懂了人们的话，拼命地拍打着翅膀，唱得更动听了。

"看来这只食蜜鸟不希望咱们离开，那就再跟着它走一段路吧。"兄弟俩的父亲说。

人们又跟着食蜜鸟出发了，一直走到一处悬崖边。食蜜鸟激动地在悬崖上空上下翻飞，叫个不停，然后飞向了崖底。

人们以为蜂巢就在悬崖下面，因而都走到悬崖边向下望，却发现食蜜鸟停在一个躺着的人旁边。兄弟俩的父亲一眼认出那个躺在悬崖底的人正是自己的儿子，赶紧呼唤起来。紧接着，人们砍了很多藤蔓，编成绳子，把崖底的弟弟救了上来。

弟弟见到父亲和乡亲们，感到十分开心，把事情的来龙去脉讲了一遍。父亲听说后，既伤心又生气，他大骂道："我怎么会生出这么狠毒的儿子呢？要不是食蜜鸟带路，我就失去你了。”

村民们也都非常气愤，他们都觉得哥哥应该为说谎和贪心而受到惩罚。

还没等众人回到村子，哥哥就听说了弟弟获救的消息。他害怕被惩罚，趁着母亲不注意，偷偷地溜出了家，很快逃出了村子，再也没有回来过。

从那以后，弟弟再也不用去打猎了，而是留在家里用心地饲养那些牲畜，让父母过上了幸福平静的日子。

姐妹俩

从前，在一个村子里，有一对姐妹，她们都已到了谈婚论嫁的年龄。有一天，她们的父亲听说河对岸的一个部落要为酋长挑选妻子，就告诉了姐妹俩，并询问道：“你们愿意嫁给一位酋长吗？”姐妹俩都点头表示愿意。

父亲有些为难，说：“我应该让你们之中的谁去呢？”

大女儿觉得这是个出人头地的好机会，事关自己的幸福，抢着说：“这还用问，当然是我啦！哪有姐姐没出嫁，妹妹先嫁人的道理？如果那样做，我以后还怎么嫁人呢？”

妹妹觉得姐姐说得有道理，点头同意了。父亲嘱咐大女儿万事小心，又帮着她收拾东西，直到很晚才去休息。

第二天一大早，大女儿就出发了。父亲把她送过了河，告诉她应该走哪条路才能到达部落。大女儿没有和父亲告别，就头也不回地朝前走去。走了没多久，她在路上遇见一只大老鼠。大老鼠后腿着地，站直了身子，问道：“美丽的姑娘，需要我给你指路吗？”

“滚开，丑陋的家伙，我才不需要你的帮助。”大女儿看也不看大老鼠一眼，脚步也不停，差点儿踩在大老鼠身上。

大老鼠连忙闪到一旁，对着她的背影“吱吱”叫道：“你会倒大霉的！”

走着走着，大女儿又遇到一只青蛙。青蛙蹲在石头上，“呱呱”叫着：“美丽的姑娘，需要我给你指路吗？”

“一只癞蛤蟆也配和我说话？快滚开！”大女儿说着，一脚把青蛙从石头上踢了下来，扬长而去。

“你会倒大霉的！”青蛙“呱呱”叫着，转身跳进灌木丛里去了。

又走了一会儿，大女儿遇到了一位老婆婆。“你好，美丽的孩子，”老婆婆温和地对大女儿说，“送你几句话吧，能保证你顺利到达酋长的部落！首先你会碰到几棵嘲笑你的树，千万不要反唇相讥；接着，你会捡到一袋牛奶，千万不要喝；最后，你会看到一个把自己的头藏在腋窝下的男人，如果他请你喝水，千万不要喝！这样……”

“闭嘴！你这个令人讨厌的老太婆！你可真啰唆！”大女儿不等老婆婆把话说完，就叫嚷着把老婆婆推到了一旁，继续朝前走去。

很快，大女儿来到一片树林旁。当她走近那些树木的时候，它们摇动着树枝，扭动着枝干哈哈大笑。

“不许笑！”她命令道。但是，树木根本不听她的命令，她就用哈哈大笑回敬它们。

又走了一会儿，大女儿看到地上有一只羊皮袋，就捡了起来。她拧开盖子，发现里面装满了牛奶。她最喜欢喝牛奶了，于是大口大口地喝了起来，边喝边说：“多么幸运啊，我走了这么远的路，正渴得难受呢！”喝完后，她丢掉羊皮袋，又继续赶路了。

穿过一片森林时，她看到了一个奇怪的男人。这个人正如老婆婆说的那样，把自己的脑袋夹在了一只胳膊底下。那人死死地盯着她，冷冷地说：“你想喝点水吗，孩子？”

大女儿一点也不渴，但是特别想尝一尝那水甜不甜。她喝了一口，好喝极了。于是，她把葫芦里的水全喝光了，却连一句感谢的话都没说，就又向前赶路了。

没过多久，她到达了部落。几个老婆婆迎了出来，得知她准备做酋长的妻子后，说道：“如果你要做我们酋长的妻子，那你就得先为他准备一顿晚餐。假如他认可你的手艺，你就能成为酋长夫人。”之后，她们给了她一些谷子。可是，她只磨了一小会儿就不磨了，她想：这不是一个酋长夫人该干的活儿！这样想着，她用这些粗糙带沙的粉末蒸了一些馍馍，算是给酋长准备好了晚餐。

太阳下山时，屋子里突然出现了一条有五个头的巨蛇。大女儿吓坏了，躲在角落里浑身颤抖，直冒冷汗。大蛇十分不满，其中一个蛇头吐着蛇信说道：“难道你不知道我就是酋长吗？”说着，它开始吃大女儿蒸好的馍馍。可是刚一嚼，它就把咬到嘴里的东西全吐了出来。它火冒三丈，五个蛇头一起晃动着，嘶嘶地叫起来：“你这晚餐做得太糟糕了！你不配做我的妻子！赶紧滚吧！”说着，它用尾巴卷起姑娘，丢到了外面。大女儿真的倒了大霉，一下子就被摔死了。

很快，大女儿死去的消息传到了父亲的耳朵里，父亲忧心忡忡，生怕二女儿也遭遇不幸。果不其然，二女儿得知了姐姐的噩耗后，向父亲恳求道：“爸爸，让我到酋长那儿去吧！我相信我可以让他满意，不然其他人家的女儿就要遭难了。”

尽管父亲很不愿意二女儿去冒险，但还是答应了二女儿的请求。他对二女儿千叮咛万嘱咐，让她一定要小心。二女儿向父亲再三保证后，收拾好东西就睡了。

第二天清晨，她沿着姐姐走过的路，朝着酋长的部落出发了。

走了一段路，一只大老鼠拦住了她的去路。它“吱吱”叫着问道：“美丽的姑娘，需要我给你指路吗？”

“谢谢你。”二女儿非常有礼貌，彬彬有礼地向大老鼠打听走哪条小路才对，又对大老鼠再三感谢，才继续赶路。

走着走着，二女儿看到树旁坐着一位老婆婆，连忙走过去打招呼。老婆婆颤抖着站起来，嘱咐道：“孩子，当你遇到岔路口时，一定要走小路，那条大路充满了危险。”

“谢谢您，老奶奶。我记住您的话啦！”二女儿很有礼貌地表示感谢，再次上路了。

快到酋长的部落时，一只小兔子拦住了她的去路。它抬起前腿，站立着对二女儿说道：“你马上就要到了。请记住我的话——到了村子后，她们会让你磨谷子，为酋长做晚餐，你一定要用心去做。等你见到酋长时，千万不要害怕，也不要露怯，这样一切都会顺顺利利的。”

“谢谢你的忠告，小兔子。我一定照你说的去做。”二女儿温柔地对小兔子说道。

当她走进村子时，那几个老婆婆又迎了出来，对她说了同样的话：“如果你要做我们酋长的妻子，那你就得先为他准备一顿晚餐。假如他认可你的手艺，你就能成为酋长夫人。”然后，老婆婆们给了她一些谷子。二女儿开始干活了。她先把谷子磨去了外皮，又一遍遍磨成了细粉，再用细箩筛过后，做成了香甜可口的馍馍。

太阳下山时，一条巨大的五头蛇游了进来，一进屋就向她要东西吃。二女儿拿了一些馍馍给它，它吃得十分满意。

“馍馍真香呀！”五头蛇回味着，夸赞道。

“谢谢！”二女儿礼貌地回应。

“你愿意做我的妻子吗？”五头蛇盯着二女儿，目光中闪过希望之色，小心翼翼地问道。

二女儿一下子愣住了，但她马上想起了人们给她的忠告，意识到面前这丑陋的五头蛇就是酋长。因此她强忍着心中的恐惧，微笑着回答：“我愿意。”

她的话音刚落，五头蛇就在地上翻滚起来，五个脑袋一下子变成了一个，光亮的蛇皮瞬间脱落下来，眨眼间，五头蛇变成了一个身材魁梧、相貌英俊的男人。

他站起来，微笑着说："谢谢你！是你勇敢且坚定的回答帮助了我。"原来，酋长被女巫诅咒了，必须有人答应嫁给他，他才能打破诅咒，恢复成原来的样子。

当天晚上，酋长和美丽的姑娘就举行了婚礼，部落里的人们载歌载舞，送上了真诚美好的祝福。就这样，二女儿成了酋长的妻子。在他们的带领下，这个部落发生了翻天覆地的变化，渐渐地繁荣昌盛起来。

最勇敢的人

从前，有一个女人，生了一个儿子名叫哈桑。哈桑长大后身强力壮，英勇无比，天不怕地不怕。人们给他取了个绰号——“勇敢的哈桑”，这让他觉得十分自豪。每天早上睁开眼，他就会起床锻炼身体，然后询问母亲：“妈妈，我是最勇敢的人吗？”每当这时，母亲就会自豪地说：“当然啦，我亲爱的儿子，你是最勇敢的人。”

一天，邻居又听到哈桑的母亲赞扬哈桑，就悄悄地找到她，劝说道：“你这样会惯坏哈桑的。下一次，哈桑再问你同样的问题时，你就告诉他：‘亲爱的儿子，世界上的人有千千万万，勇敢的人也很多。’这样，他就不会骄傲自负了。”哈桑的母亲回味着邻居的话，觉得非常有道理。

第二天早上，哈桑又询问母亲。母亲就照着邻居的话回答了。哈桑顿时一愣，说道：“妈妈，您的意思是说我并不是所有人中最勇敢的了？既然这样，我要出去见识见识。”

母亲吓了一跳，千方百计地阻拦哈桑。她担心哈桑在外面受苦，又害怕他走了以后再也不回来了。然而，哈桑心意已决。他收拾好行囊，挂好佩剑，和母亲告别后，便骑着马离开了。

哈桑骑着马一路狂奔，跑到一片沙漠中。远远地，他看见两个人分别骑着狮子和老虎朝他走来。哈桑高兴极了，他想：能以狮子、老虎这样凶猛的动物为坐骑的人，肯定是最勇敢的人。

哈桑赶紧骑着马迎了上去，热情地向他们打招呼。那两个人对哈桑十分客气，也亲切地同他打招呼。之后，他们来到一个阴凉处，边休息边畅快地交谈。不知不觉，暮色渐渐降临，哈桑站起来向他们告别，因为他不想在这片荒凉的沙漠中休息。

那两个人说：“你要不要留下来，加入我们呢？我们打算在这儿待几天，咱们可以轮流打猎、烤面包。”哈桑觉得这是个考验胆量的好机会，就答应了。

第一天，哈桑去打猎，骑老虎的人去捡柴，骑狮子的人负责烤面包。

天黑时，哈桑和骑老虎的人回来了，骑狮子的人还在忙着烤面包。

哈桑觉得很奇怪，问道：“为什么还没烤好面包呢？”

骑狮子的人很惭愧，说：“我刚烤好面包，就来了一个乞丐。我把面包都给他了。”

哈桑觉得这是善事，不应该责怪他，就说：“这值得赞扬啊。”骑老虎的人却一声未吭。

第二天，还是哈桑打猎，骑老虎的人负责烤面包、烤肉，骑狮子的人去拾柴。等他们回来时，骑老虎的人也没烤好面包。他红着脸解释道：“食物刚烤好，那个乞丐又来了，我只好把烤好的面包全都给他了。”哈桑依然认为这是好事，值得称赞，而那个骑狮子的人则站在一旁沉默不语。

第三天，骑老虎的人和骑狮子的人分别去打猎和拾柴，哈桑留下来烤面包。他认真地做面包，先和面，再揉面，做成面包坯后，他架好火堆，把面包坯放在火上小心翼翼地烤了起来。

不一会儿，面包就飘出了诱人的香味。等烤好后，他把面包小心地从火堆上取了下来，寻思着："不知道那个乞丐会不会再来，到时候……"

突然，一声巨响打断了他的思考。地面裂开了一个大洞，从里面走出来一个黝黑的巨人。他狰狞地说："赶快交出烤好的面包！"

哈桑一点儿也不惊慌，平静地问道："看样子，你就是那个天天要面包吃的乞丐啦？"

巨人冷哼一声，威胁道："识相的话，就照着你同伴说的那样做，把面包交给我，不然有你的苦头吃。"

哈桑毫不畏惧，回应道："我巴不得吃些苦头呢。你想吃面包，门都没有。"

"那么，我就只能杀死你了。"巨人说着，向着哈桑逼近了一步。

哈桑迅速地拔出宝剑，一下子砍掉了巨人的脑袋。谁知，巨人的脖子上立刻长出了一个新脑袋，他大笑着说："哈哈，想不到我有两个脑袋吧！"哈桑没有说话，又迅速地砍掉了巨人的第二个脑袋。结果，巨人的脖子上又长出了一个新脑袋："哈哈，想不到我不止两个脑袋吧！"

哈桑也不吭声，迅速地砍掉了巨人的第三个脑袋。就这样，直到哈桑砍掉了巨人的第七个脑袋后，巨人才倒在地上死去了。哈桑不放心，仔细地检查巨人的尸体，发现他的小腿上有个大包，就一剑砍开了。没想到，从大包里掉出来一个装有七只活翠鸟的玻璃盒子。哈桑捡起玻璃盒子，擦洗干净后放到了口袋里。

这时，两个伙伴回来了。他们吃着面包，一声也不吭。哈桑指着巨人的尸体，轻蔑地说："那个讨要面包的乞丐已经被我杀了。"那两个人听了哈桑的话，十分羞愧，

把头埋得更低了。哈桑接着说："既然这家伙已经死了，我觉得我应该去洞里查查，防止里面……"

那两个人迅速地抬起头，为了遮掩自己之前的懦弱，争着说："不行不行，这么危险的事情应该我来干！"

"这样吧，咱们轮流去探索。"哈桑说完，就把绳子系在骑狮子的人身上，让他跳了下去，自己和骑老虎的人拉着绳子。谁知，刚下到一半，骑狮子的人就大叫起来："快拉我上去！快拉我上去！这里有火！有火！"

骑狮子的人上来后，骑老虎的人下去了，结果他和骑狮子的人遇到了一样的情况。轮到哈桑了。他也遇到了同样的情况，浑身火辣辣的，像是被火炙烤一样，但是他坚持继续往深处探索。当到达洞底时，哈桑看到了一座豪华的宫殿，那种火辣辣的感觉没有了，他反而觉得十分舒服。

哈桑正为宫殿的富丽堂皇而赞叹不已，突然听到了一阵微弱的呼吸声。顺着声音，哈桑在一间屋子里看到一个漂亮的女子被绑在床腿上。他小心翼翼地问："你是妖怪吗？"

姑娘解释道："我是人，被黑巨人抓到了这里，他逼迫我同他结婚，我不同意。他晚上打我，白天就绑着我。"

哈桑一边帮少女松绑，一边把巨人已经死去的消息告诉了她。临走前，他们还装了几袋子巨人的财宝。

哈桑把财宝绑在绳子上，示意两个伙伴把财宝拉上去。之后，他又用同样的方法把姑娘送了上去。等轮到他时，骑老虎的人和骑狮子的人对财宝和美女起了贪念，在拉的过程中，故意松开绳子——哈桑重重地摔了下去，掉进了比宫殿更深的地方。

幸运的是，哈桑并没有受伤，而是到了一个陌生的国度。他发现这里的人们都坐在地上痛哭，十分好奇，问他们为什么这么伤心。

原来，这里有一个作恶多端的海神，每年都要娶一个年轻漂亮的姑娘，而今年他要娶公主，否则就会发大水。哈桑听到这儿，愤怒极了，让人把自己带到公主身边。

公主听说了哈桑的来意，十分感激，可是她怕海神杀了哈桑，就劝他赶紧离开。哈桑摇摇头，准备先休息一下。入睡之前，他叮嘱公主，海神一出现就叫醒他。

没过多久，海面上掀起了一阵怒涛，一个面目狰狞的怪物出现了，踏着波涛朝着岸上走来。公主吓坏了，哭得更伤心了，一滴泪水掉在了哈桑的脸上。哈桑醒了，他一跃而起，利落地抽出宝剑，摆好了架势。

海神挥舞着手中的武器，一边逼近哈桑，一边怒吼："离开我的新娘。"

哈桑不为所动，等海神一上岸，他就挥舞着宝剑砍向海神的头颅。一连数下，海神纹丝不动，一点都没受伤，他嘲讽道："就这点本事吗？我可不是你们凡人。"

哈桑故意放低姿态，口气也软了些，说道："这么说，我是必死无疑了？既然这样，你能告诉我你的秘密吗？这样我就死而无憾了。"

海神轻蔑地瞥了哈桑一眼，得意地说道："上面住着一个黑巨人，他的腿上藏着七只活的翠鸟，那才是我的命门呢。人世间有谁会晓得这个秘密呢？哈哈……"

哈桑听了这话，心中大喜，因为那个装有翠鸟的盒子就在他的口袋里。他假装要为自己祈祷，请求海神多给他一点时间。骄傲自大的海神答应了。哈桑趁机取出了玻璃盒，把里面的翠鸟全都掐死了。

海神哪里会想到这些，等他发现时已经晚了，他也随着翠鸟的消亡死掉了。他那魁梧的身体一下子栽进了海里，激起了滔天的浪花。

海神死了，公主得救了，王国里所有的年轻女子自由了。人们热烈地欢呼起来，将哈桑和公主抬到国王的面前。为了表示感谢，国王要把公主嫁给哈桑，还要把半个王国当嫁妆。哈桑拒绝了，因为他只想回到地面上。

国王答应了哈桑的请求，招来了王国里所有的魔法师，命他们施展魔法送哈桑回到地面上。黎明时分，魔法师们对一只老鹰施法完毕，让哈桑骑了上去。老鹰带着哈桑，一连穿过了七层地下世界，才回到了地面上。

哈桑发现这里正是那处沙漠，他的那两个伙伴正在不远处因为财宝和少女争吵个不停。他怒气冲冲地提着宝剑跑过去，将那两个心术不正的人杀死了。

之后，那个少女答应嫁给哈桑为妻，他们带着财宝回到了家中。母亲见儿子平安归来，还带回来一个美丽的少女和许多财宝，高兴坏了。

第二天早上，哈桑睡醒了。他又询问母亲："妈妈，我是最勇敢的人吗？"

这一次，母亲比任何时候都更坚定地说："当然啦，我亲爱的儿子，你是最勇敢的人。"

从此，他们一家人过着美满幸福的生活。

渔夫和恶魔

从前，有一个穷渔夫，经常在海岸上撒网打鱼，却从来不会连续撒网超过三次。如果一无所有，他就会空着手回家。

这天，渔夫扛着网来到海岸边。他选择了一个地方，撒下了网，结果拖上来一头死驴。“哎呀，这是什么东西？”渔夫叫了起来。

他整理好渔网，又撒了第二网。这次，他只网上来一些碎陶片。“真倒霉！”渔夫十分气愤，又下了第三次网。没想到，这次网上来一只铜瓶。

“真怪！今天我什么也没捞到，难道我连捕鱼也不会了吗？”渔夫一边说，一边收拾渔网，准备到市场上把瓶子卖掉。

突然，他听到了一个奇怪的声音。他往四周看了看，一个人也没有，但那个声音再一次响了起来。这时，他注意到手中的铜瓶，便晃了晃，又仔细地听了听，发现声音是从铜瓶里面传出来的。

“我把它打开吧，看看里面都有什么。”渔夫想着，就拔下了瓶塞。

谁知，他刚一打开铜瓶，里面就蹿出一股黑烟，一个东西跳到了地上，很快就长高长大，变成了一个巨大的魔鬼。魔鬼一晃脑袋，发出巨大的声音，对渔夫说：“打鱼的，不管你愿不愿意，你都得死掉。先知苏里曼把我收入瓶里，扔进大海，害得我被海浪冲刷了许多世纪。起先我发誓，只要有人释放我，我就会给他许多好处。可我等了几个世

纪，都没有人释放我。于是我愤怒地发誓——只要有人释放我，我就杀死他。所以，你应该死掉。”

渔夫一见到魔鬼就吓得发抖，听了魔鬼的话之后，他反而不害怕了，责问魔鬼：“这么说来，你准备以德报怨、恩将仇报啦？难道你真的准备杀死释放了你的恩人？”

“我不想考虑这个问题。”魔鬼说，“你还是自己选择一个死的方法吧。”

最后，他们争吵了起来，决定去找人评理。

走着走着，他们遇到了一头牛。渔夫拦住牛，问道：“牛，你说，有人做了好事，应该遭受恶报吗？”

牛问：“什么事？”

于是，他们把整件事情讲了一遍。牛想了想，说：“对人，应该以恶报善。我们为人们耕田垦地，提供牛奶喝，但他们是怎么感谢我们的呢？最后还不是把我们杀死，吃我们的肉，用我们的皮做鞋子、制鼓吗？”

“喂，你听见了吗？”魔鬼高兴坏了。

“听见了，我们再去问问其他人。”渔夫不甘心。

他们继续向前走，看见一棵高大的椰子树，就向它讲了事情的原委。

椰子树想了想，说：“当然，谁也不能以恶报善，不过对人却是例外，他们罪有应得。我们椰子树给人们带来很多好处：供他们喝椰汁、吃椰肉，还给他们椰子壳做容器。可他们是怎么感谢我们的？用斧子砍伐我们，然后剥掉树皮做绳子，用枝干盖房子，拿叶子盖屋顶。”

“哼！你听见了吗？”魔鬼叫了起来，想立刻打死渔夫。

渔夫分辩道：“不，这不行，我们至少要找三个证人，还得往前走！”

他们又继续往前走，很快就遇到了三个人。魔鬼看了看他们，很不满意地说：“前面我们问过了牛和椰子树，现在却遇到了人，他们肯定会为你说话！我反对询问！”

渔夫不同意，坚持要问这三个人。他们来到了三个人面前，提出了同样的问题。其中一个人说：“听完了你们的话，我们还是无法做出判断，因为魔鬼的身材太巨大了，怎么能装进这么小的瓶子里呢？”

“显然不可能。”另外两个人异口同声地说。

这时，魔鬼叫了起来：“啊，你们不相信吗？那么你们看着！”说着，魔鬼吐出一股黑烟，身子快速地变小，很快就钻进了瓶子里，还大声地叫道：“你们看，我没有说谎吧？”

这时，他们迅速地从渔夫手中夺过瓶子，盖上盖子，丝毫不理会大喊大叫的魔鬼。他们还嘱咐渔夫把铜瓶重新扔回海里。

就这样，魔鬼要杀渔夫的企图没有得逞，渔夫又开始了打鱼的日子。

猎人的秘密和野牛姑娘

从前，有一个女人生了一个男孩。不久，她就发觉这个孩子不是普通的孩子，因为他生下来不到两个小时，就能走路和说话了。几个小时以后，他已长大成人。当天晚上，他已经拿起一支枪要去打猎了。

夫妻俩对这件事大为惊异，可是他们没有办法阻止男孩。大家见男孩长得这么快，虽然觉得奇怪，但是慢慢地也就习惯了。大家发现，他是一个很老练的猎人，第一次打猎，他不仅猎杀了几只小野兽，还猎杀了一头野牛。很快，他就打破了所有猎人的狩猎记录，人人都知道他是一个了不起的猎人。

他在狩猎野牛方面特别内行，直杀得那些野牛惊惶万分。为此，所有的野牛召开会议，商量如何阻止这位猎人捕杀牛群。最后，它们决定让一头母野牛变成一个漂亮的姑娘，到男孩那儿打听消息。这个姑娘皮肤白皙，头发乌黑、浓密。

她来到猎人家里，要求见他。猎人的母亲问她有什么事，她说，她是从另一个城市来的，因为听说了男孩打猎的事迹，对他很敬慕，特地来问问他愿不愿意娶她做妻子。猎人那天下午正好在田里干活，一听说有位美丽的姑娘来家里拜访他，没等到把地里的活儿干完，就把镰刀往灌木丛里一丢，把锹子在堤边一掷，急匆匆地跑回家去了。他看见那位等着他的美丽姑娘时，欢喜得不得了，表示愿意娶她为妻。

当天夜里，那位野牛姑娘没有浪费时间就开始行动了，因为每延迟一天，就要多死掉一些她的亲族。她对他诉说了仰慕之情，又大大地恭维了他一番，问他为什么会成为这么了不起的猎人，为什么不怕那些野兽发怒。毕竟野兽对猎人，总是要报复的啊。

猎人回答道："这很简单，因为我会念几句有特效的咒语。一旦什么愤怒的野兽来追击，我就会把咒语一念，变成其他模样，然后就能逃脱掉。"

"你举个例子。"野牛姑娘表示不解。

“比如说，要是有一头危险的野牛追我，那我就可以变成一阵微风。”

“如果它们知道你变成了微风呢？”

“哦，它们不会知道的，就算它们知道了，我还可以再变成一堆落叶。”

“如果你不能变成落叶呢？”

“哦，我还可以变成一个蚂蚁窝。”

野牛姑娘一个劲儿问下去，猎人把他能够变的各种东西一一告诉了她，直到最后，只剩下一个名字没有说出来了。他正打算把这个名字也告诉她时，睡在隔壁房间里的母亲大声尖叫起来，打断了他的话语。“喂，够了！”她喊道，“老婆讨来才一天，你干吗把肚里的话全都对她倒出来？”

猎人听到他母亲的话，住口不讲了。他正要说“泰莫列别列别”——一种蝌蚪的名字，但是他只说了“泰莫”两个音节。野牛姑娘要他把这个词说完，但是他觉得母亲的话有道理，便不说了。他说，跟上面说的那些名字一样，这两个音节就是这个词的全名。于是，野牛姑娘认为自己的任务完成了，就爬起身，对猎人说：“我要出去方

便一下。”说着，她就走出了屋子。

过了好一会儿，她还没回来，猎人便出去找她，但是哪里都找不到。原来，她恢复了原形，回到野牛群里了。

第二天，仍然没有妻子的下落，猎人只好又去打猎了。这时，他发现一大群愤怒的野牛正在那片密林里等着他呢。它们把他团团围住了，想要杀死他。猎人连忙变成了一阵儿微风。但是一头母野牛指着摇动着的灌木树大叫道：“他说他会变成微风的，快捉住他！”

猎人才知道自己上当了，他绝望地从这样东西变成那

样东西，可是，那头母野牛每一次都能喊出名字，命令其他牛在后面追他。

最后，他一头钻进肮脏的溪水中，变成了一只小蝌蚪。野牛们赶到溪边，困惑地站住了，那头母野牛反复地喊着他跟她说过的最后的名字：“泰莫。”那群野牛狠狠地踩踏着沙子，看看是不是那位猎人。它们咬断了芦苇，甚至捉了一只蜻蜓和一条小鱼，但是它们却依旧没有找出叫作“泰莫”的东西。

终于，那群野牛沮丧地走掉了，猎人恢复了人形。他回到家里，把事情的经过告诉了母亲。从那天以后，猎人再也不敢泄露他的秘密了。

老猎人和狮子

很久之前，在一座大森林的边上有个村子，住着一位老猎人。他有着非常丰富的狩猎经验，熟悉各种动物的习性，并对它们的活动情况了如指掌。所以他每次打猎都能满载而归。

这天，老猎人扛着工具走进森林，重新修整了之前设置的陷阱，又在动物们来往的必经之路上挖了新的陷阱，搭上枝叶，撒上碎土，移植了一些青草做伪装，还找了一些动物的粪便四处撒了些，然后就回家了。

第二天一大早，他就去了森林，检查一下收获。第一个陷阱完好无损，第二个陷阱完好无缺……一直检查到最后一个陷阱，他才发现里面有一只肥嫩的羚羊，已经摔死了。于是，他把羚羊取上来，重新把陷阱布置好之后，扛着羚羊回家了。

第三天早晨，猎人又去了森林。他挨个检查陷阱，发现只有最后一个陷阱被破坏了。他赶紧跑过去探明情况：好家伙，一只狮子掉进去了，正急得团团转呢。

狮子一看猎人来了，赶紧停下来，装出一副可怜的样子，像猫咪一样哀求道：“好心的猎人啊，你是世界上最善良最好心的人啦，请你放我走吧，我的妻儿还等着我回去保护它们呢。求求你！”

猎人瞧着狮子，觉得它很可怜，又一想，那头羚羊就够吃好几顿的了，完全没必要再捕杀猎物了，因而同情地说：“狮子呀狮子，你也有今天，这次我可不怕你了。让我放了你也不是不可以，你必须答应我的条件。”

狮子一听这话，立刻答道：“只要你放我走，什么条件我都答应。”

猎人说：“条件很简单，你必须保证你以后见到我远远地躲开，不准再欺负我。”

“好说！好说！我保证以后再也不找你的麻烦了。”说着，狮子还举起一只前爪发起了誓。

猎人信以为真，就把狮子从陷阱中救了出来。不料，狮子根本就是做戏，它一脱离陷阱，就张开血盆大口扑向

了猎人，把他按在地上，凶狠地说："你到处挖陷阱害我，还想让我不找你的麻烦？真是做梦！我现在就吃掉你！"

猎人吓得冷汗直流，不敢责怪狮子，好言哀求道："狮子大王啊，你饶了我吧，我再也不敢了。我现在就把所有的陷阱填起来。"

狮子一点都不信，坚持要吃掉猎人。

就在这危急关头，跑来了一只老鼠，气喘吁吁地喊道："狮子大哥，快跑呀！许多猎人朝这边来了，准备把所有的狮子都杀死。"

"什么？"狮子大惊失色，来不及感谢小老鼠，也无心顾及猎人，便头也不回地逃走了。

老鼠一见这个情形，顿时哈哈大笑起来。

猎人感激老鼠的救命之恩，再三表示感谢："要不是你，我早就完了。"

老鼠说："狮子太可恶了，总是欺负我，我必须报复它。对于我们的敌人，千万不要怜惜它们！"说完，它就钻进草丛里跑走了。

猎人空着手回家了。

油棕树和蜂鸟

非洲的陆地上生长着许多油棕树，它们是当地人生活中必不可少的一种植物。它巨大的叶子可以搭在屋顶上，叶脉拧成绳子后可以扎扫帚，果子可以榨油，就连树干上流淌的浆汁儿都可以酿酒……毫不夸张地说，油棕树浑身上下都是宝，是名副其实的摇钱树。

相传，油棕树一开始并不是生长在地上的，而是生长在天帝的门前的，是一种风景树。它之所以来到地上，和一只叫科里布的小蜂鸟有关。

科里布身体非常小，只有蜜蜂那么大，常常独自钻在花心里品尝花蜜，所以人们称它为“蜂鸟”。科里布并不认为身体小有什么不好，相反，它还为此感到自豪：“瞧，那些大鸟成天飞来飞去，到处觅食，有时还要忍饥挨饿。地上有这么多鲜花，里面藏着那么多可口香甜的花蜜，它们却没有这个口福，多么遗憾呀。”

一天，科里布飞到一个水塘边饮水，喝水的同时还不忘欣赏自己小巧玲珑的身影。突然，一只雄鹰从水塘上空飞过，天空顿时暗了下来，科里布的身影立刻消失了。

科里布抬头一看，原来雄鹰巨大的影子遮住了半个水塘，它不由得哀叹起来：“天啊！这么看起来我真可怜呀！我的身体这么娇小，没有办法像其他的鸟一样飞得那样高，任何一种鸟都可以欺负我。现在想想我的那点骄傲，真没什么可炫耀的，不过是自欺欺人罢了。我要去找天帝，让他把我的身体变大一些。”

它挥着小翅膀，奋力地向上飞，飞呀飞呀，终于飞到了天上。它见到了天帝，请求道：“天帝呀，请您帮帮我，让我也和其他鸟儿一样，有一个庞大的身躯吧！”

“好吧，我答应你。不过你得等待时机，还要为此付出努力。”天帝说。

“我得等多长时间呢？要做哪些努力呢？”科里布迫不及待地问。

“等你过来找我，恰好遇上我睡觉时，就是你的愿望成真之际。”

“那我什么时候来呢？”

“随时都可以。”

科里布高高兴兴地回家了。第二天一早，它就迫不及待地飞到天上，发现天帝正在和大臣们商量事情呢。“我来得太早了。”科里布心想。

第三天中午，科里布觉得天帝会睡午觉，就飞到了天上，结果天帝正在专心致志地处理公务呢。“看来得再换个时间。”科里布心想。

第四天晚上，科里布认为就寝时间到了，等它飞到天上时，天帝肯定睡着了。然而，天帝根本没有睡觉，正把酒言欢呢。

第五天夜里，科里布又飞到了天上。但是，天帝依然醒着。就这样，科里布选择了很多时间点去见天帝，可是每次天帝都醒着。

这天，科里布飞上天，又碰到天帝醒着，便落在了门口的一棵油棕树上。它想起连日来的奔波，不由地哀叹起来：“看来是没有什么希望了，天帝是根本不睡觉的。到头来，不过是竹篮子打水一场空，我还是放弃吧！”

“不，天帝也是需要休息的，只不过你没遇上罢了。”

科里布的话刚落，油棕树就开了腔。原来，油棕树见科里布每次带着希望而来又失望而回，十分同情这只小小的鸟儿，决定帮它一把。

“啊，油棕树大叔，您一定知道天帝什么时候睡觉吧！请您告诉我吧。”

“是的，我确实知道天帝睡觉的秘密，也可以告诉你，但你必须保证无论在什么情况下，都不把我说出来。否则，我就要倒霉了。”

“您放心，我保证一个字也不往外说。”

“既然如此，就告诉你吧。只有当天上地下都大雾迷漫时，天帝才会休息片刻。雾散去后，他就会醒了。”

科里布得到这个消息，激动得不得了，再三感谢油棕树，然后心满意足地飞回地上，耐心地等待大雾弥漫之日。等啊等啊，科里布即将失去耐心了。终于，这天天降大雾，到处都是灰蒙蒙的。科里布开心极了，赶紧奋力地向天上飞去。

等到了天上，天帝果然在呼呼大睡。科里布高兴地大呼小叫起来：“天帝，快醒醒！天帝，快醒醒！科里布来了。”

天帝刚睡着就被吵醒了，心中颇为不悦。当他看到科里布时，顿时吃了一惊：“是你，科里布！是谁告诉你我在这时候睡觉的？”

“没……没有谁……告诉我。”科里布结结巴巴地小声说道。

“不可能！快说！到底是谁？”天帝动怒了。

“是……是……油棕树。”科里布经不住吓唬，把油棕树供了出来。

“原来如此！”天帝一听，火更大了，“虽然你在我睡着的时候来见我了，但这不是你自己努力的结果，所以你的要求无法实现。”科里布惭愧极了，它低着头，一声不吭。

“至于油棕树，它应该为泄密而接受惩罚，就到地上生长吧。或许它为人类还能做点贡献呢。”天帝的话音刚落，油棕树就落到地上，成了人间的一种树。

蜂鸟科里布呢？直到现在，它还是像蜜蜂那么丁点儿大呢。

豹子和羚羊

在辽阔的非洲大草原上，生活着许多动物。由于这里常年天气炎热，雨水对于动物们来说至关重要。有一年，天气炎热异常，已经好久没有下雨了。河水干涸了，草地枯萎了，树木干枯了，庄稼旱死了，动物和人都处在饥渴的状态中，急需一场大雨的滋养。

一头羚羊四处寻找新鲜的嫩草叶，它的嗓子都要冒火了，却连半根都没找到。它一边走，一边默默地向天神祈祷："天神啊天神，求求您下场雨吧。如果您答应了，等到木薯成熟时，我愿意成为您晚餐时的菜肴。"

没想到，天神真的听到了羚羊的祈祷，便下了一场大雨。顿时，草原上的一切都活过来了，草木的叶子变得油绿了，庄稼缓过来了，动物们也都有水喝有东西吃了。羚羊也很高兴，它认为天神听到了它的祈祷，才下了雨。

秋天很快就到了，木薯成熟了。有一天，天神的饭桌上出现了新鲜的木薯，他一下子想起了羚羊的许愿，就派了几个侍卫去寻找羚羊。

侍卫们带着天神的旨意找到羚羊，要带它去见天神并要求它履行承诺。羚羊一见到天神的侍卫，吓了一大跳，这才知道之前的那场雨真是自己求下来的。它故意用稚嫩的声音说道："大人们，还请你们回复天神，我还太小，等我长大一些再来，可以吗？"

侍卫们觉得羚羊的个头真的太小了，估计都不够天神吃一顿的，就回去向天神说明了情况。天神想了想就同意了。

但是，到了第二年、第三年……羚羊总是这样打发走侍卫们，这让天神很不满意。

这一年，侍卫们又来找羚羊了，依旧被它用老托词打发走了。路上，一头豹子拦住了侍卫们的去路。他是羚羊的邻居，每年都看到这些人前来，觉得很奇怪，就问道："大人们，你们来自哪里呀？怎么年年来找羚羊呀？"

侍卫们把事情的经过说了一遍。

豹子一听，觉得这是个报仇的好机会，它之前捕杀羚羊时，被它的羊角狠狠地顶过，好几天都没爬起来。于是，它对侍卫们说："大人们，你们被羚羊骗了，它的身形就那么大，以后也不会再长大了，赶紧把它抓走献给天神吧。"

侍卫们气坏了，回去后就把豹子的话原原本本地告诉了天神。天神十分气愤，命令侍卫们马上把羚羊抓来。

侍卫们再次来到羚羊家，二话不说就把它五花大绑，押送着去见天神。

路上，他们又遇到了豹子。豹子一见羚羊的惨样，强忍着心中的笑意，明知故问地嘲讽道："哎呀，这不是羚羊老弟吗？你这身打扮是要去哪呀？"

羚羊示意侍卫们等一等，走过去和豹子说道："是这样的，天神希望我能在他吃饭的时候帮他把骨头咬断，就派侍卫来接我了。"

"开什么玩笑？"豹子一脸狐疑，"你那吃草的小碎牙咬得动骨头？"

"我也是这样说的，可是天神不乐意。"羚羊装作很为难的样子说，"本来我想找个牙齿尖利的人替我去，这不还没找到，就被侍卫们催促得不得了，只好自己硬上了。"

“说到牙齿尖利，我在大草原上的动物中可是数一数二的呢，不如就让我代替你去吧。”说着，他就把羚羊脖子上的绳子扯下来，套在了自己的头上，然后又向侍卫们说了许多好话。

就这样，豹子被侍卫们带到了天神的后院中，兴高采烈地等着天神的召见。等着等着，它突然听到了一个小孩子的哭声，又听见一个女人的声音。

“乖宝宝，不哭了。”女人轻声细语地哄着孩子，“你爸爸说，今天他会抓来一头大野兽，到时候宝宝就有好吃的烤肉啦。”

豹子吓得冷汗直流，顿时明白自己中了羚羊的诡计。它拼命挣脱绳子，飞一般地跑回大草原，到处寻找羚羊。终于，它在一条小路上遇到了羚羊。它二话不说，扑上去就咬住羚羊的脖子，拖着它回家了。

豹子并没有咬死羚羊，准备让羚羊先烧一锅水再说。羚羊不敢违背豹子的意思，就一边捡柴火，一边碎碎念。

“喂！你在嘀咕什么呢？赶紧闭嘴，吵死了！”豹子被吵得受不了，怒声喝道。

羚羊不理它，依旧小声嘀咕着。

“快点说！不然我马上吃了你！”豹子愤怒地咆哮起来。

“好好好，我说还不行吗？”羚羊装出一番委屈的模样，说，“我本来想通知你快点逃走，逃得越远越好。因为你逃走了，天神的晚餐就没有着落了。侍卫们被天神责怪，此刻正在四处找你，要抓你回去呢。”

豹子一听，吓得六神无主，也不辨真假，跳出窗子就跑，眨眼间就没了影儿。

就这样，羚羊又一次解除了危机。从那之后，豹子再也没有回来过。

十只白鸽

从前，有对夫妇生育了十个儿子和一个美丽的女儿。孩子们还没成年，妻子就死了。男人经常外出做生意，没时间照顾子女，就又娶了一位妻子。谁知，这个年轻的妻子是一个巫婆，她一点也不想照顾这些孩子，总想把他们赶走。

这天，男人准备出趟远门，临走前一再嘱咐妻子要照顾好这些孩子们。可是他前脚刚走，妻子就把他的十个儿子变成了十只白鸽，然后把它们都赶走了。接着，她又把小女儿撵到羊圈里，独自过起了逍遥自在的日子。

过了一段时间，男人回来了。他一进门就迫不及待地要见自己的孩子，可是连孩子的影子都没见到。因此，他就询问妻子发生了什么。妻子说："孩子们觉得自己长大了，所以都外出谋生了。小女儿出去玩了，我这就找她回来。”

妻子说完就出门了。她趁丈夫不注意，溜到羊圈里把小女儿带了出来。她领着脏兮兮的小姑娘来到院子里，指着一盆水说：“赶快洗干净，你父亲回来了。”可恶的后母在脸盆里的水中加了药水。小姑娘的脸刚沾到盆里的水，瞬间就变得奇丑无比。

男人一看到这个脏兮兮又丑陋的孩子，心里就十分厌恶，忍不住大叫道：“你是谁家的孩子？快走开，我可没你这样的女儿！”

听到父亲嫌弃的话语，小姑娘伤心至极，哭着跑出了家门。夜色降临时，她跑到了一条小河边，不停地抽泣着。突然，天边响起一阵儿鸽哨，飞过来十只白鸽。白鸽一落到地上，就变成了十位英俊的男子——正是她的十位哥哥。

小姑娘喜极而泣，上前拥抱哥哥们，并把自己的遭遇告诉了他们。哥哥们帮她擦干眼泪，安慰道：“不要哭了，你已经恢复了容貌。你跟我们住到河对岸那位年轻国王的花园里吧，这样我们就能照顾你啦。”他们还告诉妹妹，只有到了夜晚，他们才能变成人形。一想到能和哥哥们在

一起，小姑娘开心极了。

看着宽宽的河水，小姑娘想到了一个过河的办法。她在哥哥们的帮助下拔了许多水草，然后编成一张网。第二天天一亮，哥哥们变成了白鸽。她坐在网里，哥哥们衔着网，顺利地把她带到了河对岸。

到了国王的花园里，哥哥们就飞走了。小姑娘在花园里游逛着，由于连日奔波，她很快就感觉累了。她躺在一棵大树下，不一会儿就睡着了，还做了一个奇怪的梦。在梦中，一位慈祥的老婆婆告诉她："只要你用胶树的叶子为每个哥哥都缝制一件衣服，他们就可以恢复成人啦。在缝制的过程中，千万不要说话，不然你的哥哥们就永远也

变不回来了。”

小姑娘一下子就醒了，她清清楚楚地记得老婆婆的话。她不想放弃任何机会。可是，她转遍了国王的花园，只找到了几棵胶树。她和哥哥们说清楚后，便开始采集胶树的叶子为哥哥做衣服，再也不说话了。

这天，小姑娘一直在专心致志地编织衣服。年轻的国王到花园里游玩，被小姑娘的容貌和专注吸引住了。他不知道这个小姑娘从哪里来，是什么时候来到自己的院子里的，因为不管他说什么，小姑娘都没有回应过。国王以为小姑娘是个哑巴，不过他一点也不在意。

从那天起，国王每天都要来看小姑娘。他发现小姑娘的一举一动都那么迷人，他已经深深地爱上了她。于是，他向小姑娘求婚了。小姑娘面带微笑，并没有反对。国王十分开心，向王国里的皇亲国戚、贵族大臣们都发送了请帖，和小姑娘举办了十分盛大的婚礼。尽管成了王后，小姑娘依旧没有忘记为哥哥们做衣服。

时间一天天过去了，所有人都十分喜欢这位美丽的王后，除了那个贪婪恶毒的首相。他担心王后生下小王子后不利于自己的地位，更会断了自己的财路，所以他暗地里派人监视王后，处心积虑地想除掉她。很快，他便得知王后总是在半夜时分前往花园编织树叶衣服，就计上心来。他到处散布谣言，说王后经常趁国王睡着后，去花园里私会情人。

消息很快传到了国王的耳朵里，他召首相前来查问情况。首相故意支支吾吾地说他不止一次看到王后去花园私会情人。国王难以相信，他决定亲自看看。当天晚上，他假装睡着了，等王后走出房间后，他在窗子边上看到王后真的走进了花园。

国王伤心欲绝，对这件事无法容忍，决定烧死王后。首相一听计谋得逞，连夜发布告示：王后不守妇道，根据国王的命令，晚上将用火烧死她。

王后听到这个消息后伤心极了，她多想亲自揭穿首相的阴谋呀！可是，那样做虽然挽回了自己的名誉和生命，但是哥哥们就永远失去变成人的机会啦。最终，她决定不辩解，任由武士们把她带到刑场。尽管如此，她依旧没有放弃手中的活儿，一刻不停地赶制着哥哥们的衣服。

刑场上站满了人，刽子手正在抓紧堆放柴火。夜幕降临时，刽子手们准备行刑了。他们刚点上火，天边就飞来了十只白鸽，挥舞着翅膀把火扇灭了。就这样，刽子手们点燃柴火，白鸽就飞过来扑灭，如此反复。围观的人们都叫起来，认为王后是冤枉的，要不然鸽子们怎么会帮她呢？

围观的人越来越多，都呼唤着释放王后。王后的父亲也来了，原来他得知了事情的真相，出来寻找自己的儿女。他没想到，那个即将被烧死的王后正是他苦苦寻找的女儿。

正在这时，刽子手们终于把火点燃了。那些白鸽不再扑火了，全都围绕着王后盘旋。原来，王后已经做完了十件衣服。她把衣服一抛，衣服就落到十只白鸽身上，它们立刻恢复了人身。

父亲一眼就认出了儿子们，他风一般地跑过去，激动地拥抱着孩子们。

大火已经烧起来了，刽子手们走上前来，准备把王后扔到大火里。此时的王后已经可以开口说话了，她大喊着冤枉，并要求面见国王。

早就有人把消息告诉了国王。国王一听王后会说话，连忙阻止行刑，迅速赶来。王后见到国王后，把事情的真相告诉了国王。国王震惊极了，这才知道自己冤枉了王后。他开心地邀请王后的父亲和哥哥们到宫殿中居住，还宣布将与王后重新举办婚礼。

至于那个狠毒的首相呢？国王早命人捆起他的手脚，扔进了首相为王后准备的火坑中，烧死了。

会唱歌的鼓和神秘的南瓜

这是一个假日的清晨，一群非洲小姑娘跑到海滩上玩耍。她们在海边追逐浪花、捡贝壳、抓螃蟹，但谁也不敢去深水里，因为她们听说水中有鲨鱼，还有妖精会抓她们去当奴隶。

有一个小姑娘捡到了一只特别好看的贝壳，为了不被其他孩子抢走，便把它放在一块大岩石上。谁知，等回家时，小姑娘忘记了大贝壳，走了好远才想起来。

“啊，我的贝壳！”她叫了起来，“我把最好看的一只贝壳忘在岩石上了。你们陪我回去拿吧。”

同伴们谁也不想回去，她们说：“你已经捡了这么多贝壳，少一只有什么关系？”

“不！我一定要拿回来，因为那是最好看的一只。”她说。

“那你自己回去拿吧，”最大的姑娘说，“再不回家，爸爸、妈妈该担心了。”

没办法，小姑娘只好自己回去了。为了给自己壮胆，她哼起了自己编的贝壳歌：

我忘了我的大贝壳，
晶莹美丽的大贝壳，
它放在光滑的灰色岩石上，
像月亮一样闪耀。

当她找到岩石时，发现上面坐着一个妖怪，吓得她扭身就要逃走。

“过来，小姑娘，再给我唱一遍。”妖怪发话了。

小姑娘停下来，哆哆嗦嗦地迈了几步，又唱了一遍。

“真是一副好嗓子呀！”妖怪说着，从身旁拿起了小姑娘放在那儿的贝壳。

“你再给我唱一遍，我就把贝壳还给你。”

小姑娘只得又唱一遍。

妖怪把贝壳递给小姑娘。正当小姑娘准备接过贝壳时，妖怪一下子抓住了她的胳膊，又从岩石后面掏出一面大鼓，把她塞到了鼓里，封好了鼓皮，大笑着说：“哈哈，我的小宝贝。从现在起，我什么时候打鼓，你就什么时候唱，不然我就会狠狠地收拾你。”说完，妖怪把鼓往腋下一夹，朝着附近的一个村庄走去了。

村民们正在树荫下乘凉。妖怪大声喊道：“喂，我这里有一面会唱歌的鼓，只要你们给我送来炖鸡和米饭，让我吃个饱，我就打鼓唱歌，让你们跳舞跳个够。”

人们觉得很稀奇，哪有鼓会唱歌呢？他们弄来食物，妖怪独自吃完了，一点儿也没留给小姑娘。吃饱喝足后，它开始打鼓，小姑娘就在里面唱了起来。人们都觉得蹊跷，完全不明白是怎么回事。可是鼓声太欢快，歌声太美妙，他们都快乐地跳起舞来，一直跳到筋疲力尽，才回家休息。

就这样，妖怪背着鼓，一个村子接一个村子进行表演，获得了不少好处。

这天，妖怪来到一个地方，正是小姑娘居住的村庄。歌声一起，小姑娘的父母一下子就听出了女儿的声音。

“这可怎么办呢？万一触怒了妖怪，咱们一家人就都

完啦。”女孩的父亲急得团团转，不知如何是好。

“不如这样吧，”女孩的母亲想出了一个办法，“咱们让妖怪多喝酒，等它喝得不省人事时，再救出女儿。”

女孩的父亲觉得这是个好主意，就把家里酿的好酒一葫芦一葫芦地送给妖怪，还不断奉承说：“多么美妙的鼓声呀，多么动人的歌声呀，我们村里人从来没有听过。这些酒都是大家献给您的，管够喝。”

家里的酒被妖怪喝光了，他们又从邻居那里借了很多酒。最后，妖怪身子一软，摊在地上睡着了。这时，村民们也玩得尽兴，都回家睡觉了。

小姑娘的父母悄悄地摸到鼓旁边，迅速地揭开了鼓皮，救出了可怜的小姑娘。父亲小声地嘱咐道：“你们回去后赶紧藏起来，我不能让这个妖怪好过。”说完，他就朝着森林里走去。

趁着夜色，他先抓了两条毒蛇；接着，他又找到了一窝毒蚂蚁；最后，他还从树上摘下了一个大马蜂窝。他把这些东西全都塞到鼓里，粘好鼓皮后，就跑回家了。

黎明时分，一些村民又来了，他们喊醒了妖怪，让它再敲一回鼓。妖怪一看到丰盛的早餐，立刻就同意了。它挥起了鼓槌，可是这次无论它怎么使劲，只传来“咚咚咚”的闷响声，再也没有甜美的歌声了。村民们纷纷嘲笑妖怪，认为它的鼓已经成了破鼓，而它也不配吃这么丰盛的早餐。于是，他们又端着食物回去了。

妖怪气坏了，决定找个没人的地方把鼓打开，好好地收拾小姑娘一顿。它夹着鼓，来到一处隐秘的丛林里。“我让你唱的时候你不唱，害得我丢丑不说，还没饭吃。看我怎么收拾你！”它气急败坏地吼着，迅速地揭开了鼓皮。

鼓里面的毒蛇、马蜂、毒蚂蚁早被妖怪的鼓槌敲醒了。一见到鼓皮打开了，马蜂“呼”的一下飞了出来，对着妖怪的脸狂蛰；毒蚂蚁爬了出来，对着妖怪的腿脚乱叮；两条毒蛇蹿了出来，狠狠地咬向妖怪的手。

妖怪吓傻了，它搞不明白小姑娘怎么会变成马蜂、毒蚂蚁和毒蛇。它还没来得及施展妖术呢，就中毒身亡了。

第二天早上，小姑娘的父亲外出打猎时，看到了死去的妖怪和坏掉的鼓。等他回来时，妖怪和鼓都不见了，取而代之的是一棵大南瓜藤。他赶紧回到村子里，把看到的情况告诉人们，嘱咐他们要看管好自己的孩子，千万不要靠近这处危险的地方。

一连几个月，村子里什么事都没有发生，大人们都放松了警惕，也不再时时看管孩子了。这天，几个小男孩玩打猎的游戏，来到了大南瓜藤附近，发现上面结了许多大南瓜。

最大的孩子说：“天啊，这些南瓜可真大，我从来没见过这么大的南瓜。”

最小的孩子说：“不能碰！妈妈说这是妖怪的化身。”

最大的孩子说：“骗人，这肯定是种南瓜的人怕人们偷摘他的南瓜，故意编出来的故事。我要摘一个最大的南瓜回家，晚上让妈妈蒸来吃。”说着，他不顾其他孩子的劝阻，去摘最大的那个南瓜了。

不料，那个大南瓜突然朝他滚过来，把他撞倒了。孩子们吓坏了，拔腿就跑。大孩子也挣扎着爬起来，跟着其他人往回跑。他们跑着跑着回头一看，发现大南瓜飞快地追过来了。他们吓得哭爹喊娘，跑得更快了。

慌乱之中，他们跑错了路，一条大河拦住了他们的去路。一个老渔夫听到孩子的呼救声，就划着船把他们送过了河。谁知，大南瓜也从河底滚过了河，继续追赶孩子们。

孩子们吓坏了，跑进一个陌生村子里，看见一群老人正在闲聊，哭喊着求救：“老爷爷，老爷爷，快救命啊！一只大南瓜在追我们！”

老人们都见过世面，知道是怎么回事，赶紧把孩子们藏到屋子里，又若无其事地接着聊天。大南瓜滚过来，使劲地撞着老人们的脚，瓮声瓮气地怒吼着：“快把孩子们交出来！他们是我的奴隶。”

孩子们在屋里吓得魂不附体，大气儿都不敢出。

这时，酋长赶来了，他对人们喊道：“快拿刀把南瓜剁碎！”接着，就是一阵砍杀、呼喊的声音。眨眼间，大南瓜就被剁得稀巴烂。

“出来吧！孩子们！”老人们喊道，“去准备柴火，把这家伙烧掉。”孩子们捡来柴火，燃起了一堆篝火，把碎南瓜烧成了灰烬，然后又把灰烬撒到了不同的地方。

孩子们回到家后，把事情的经过告诉了自己的父母。人们都庆祝孩子们平安归来，那个曾被妖怪装在鼓里的小姑娘也出来了，她戴着漂亮的贝壳项链，和村里的人们一起载歌载舞。整个村子里洋溢着幸福与欢乐，热闹极了。

贪婪的蜥蜴

很久很久之前，盐还是稀罕物，并不是谁家都能买得起的。可是，如果菜里不放盐，吃起来就没有味道，谁也离不开盐。

这天，乌龟家里的盐用完了，妻子建议他去借点盐。乌龟决定去兄弟家看看。到了兄弟家，得知兄弟储存了很多盐，他非常高兴。可是他急匆匆地出了门，忘记携带盛盐的工具了。

“你打算把这些盐怎么带回去呢？”兄弟疑惑地问。

乌龟一时间也犯了愁，想了老半天，才说：“这样吧，我弄一些树皮把盐包起来，然后再用绳子捆好，留个绳头，拖着就可以回家了。”

“这个主意不错！”兄弟赞叹道。

乌龟和兄弟弄了一些树皮和绳子，捆了一个大大的盐包。看着这个盐包，乌龟开心极了，心想：这下可以吃上一段时间了。他告别兄弟后，拉着盐包慢吞吞地朝家走去。一路上，粗糙的树皮不断碰撞着路面上的小石子，发出“砰、砰、砰”的响声，引起了不少动物们的注意。

这时，盐包突然被扯住了，乌龟被拽了个趔趄，牙齿也差点儿被拽下来。他连忙取下绳子，扭头一看，只见一只大蜥蜴正坐在盐包上大模大样地瞅着自己呢。乌龟气坏了，怒斥道：“你赶紧给我下来！家里还等着用盐呢！你这样坐在上面，算怎么回事？”

谁知，蜥蜴一听说里面是盐，不但不下来，还要起了无赖：“真是可笑！这包盐明明是我捡的，谁说是你的？”

“胡说八道！这是我从兄弟家借的！”

“盐包在我身子下，就该是我的！”

“你无赖！”乌龟急了，“这明明是我的盐包，绳子还在我手里呢。”

蜥蜴可不管这些，坚持说盐包是他的，要不就去法庭打官司，让法官来判。

乌龟觉得这样僵持着也不是办法，让法官来审判也不错，毕竟这包盐是自己的，绳子也握在了自己手中，而蜥蜴就是个拦路的无赖，不占任何道理。最重要的是，他坚信法官们会为他主持公道的。

一路上，蜥蜴蛮横地大叫着："这包盐是我在路上捡的，谁捡到了就是谁的。"走了一路，他喊了一路，生怕别人不知道似的。

乌龟闷不吭声，紧紧地咬住绳头。

到了法庭后，乌龟就把事情的经过叙说了一遍，然后请法官们主持公道。谁知，这些法官们和蜥蜴有些关系，一听说是盐巴，就都想从中捞些好处。他们商量了许久，最后判决道："你们的话都有道理，为了避免纷争，就平均分配，各得一份吧！"

乌龟听到判决结果，顿时傻了眼，虽然知道这包盐是自己的，但是也只能眼睁睁地看着法官们把盐包撕扯成两半。看到法官们撕开了盐包，蜥蜴眼疾手快，一把抢过被大半树皮包裹着的盐巴，飞一般地跑走了。乌龟叹了口气，想着把剩下的盐包起来。可是他的手太粗短了，树皮又少，根本不能把所有的盐装起来。到最后，他只包了很少很少的盐，抱着回家了。

法官们一见当事人双方都走了，全扑向了地上的盐巴，也不管有没有土，都捧回了家。

再说乌龟的妻子正焦急地等待着丈夫归来。当她看到乌龟带回来的那些少得可怜的盐巴时，很是失望。乌龟一边把盐放进盐罐里，一边把路上发生的事情讲给了妻子听。妻子听完后，对这件事大为恼火。乌龟因为这件事憋屈得不得了，一连几天都没缓过神来。他思来想去，终于想到了一条妙计，决定教训教训蜥蜴。

这天，乌龟和妻子打过招呼，就出门了。他兴奋地朝蜥蜴家爬去。爬着爬着，他突然瞧见蜥蜴正躲在一片大叶子上，准备捕猎呢。

趁着蜥蜴不注意，乌龟悄悄地来到了叶片下，猛地把蜥蜴拦腰抱住了。他兴奋地大叫起来：“瞧呀，我捡到了

一个什么东西！”

“你干吗？”蜥蜴吓了一跳，狐疑地问道。

“这是我在路上捡到的东西。”乌龟得意地大喊着，也希望引起其他人的注意，“我捡到了，它就是我的！这可是跟你学的，难道你忘了怎么得到我的盐的吗？”

蜥蜴一听傻了眼，奋力地挣扎着，想从乌龟手里逃走。可是乌龟怎么可能让他轻易地逃脱呢？乌龟嚷嚷着要去法庭，让法官们主持公道。

蜥蜴听了这话，心安了不少，寻思道：我和法官们的关系可不一般，你就等着吃大亏吧！

法官们一见蜥蜴和乌龟又来了，便依照规定询问了当事人双方。他们做完陈述后，法官们又讨论了一番，其中一位法官咳嗽了一声，说：“我们要秉公办事，公正地判决，也应该像处理那包盐一样处理这件事。”

其余的法官纷纷表示同意：“对，对，这次，我们也应该把蜥蜴分成两份，乌龟得一半。”

“这确实很公平！”乌龟赞叹道。

蜥蜴顿时傻了眼，他怎么也想不明白，自己为何就这样丢掉了性命。

“饥饿”的小绵羊

从前，有一只胆小的豹子，一见到陌生人就很害怕。这天，它外出捕猎，在回来的路上遇到了一只高大强壮的公绵羊。这是它第一次见到绵羊，就像见到了怪物一样。它胆怯地问绵羊：“你好，先生，请问你是谁？”

公绵羊一见是豹子，心里很害怕，却假装十分镇定，猛地一跺脚，摇头晃脑地“咩咩”叫道：“我是勇敢的公绵羊。你呢？”

“我……我……我……豹……豹子。”豹子哪见过这阵势呀，吓得哆哆嗦嗦地回了一句，便飞快地逃跑了。

豹子一口气跑出去很远，发现公绵羊并没有追来，才放心地趴在一棵大树下大口地喘起气来。

一只豺狼路过这里，看到豹子的模样，觉得很奇怪，问道：“你这是怎么啦？”

豹子说：“你不知道，我刚才遇到了一头怪物，它长着一对弯弯的角，尾巴短短的，四肢粗壮，跺得地面‘咚咚’响，张嘴就是‘咩咩咩’一串音，简直吓死人啦。”

豺狼听了豹子的描述，笑得上气不接下气，骂道：“笨蛋，那哪是什么怪兽啊？分明就是一份又肥又嫩的大餐呀。这样吧，明天你和我一起去吃掉那头公绵羊吧。”

豹子强装镇定地点点头，答应了豺狼的要求。

第二天一大早，豺狼和豹子就出现了。公绵羊很机警，远远地就瞅到它们，赶忙朝家里跑去。

“完了！完了！”公绵羊一边跑进门，一边大叫道，“这回豹子跟着豺狼来了，它们肯定要吃掉我们。”

“亲爱的，不要紧张！”母绵羊很聪明，给丈夫出主意道，“那只傻豹子不认识咱们，正好可以利用。你现在抱着孩子主动去找它们，当面偷偷地弄哭孩子。孩子哭得越厉害越好，这样他们才知道孩子很饿。我敢保证，那只傻豹子肯定吓得屁滚尿流。”

公绵羊觉得这个计划很好，就抱着一只小绵羊朝着豹子和豺狼走去。远远地，豹子发现大怪物公绵羊还带着一只小怪物，顿时胆战心惊起来，转身就要逃走。

豺狼一把拉住了豹子，并用绳子把豹子系在了自己身上，防止豹子再次逃跑。

公绵羊见它们去而又返，就偷偷地拧了一下小绵羊，小绵羊疼得大声哭了起来。公绵羊带着小绵羊走到它们面前，对着豺狼说道：“豺狼，这趟差事干得不错，亲自绑来了豹子。你看，我的孩子都饿成什么样了。这下好了，有了豹子肉，就可以让它安静一会儿啦。”

豹子一听这话，吓得脸色大变，大叫一声，拔腿就

跑。它不停地跑呀跑呀，跑过了一座小山丘，又越过了好几个山头。

可怜的豺狼猝不及防，还没来得及反驳公绵羊的话，就被豹子拖着跑了起来。等豹子停下来时，豺狼已经半死不活了。

兔子的“智慧”

从前有一个苏丹[①]，管理着一大片土地。在这片土地上，除了人类，还生活着许多动物。有一年夏天，天下大旱，动物们没有水喝，就去找苏丹，让他帮忙解决。苏丹想了想，说：“那你们共同挖一口井吧！”

动物们觉得这个主意不错，都踊跃参加，只有兔子不愿意加入。这事儿传到了苏丹的耳朵里，他觉得一只兔子不参加也不影响大局，就没理会。

水井很快就挖好了，动物们再也不用担心饮水问题了。

母兔子埋怨兔子：“大家都去挖井，就你拒绝参加，

---

① 苏丹，阿拉伯语中的一个敬称，也是一种类似总督的官职，也会被翻译成“素檀”“速檀”“速鲁檀”“锁鲁檀”等。

这下好了，咱们去哪里弄水喝呢？”

兔子笑了，安慰道：“亲爱的，那不是有现成的井水吗？”

没想到，这话被鬣狗听到了，它跑去告诉了苏丹。苏丹皱起眉头，说：“这个家伙太自私了，居然想不劳而获。这样吧，你们轮流看守水井，不让它打水，一定要让它认识到错误。”

鬣狗兴奋地说：“我先来吧，就它那瘦小的身子骨，我分分钟就能把它按住。”当天夜里，鬣狗独自留下守井。

月亮出来了，兔子一手拿着空罐子，一手拿着装蜂蜜的罐子，来到井边。鬣狗一见兔子来了，张着嘴巴龇着牙，就要扑上去。

兔子赶忙喊道：“别激动！别激动！我只是路过而已！难道这也不行吗？”

鬣狗死死地盯着它，说：“行呀，那你快点过去吧！”

兔子又说：“不过是些破井水，谁稀罕呀！我的水可比这个好喝多了，可甜啦！”

“真的假的呀？我可以尝尝吗？”鬣狗有点馋了。

兔子很爽快地滴了一滴蜂蜜到鬣狗的嘴里。鬣狗吧咂着嘴，没有吃够，叫道：“再来点儿，再来点儿，果然很甜。”

“这倒不是大问题。不过为了你的安全着想，需要把你捆在树上，因为我的水能把你甜晕倒。”

“来吧！快点动手！”鬣狗坚信兔子的话是真的，流着口水催促道，“不过你要绑轻点。”

兔子二话不说，把鬣狗紧紧地绑在了树上，得意地说：“现在该你给我水了。”说着，它从井里打了满满一罐子水，又折了一根树枝狠狠地抽打了鬣狗一顿，然后回家了。

鬣狗被打得很惨，又被捆了一个晚上，直到第二天才被解救下来。大家纷纷问道：“到底发生了什么？你怎么这么狼狈？”

“晚上来了一群野兽要喝水，我寡不敌众，被绑了。”

“一群野兽？有多少？”狮子追问道。

“记不清了！”鬣狗揉着身上的伤，疼得龇牙咧嘴，小声地说。

狮子根本不相信鬣狗的话，说：“要是有那么多野兽，大家怎么谁也没听到动静呢？我猜是兔子把你绑起来的。”

鬣狗一声不吭。

狮子又说道：“这样吧，今晚由我负责看管水井，看看到底是何方神圣。”当天夜里，狮子留在了井边。它躲在灌木丛中，静静地等待着。

天一黑，兔子手里还是拿着空罐和蜜罐，大摇大摆地走来了。它走到井边，敲着井沿说：“取点水，行吗？”

狮子看到了兔子，也听到了兔子的话，但是它什么也没做，只是盯着兔子。

兔子又说道：“我不喜欢喝井水，一点味道也没有，我这里有甜甜的水。我只想取点井水洗个澡。”

狮子还是没有回应。

兔子心想：看来鬣狗不敢来了。于是，它放心大胆地去取水了。

狮子一见兔子开始取水了，就蹿了出来，狠狠地把兔子按在井沿上，说：“这下可抓住你了。”

兔子吓哭了，说：“我的水是甜的，我一点儿也不稀罕这没滋没味的井水。”

狮子一听水是甜的，用命令的语气说道：“快，给我喝点！”

兔子连忙把一滴蜂蜜滴到狮子的嘴巴里。狮子尝到了甜味，厉喝道：“再给我一点。”

兔子要的就是这效果，它狡猾地说：“这可不行呀，我这种水喝多了会甜晕的，到时候把你摔坏了怎么办？除非捆在树上再喝，这样就不会摔倒了。”

狮子被甜晕了头脑，根本没意识到这是个圈套，毫不犹豫地答应了兔子。它被兔子牢牢地捆在树上后，催促道：“现在可以给我喝了吧？”

兔子哈哈大笑，洋洋得意地说：“你都被捆住了，你觉得我会听你的吗？”说着，它折了一根树枝，把狮子狠狠地抽打了一顿，打了井水后，就回家洗澡了。

狮子被捆了一晚上。第二天早上，动物们都来了。鬣狗哈哈大笑起来，说：“怎么样？我说得没错吧，是有很多野兽吧？”

狮子感到很惭愧，难为情地说：“唉，都怪我大意，被它欺骗了。”

这次，乌龟主动请缨，说：“今晚我来守着吧。我一定抓住它。”

当天晚上，兔子又来了。它先在周围转了一圈，发现没有人，就敲着井沿问：“有人吗？”

躲在井中的乌龟无动于衷。

兔子又说道：“弄点洗澡水可以吗？”乌龟依旧不吭声。

兔子一瞧真的没人看管，把罐子装满水后，就想下井痛痛快快地洗个澡。谁知，它一只脚刚踏进水里，就被乌龟死死地咬住了。兔子吓坏了，哭着喊道：“是谁呀？快放开我！我这里有甜甜的水，你要不要尝一下？我不洗澡啦！”

乌龟不为所动，咬得更紧了。兔子急坏了，连忙用另一只脚去踹，结果又被乌龟按在了井壁上。兔子使出全部力气挣扎，也没逃脱掉，一直被困在井壁上直到天亮。

乌龟立了大功。动物们押着兔子去见苏丹。

苏丹很不理解兔子的行为，问道：“当初不挖井，现在偷井水，为什么？”

兔子装作很害怕的样子，答非所问：“千万不要把我绑起来，否则我会死掉的。”

苏丹很生气，命令动物们把兔子绑起来。

兔子大哭起来：“捆我也可以，千万不要用香蕉绳绑我，我对那个味道过敏。你们再把我丢在日头下一晒，我很快就会完蛋的。”

动物们一听这话，二话不说，就拿香蕉绳把兔子五花大绑地捆起来，丢在太阳底下暴晒。晒了几个小时后，香蕉绳变干了，发出了“咔嚓咔嚓”的声响。

动物们连忙向苏丹报告，说绳子要断了。

兔子立马口吐白沫，痛苦地喊道：“求你们放了我吧，我要死了。”大家以为兔子真的要死了，就都放松了警惕。

趁着大家都不注意，兔子使劲儿一挣，绳子断了。它飞也似的逃跑了，谁也别想再抓住它了。

骆驼和狐狸

从前，在一条河边住着一只狐狸，它总是欺负森林里的动物们，是个出了名的讨厌鬼。因此，大家都称呼它为“阿旺·克德西亚克[1]”。克德西亚克非常爱吃螃蟹，而且胃口很大。

这年夏天，它察觉到河这边的螃蟹越来越少了，就想去对岸瞧瞧。可是，那条河很深，它又不擅长游泳，就想找个搭档。其他动物都知道它品行恶劣，没人愿意跟它同行。克德西亚克愁得不得了，最后想到了森林里的那头老骆驼。它知道老骆驼最爱吃甘蔗，于是就去找老骆驼了。

“你好，骆驼先生！”克德西亚克说，“你看起来好像挺累的，是食物不够吃吗？”

---

① 阿旺·克德西亚克：意为“讨厌鬼”。

骆驼的回答正如狐狸所料："谢谢你对我的关心，我的东西足够吃。"

"是的，是的，我知道。"狐狸飞快地说，"但是，我想你会对我的一个老朋友告诉我的那件事感兴趣。"

骆驼打断道："那是你们的事，与我无关！"

"在河的那一边，有许多……"

"走吧！"

"在……田里有许多甘蔗……"

"许多什么？"老骆驼竖起了耳朵。

"甘蔗。"狐狸的眼睛突然亮了起来，赶快补充道，"如果你不介意的话，我愿意亲自指给你看。据悉，农民并不住在那里。"

"绝不介意！绝不介意！"老骆驼兴奋起来。它太喜欢甘蔗了，完全不考虑狐狸的坏心思。

狐狸继续美化自己，一本正经地说："亲爱的朋友，我知道大家对我有很大意见，我年轻时也的确干了不少坏事，可现在你我都上了年纪，我悔恨啊。所以我现在很乐于助人，希望可以弥补我之前的过错。"

老骆驼思考了一会儿，就答应了。

第二天早晨，老骆驼来到河边和狐狸碰面。老骆驼身材高大且强壮，根本不惧怕汹涌的河流，很快就驮着狐狸走到了对岸。

一到达河对岸，狐狸就从老骆驼背上跳下来，快步跑到沿岸的芦苇丛中去了。老骆驼询问狐狸甘蔗地在哪里，但是狐狸好像什么也没有听见，根本不搭理老骆驼。

没办法，老骆驼只好自己去寻找甘蔗地。幸运的是，它很快就发现了一大片甘蔗地。它钻进去大口大口猛吃起来，不再埋怨狐狸独自离去，也不考虑是否会被农民发现，因为一切都没有吃甘蔗重要。

狐狸克德西亚克也沉浸在螃蟹大餐中，很快就吃得肚子滚圆。后来，它又捕捉了很多螃蟹，准备带给妻子和孩子们。

当狐狸回来找老骆驼时，发现老骆驼还在忙着吃甘蔗，就大喊老骆驼的名字。它可不介意农民们是否会听到它的叫声，反而认为："这个老傻瓜吃了别人的甘蔗，理应被打！"

"骆——驼——！骆——驼——！"它越叫声音越大。

"快从农民的地里出来吧，你这个老贼！"

"快出来吧！别啃那些甘蔗啦！"

老骆驼听到狐狸的喊声，吓得要命，赶紧往外跑，生怕被农民发现。可惜，它还是慢了一步。它被闻讯赶来的农民们堵在地头上，狠狠地挨了一顿揍，一动不动地倒在血泊里。农民们觉得老骆驼被打死了，这才罢手离开。然而，他们低估了老骆驼的耐力。

当看到人们走远时，老骆驼吃力地站了起来，摇摇晃晃地朝着河岸走去，打算过河回家。当它看到狐狸时，顿时恼怒起来。

“喂，老朋友，你这是怎么啦？”狐狸幸灾乐祸地问道。

老骆驼气得咬牙切齿，说不出话来。

“说呀！”狐狸追问道，“你身上这么多血是怎么回事？被农民痛打了一顿，是不是？哈——哈——哈！”

“你为什么要这样做？”老骆驼怒不可遏地问。

“什么为什么要这么做？”狐狸装傻充愣。

“为什么把农民叫来?！”

“噢，是这件事呀！”狐狸恍然大悟，大笑起来，“那没什么，只是个玩笑。”

“那是个什么样的玩笑——一个狐狸的玩笑?！”

“狐狸的玩笑？哈哈哈！是呀，我吃饱喝足后，总喜欢开玩笑！”

“我要回家了！”老骆驼不愿意和狐狸继续纠缠，转变了话题。

“是的，我也要回家了。”狐狸刚说完，忽然想起了湍急的水流，“我想，我们应当走了。”

“是的，”老骆驼用仇恨的眼光瞪了狐狸一眼说，“我们走吧！”

当它们走到河中间时，老骆驼停了下来。

“你怎么了，亲爱的骆驼先生？”狐狸看着湍急的水流，吓得不得了。

老骆驼假装没有听到。

“我是说，你怎么啦？”狐狸放开嗓门使劲叫道。

“没有什么，”老骆驼回答说，“我要考虑一点事。”

“哎呀，你这个老笨蛋！如果你不马上走，我绝不告诉你另外一个秘密！”

“我确信，你再也不会这样做了！”老骆驼厉声说道。

“你这是什么意思？”狐狸立刻“炸毛”了，它打量着老骆驼，神经紧张地问。

“你知道，”老骆驼又说，“你还没有解释你为什么要

叫农民出来打我！”

“很抱歉，我已经解释过了，我总是爱在吃饱后开玩笑。”狐狸说。

“原来如此！”老骆驼点了点头，“现在我要游泳了。”

“什么？”狐狸吓了一跳，恳求道，“为什么你现在要游泳呢？你要知道，我是不擅长游泳的。”

“因为……”老骆驼顿了顿，接着说，“我总爱在挨打之后游泳。”说完，老骆驼一头钻进水中，深扎了一个猛子，不见踪影了。

狐狸被丢在了水里，它只能听天由命了。

蜘蛛和野猫

很久之前，有一只蜘蛛非常有本事，它能织出特别大的网，还能布置陷阱，抓住大象。为此，蜘蛛特别自大。它总在心里想：现在的人们没有大本事，却总喜欢自作聪明，我还是喜欢和愿意承认自己愚笨的人打交道。

这天，蜘蛛遇到了一只肥胖的野猫，招呼道："嘿，我的朋友，你会布置陷阱吗？"

"陷阱？好吃吗？我不会呀。"野猫傻乎乎地回答。

"那你会什么？"蜘蛛又问道。

"我会吃呀，所以我长得胖，再加上我不喜欢自私自利的行为，所以大家都认为我是个傻瓜。"野猫垂头丧气地说。

"这有什么呀？"蜘蛛非常高兴，它觉得跟傻瓜在一起会生活安宁，就向野猫发出了邀请，"跟我做朋友吧，咱们一起布置陷阱抓猎物。我知道一个好地方，是野兽必经之地，在那里肯定大有收获。”

野猫答应了，跟着蜘蛛来到了它说的地方，布置了一个陷阱。当天晚上，它们就抓到了一只小羚羊。

野猫说：“朋友，今天的猎物归你吧，明天肯定能抓只大羚羊，那只归我。我要用大羚羊的皮做顶帽子，让所有人都羡慕我。”

“说什么胡话呀？”蜘蛛说，“陷阱是我布置的，这只归你，明天那个大的归我。”

“好吧，我吃点亏算了。”野猫回答。

第二天早上，陷阱里果然有一只大羚羊。

野猫拍手叫道：“你快把它弄走，我等着明天的大野猪，那个归我。”

“不行，据说猫吃了猪肉会生病。大野猪归我，你把羚羊弄走吧！”蜘蛛说。

“这可没什么依据呀。不过，我还是听你的吧，毕竟你比我聪明。”野猫答道。

过了一个晚上，陷阱里真的有一头大野猪。

“蜘蛛老哥，野猪归你啦。要是明天能抓住一头大水

牛，那就归我吧。我要再做一顶牛皮帽子。”

“那不行，水牛个头大，是你的克星。你还是把野猪拿走吧，我要水牛。”蜘蛛说。

“老哥，你对我真是太好了！”野猫感动得热泪盈眶。

到了早晨，它们再次来到陷阱处，发现陷阱里真的有一头大水牛。

“老哥，你的陷阱真是太厉害了。恭喜你得到了一头大水牛。”野猫恭维道，“我希望明天能抓住一头大象。”

蜘蛛一听，顿时不乐意了，因为它想要更好的，就说道：“老弟，既然你这么喜欢水牛，你就弄走吧！我要明天的大象。”

“我拿什么都无所谓，你给什么，我就要什么。”野猫傻呵呵地笑着说。

又过了一个夜晚，果真有一头大象掉进了陷阱中，已经奄奄一息了。

野猫说道：“这真是个神奇的陷阱。或许，这个陷阱明天能捕获一棵仙草，让人获得权力、财富和荣誉。这样一来，我就能成为人上人啦。”

蜘蛛一听，急红了眼，连忙说道：“老弟，不瞒你说，蜘蛛是不吃肉的，草对我们来说才是美味呢。尽管我不需要它的神效，但我太想品尝一下它的味道啦。所以你不能抢。”

“我尊重你的意见。”野猫点点头，拖着大象走了。

第二天，蜘蛛去找野猫一同查看陷阱，野猫却不去了。

“老哥，我昨夜着凉了，现在浑身无力，恐怕今儿去不成了。”野猫装出一副可怜样，有气无力地说道。

“那你好好养病，我自己去。”蜘蛛说。

当蜘蛛哼着歌来到陷阱旁边时，顿时傻了眼，陷阱里除了有几棵常见的杂草之外，什么东西都没有。它一下子明白自己上了野猫的当，赶紧往野猫家跑去，准备和它算账。谁知，野猫早已经溜走了，可怜的蜘蛛只好就此作罢。

鹦鹉的故事

很久之前，鹦鹉和贝壳是非常好的邻居。但是有一天，两个邻居因为房子的事闹翻了。

贝壳说："我不要和你做邻居了，我要去盖一座世界上独一无二的房子。"

鹦鹉说："哼！不做就不做！那我就盖一座比你的房子更大、更豪华、更漂亮的。"

它们吵来吵去，最后分道扬镳，都开始准备建房子。贝壳去大海里找亲戚朋友们借来了许多贝壳，盖了一座有七道门的贝壳屋；鹦鹉从丛林里的亲戚朋友那里借来了许多五彩缤纷的羽毛，建造了一座漂亮豪华的房子，不但比贝壳的房子漂亮，还比贝壳的房子大。

贝壳气坏了，它非常不甘心。它想：只要把鹦鹉的房子偷走，这样自己就稳赢了。于是，它找到几只小鸟，问道："你们能不能把鹦鹉的房子偷走呢？"

几只小鸟见鹦鹉的房子如此漂亮，纷纷动了心，都表示能偷走。

再说鹦鹉，它自从盖了房子之后，就背上了沉重的债务，因为那些羽毛都是借来的，必须归还。所以它每天都早出晚归地忙碌着，对于贝壳要偷房子的事，没有听到任何风声。

这天，鹦鹉准备出趟远门，就把房子拜托给好朋友青蛙照管。离开前，它们商量好了暗号：只要一有情况，就吹响笛子。谁知，鹦鹉前脚刚走，贝壳和那几只小鸟后脚就到了。

青蛙一见情况不妙，鼓起大嘴就吹响了笛子。笛声悠扬，一下子传遍了森林，鹦鹉听到笛声后，立刻往家里飞去。半路上，它遇到了那几只偷房子的小鸟，毫不留情地啄死了它们。

鹦鹉把房子抢了回来，青蛙告诉它是贝壳带人来抢房子的。鹦鹉没有放在心上，安慰青蛙说："你不用害怕。谁要是不知好歹，还想偷我的房子，我就让它知道我的厉害。"

第二天,不死心的贝壳又去问鸟儿们:“还有人去偷房子吗?”

鸟儿们你看看我,我看看你,谁也不吭声,因为它们都听说了那几只小鸟的下场。

过了一会儿,老鹰站了出来,挥了挥硕大的翅膀,说:“我去会一会鹦鹉吧。”

老鹰刚飞到鹦鹉的房子门前,青蛙就拿出笛子吹了起来。听到笛声的鹦鹉迅速飞了回来,狠狠地朝着入侵者扑了上去。几个回合后,老鹰大败而归。

得知消息后,贝壳依旧不甘心,它询问道:“还有谁敢去?”

鸟儿们都犹豫不决,没有谁敢站出来。

“我!”

大家循声望去,发现自告奋勇的是一只名叫阿罗尼的小鸟,不由得嗤笑起来:“连老鹰那么大的鸟都失败了,你如此娇小,能行吗?”

“不试试怎么知道?你只要给我七个贝币就可以啦。”

贝壳见其他人都不吭声,当场给了阿罗尼七个贝币,让它去偷鹦鹉的房子。

阿罗尼带着钱来到了人类的市场上，买了一些食物和辣椒，然后飞到鹦鹉家门口。

它假装十分真诚地对青蛙说：“亲爱的青蛙，您的笛声可真是太动听了，我一听到您的笛声，就情不自禁地翩翩起舞。如果我能欣赏一下您的笛子，那我可就太幸福了。”

青蛙被阿罗尼的奉承迷得晕头转向，毫不防备地把笛子递给了阿罗尼。阿罗尼假装认真地欣赏笛子，不停地夸

赞笛子很漂亮，暗地里却把买来的食物和辣椒都塞进了笛子里。随后，它把笛子还给青蛙，准备抢房子了。

青蛙吓了一跳，没想到阿罗尼抱着这样的目的而来，赶紧吹笛子。可是，笛子被东西堵住了，它一吹就有些吃的滚进嘴里，等它吞下去再吹，还是有食物掉下来。好不容易不掉食物了，又掉了一嘴辣椒。它被辣得难受极了，跳进池塘里大口大口地喝起水来。等它好不容易吹响笛子时，阿罗尼早已经把房子偷走了。

鹦鹉听到笛声赶回来，发现房子不见了，径直往贝壳的家飞去，决定好好地和它理论理论。谁知，贝壳早已经得到了消息，紧紧地关闭了七道大门，躲在里面不吭声。

鹦鹉气坏了，拼尽全力啄开了一扇又一扇门，但是怎么也啄不开最后一道门，因为这扇门是用铁做成的。它不死心，就站在门口一直啄，一直啄，直到把自己的嘴啄弯了才停下来。

自那以后，鹦鹉的嘴就是弯的了。

豺狼和狮子

狮子和豺狼相约一起去打猎。走着走着，它们看到了一头很大的野兽，纷纷拉弓射箭。狮子先射出一箭，射偏了。豺狼一箭射中了，兴奋地大叫起来："太棒了！射中了！"

狮子瞅着豺狼，冷哼了一声。豺狼意识到情况不妙，立刻改口："老大，老大，您射得真准，猎物是您的。"

在寻找猎物的途中，豺狼对掉在路边的狮子射出的箭假装没看见。等到了一个岔路口时，它假意笑着说："老大，您先歇一会儿，我去探探路。"

狮子坐在树底下休息，豺狼踏上了一条小路。走了很久后，它把鼻子弄破了，沿途留了不少血迹。然后，它跑回来，指着地上的血迹，对狮子说："老大，您快看，这肯定是猎物留下的血迹。只要沿着这条路走，肯定能捕获猎物。咱们快走吧！”

狮子一听这话，哪里还理会豺狼，风一般地跑了。豺狼冷笑一声，朝着另一条路跑去。结果，豺狼很快就找到了猎物，狮子却一无所获。正当豺狼摇晃着尾巴准备享受食物时，狮子赶来了。它一把揪住豺狼的尾巴，狠狠地把豺狼摔在了地上。豺狼吓坏了，委屈地哭诉道：“老大！您这是干吗？我准备先为您挑选出最优质的肉，再通知您。”

“哦！是这样啊，我冤枉你了。”狮子说，“要不叫上我们的妻儿一起吃吧！”

“老大，这种跑腿的活儿让我干吧！”豺狼谄媚地说。

狮子觉得这个主意不错，就同意了。豺狼又拿了两块肉，说：“这是信物，好让我们的妻儿相信真的有猎物，不然回家挨一顿揍就惨了。”狮子没说什么，趴在一旁眯起了眼。

豺狼先跑到狮子家，给了小狮子一块劣质的肉，然后回到自己家里，带着自己的妻儿出发了。狮子的老婆也要跟着豺狼一起去，豺狼说：“老大会来接您的，就像我亲自来接我的老婆、孩子一样。”

途中，它们遇到了一片荆棘丛。豺狼忍着痛在里面滚了一圈，扎得浑身冒血。等到了猎物处，它向狮子哭诉道：“老大，您老婆不跟我来，还抓得我浑身冒血。您还是亲自去接吧。”

狮子信以为真，生气地回家了。

豺狼和妻儿们搬来了许多石头，堆起一个又高又大的石台。它们把肉弄到石台上，又在上面升起了一堆火，烧烤着几块大石头，只放了几片肉在火上。然后，它们就等着狮子到来。

很快，狮子带着妻儿来了。

豺狼远远地看到狮子，就喊道：“老大，快看，我把肉放在这石台上，就不会被抢走了。您快点上来吧，我老婆很快就把肉烤好了。”

“做得不错！”狮子难得满意地夸赞起来，“现在，把我们拉上去吧！”

“好的！那我用绳子拉您上来吧！”

狮子把豺狼丢下来的绳子绑在自己的身上。等拉到一半的时候，豺狼偷偷割断绳子，狮子“砰”的一声摔到了地上，忍不住惨叫起来。豺狼大叫道：“老大，您太重了！我换一根绳子吧。”

豺狼的妻子又丢下来一根绳子，狮子把自己牢牢地捆好后，豺狼接着拉。它故技重施，又割断了绳子，狮子再次摔到了地上。豺狼大叫道：“老大，还是拉不上来啊！要不这样，您抬着头，张大嘴，我喂肉给你们吃吧。”

狮子觉得这个主意不错，就让妻儿一起站起来，张着

大嘴，等待豺狼给它们喂肉。

豺狼先把几块小肉丢到狮子嘴里，询问狮子滋味如何，然后说道：“你们把嘴张大点，这几块肉太大了。”背地里，豺狼让老婆和孩子准备好烧得火红的石块，并在石块上涂了一层肥油，使石块看上去就像一块上等的烤肉，最后把石块丢进了狮子的嘴巴里。

狮子们被烫得嗷嗷大叫。

豺狼笑着大喊道：“老大老大，这肉太烫了，你们快去河边喝点水吧，这样就能吞下去了。”

眼看着狮子一家跑远了，豺狼一家便安心地享受起了美味。